영원의 밤

영원의밤 5

초판 1쇄 인쇄 2015년 6월 10일
초판 1쇄 발행 2015년 6월 17일

지은이 백묘
발행인 오영배
책임편집 김보나
제작 조하늬
표지일러스트 아르도(http://ardoillust.com)
표지디자인 공간42

펴낸곳 (주)삼양출판사 · 단글
주소 서울시 강북구 도봉로 173
대표 전화 02-980-2112 팩스 / 02-983-0660
블로그 blog.naver.com/dan_gul
출판등록 1999년 3월 11일 제9-00046호

ISBN 979-11-313-0356-6 (04810) / 979-11-313-0283-5 (세트)

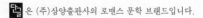 은 (주)삼양출판사의 로맨스 문학 브랜드입니다.

영원의 밤

백묘 장편소설

ROMANCE & FANTASY STORY

5

끝나는 밤

단글

| 차 례 |

영원의밤

16장
루시드의 시작 II

켈트로디언의 음성에는 반박할 수 없게 만드는 힘이 있었다. 그래서 일행은 묻고 싶은 말도, 따지고 싶은 말도 많았지만 꼼짝도 못 하고 그를 바라보기만 했다. 그의 주위로 빛이 번지기 시작했다. 그들이 과거를 볼 때마다 마주쳤던 빛이었다.

"이제 사라졌구나."

그가 말했다.

"사라지기 전에 모든 것을 보여 준 모양이구나."

의미를 파악할 수가 없었다.

"제대로 말해 줘요, 로디언."

클레어에게 만큼은 켈트로디언의 성스러움이 통하지 않았다.

"왜 이들이 내 오라버니들을 보게 된 건지, 왜 카르제나가 레드에게 나타난 건지, 말해 줘요. 설명해 줘요, 로디언."

"너희는 유령을 본 적이 있느냐?"

상황과 어울리지 않는 그의 질문에 레드가 미간을 좁혔다.

"내가 본 게 카르제나의 유령이란 말이야?"

"인간들은 유령이 죽은 자의 영혼이라고 생각하지. 하지만 아니란다. 유령은 죽은 자의 기억이란다. 기억이 남아 형상을 이루고 배회하는 것이지."

"기억이라고요?"

"그래. 기억이기에 산 자에게 아무 영향도 끼치지 못한 채, 그저 배회하다가 사라져 버린단다. 그것은 깊은 감정을 가지고 있을수록 오래 머물게 되지. 증오, 사랑, 아쉬움…… 여러 감정들이 기억을 세상에 붙들어 두는 거란다. 하지만 그조차 길지 않아서, 보통은 1년 이내에 사라지지."

"하지만 성기사 전설에 나오는 성기사는 200년 전의 사람인데도 여전히 그의 유령이 나온다고 보고되는데."

레드가 말했다. 켈트로디언은 성기사 전설이 무엇인지 떠올린 후 고개를 끄덕거렸다.

"아아, 그 아이 말이구나. 그 아이는 아쉬움이 강해 기억이 오래 남았지. 하지만 3년도 안 되어 흩어졌단다. 그 후의 목격담은 대부분 착각이거나 거짓일 게다. 소문이라는 것이 그렇잖느냐. 영혼이 없는 기억은 그저 기억일 뿐이란다. 육체도, 영혼도 없는 기억이 세상에 오래 머물 수는 없는 일이지."

"로디언. 내가 듣고 싶은 건······."

참지 못하고 끼어드는 클레어를 향해, 켈트로디언이 검지를 들어 보였다.

"기억이란다."

그 손가락이 레드 일행을 한 명, 한 명 가리켰다.

"너희에게 있었던 그것들이 바로 오르데안 아이들의 기억이란다."

켈트로디언은 설명했다.

강한 기억이 세상에 남아 인간들을 놀라게 하는 것은 자주 벌어지는 일이었다. 기억은 인간에게 아무 영향도 미치지 못하는데다가 금방 사라지기에, 드래곤들은 남은 기억에 큰 관심을 기울이지 않았다.

그래서 그들은 아무도 눈치채지 못했다. 오르데안의 기억이 천 년이 넘는 시간 동안 세상에 남아 있었다는 것을.

켈트로디언이 그것을 알게 된 것은, 전에 레드 일행이 스미론도로 날려 왔을 때였다. 켈트로디언은 레드의 안에 웅크리고 있는 카르제나의 기억을 발견했다.

"천 년이라니······ 천 년을 버텼다니······ 나는 참으로 놀랐고, 가슴이 벅찼단다. 인간이 그러한 일을 해낼 수 있다는 것이 어찌나 사랑스럽던지······."

그래서 켈트로디언은 이 일에 개입하기로 결심했던 것이다. 천 년 넘는 시간, 버티고 버텨 클레어의 곁으로 돌아온 그들의 기억을 기리기 위해.

"너희가 약해진 순간에만 과거를 볼 수 있었던 것은, 아마도 기억이 인간에게 큰 영향을 끼치지 못하기 때문일 것이다. 그래서 죽어 가는 순간, 잠시 이성을 잃는 순간에만 반짝이듯 웅크린 기억의 파편을 보게 된 것이겠지. 그리고 지금 그 기억들이 힘을 다했구나. 너희 안에 있던 것들이 전부 사라져 버렸단다."

"자, 잠깐만. 난 아무것도 못 봤는데? 나도 죽을 뻔한 적 많았다고."

"그러게. 네가 왜 못 봤는지는 나도 모르겠구나. 내가 아는 것은, 네 안엔 카르제나 휘안스의 기억이 있었고, 지금은 사라졌다는 것뿐이란다."

"아, 그럼…… 이 아이들이 본 것이 정말로 내 과거였단 건가요? 정말로 우리 오빠들이 내 곁에 같이 있어 줬단 말이에요?"

"그래, 아이야. 그렇단다."

"아……."

클레어는 감격한 눈으로 일행을 돌아봤다. 그녀의 눈에 담긴 넘치는 애정과 감동이, 일행을 민망하게 했다. 어지간해서는 얼굴을 붉히지 않는 아란조차 클레어를 똑바로 바라보지 못했다.

"그래, 맞아. 이상했어. 아란은 원래 날 싫어했는데 갑자기 내게 친절해졌거든. 그래, 내 오라버니의 기억 때문이었구나. 누구였어? 누구였던 거야?"

"텔스민."

"아, 아아아. 텔스민. 텔스민 오빠."

클레어는 그의 마지막이 떠올라서 조금 울고 싶어졌다. 하지만 꾹 참고 라울을 돌아봤다.

"라페인이었다고 했지?"

"그래요, 클레어."

"그럼 유키는?"

"난 카할라니."

"아, 카할. 그럼 델리 넌? 넌 혹시 라신?"

델리가 그렁그렁 눈물을 매단 채로 고개를 끄덕였다. 클레어는 그녀를 끌어안았다.

"아아, 라신."

사랑스러웠던 동생이 떠올랐다. 오빠들에게 예쁨만 받다가, 처음으로 생긴 동생. 마지막 순간, 고통스럽게 죽어 간 귀여운 라신.

한참 델리를 안고 있던 클레어가 레드를 향해 돌아섰다. 다가오려는 클레어에게, 레드가 손을 내밀었다. 더는 다가오지 말라는 듯, 그는 손바닥을 보이고 있었다.

"난 카르제나가 아니야, 클레어."

"레드……."

"잘 들어. 난 카르제나가 아니야. 카르제나의 기억 때문에 널 사랑하게 된 것도 아니고."

"하지만……."

"그 녀석의 기억이 남아 있고, 남아 있지 않고는 중요하지 않아. 그래, 어쩌면 내가 일찍 권능에 대해 깨닫고 다른 동료들을 모은 거, 그게 카르제나의 기억 때문일지도 모르지. 널 두고 가는 게 원통했을 테니까, 가장 강하게 남아 있었을지도 몰라. 하지만 클레어. 날 카르제나라고 생각하지 마."

레드는 단호했다.

"나는 카르제나인 적 없고, 그 기억을 본 적도 없어. 그 산에서 널 보고 첫눈에 반한 건, 카르제나의 기억 때문이 아니야. 널 사랑하는 이 감정은 오롯이 내 감정이야. 여기에 카르제나가 끼어들 틈은……."

레드는 여전히 손을 들고 있었지만, 클레어는 그의 품으로 뛰어들었다. 그녀의 가느다란 팔이 놓치지 않겠다는 듯 레드를 꽉 끌어안았다. 레드가 그녀를 밀어내려 했지만, 그녀는 꼼짝도 하지 않았다.

레드는 어쩔 수 없다는 듯 그녀의 등에 팔을 감았다.

"알고 있어, 레드."

그의 가슴에 얼굴을 묻은 채, 클레어가 말했다.

"널 카르제나라고 착각하지 않아. 그리고 네가 카르제나의 기억을 보지 않아서 다행이라고 생각해."

클레어가 고개를 들어 레드를 올려다봤다.

"레오나르드. 난 널 카르제나의 대신이라고 생각하지 않아."

"그렇다면 다행이고."

레드는 격하게 반응한 것이 민망한 듯 얼굴을 붉혔다. 클레어는 레드를 빤히 응시하다가 다시 시선을 내렸다. 길게 늘어진 그녀의 속눈썹을 보며, 레드는 잠시,

'카르제나의 기억을 보고 오는 게 나을 뻔했을까?'

라는 생각을 했다. 만약 그의 기억을 보고 왔더라면, '샬롯'이 좋아했던 카르제나의 행동과 말투, 습관들을 따라할 수 있었을 것이다. 간혹 그녀가 그리워했던 행동들을 보여 준다면 좋지 않았을까, 그런 생각이 들었다.

하지만 곧 그 생각을 지웠다.

이 감정은 오롯이 자신의 것이다. 클레어를 처음 보는 순간 느꼈던 어리둥절하고도 애달픈 감정, 자꾸만 보고 싶었던 감정, 걱정되는 마음과 안쓰러움, 그녀를 위해 이 심장도 꺼내 줄 수 있을 것 같은 열렬함. 그 모든 것을 카르제나의 기억에 영향을 받은 것이라 말하고 싶지 않았다.

'내 거야, 이건.'

레드는 클레어를 안은 팔에 힘을 줬다.

'이 감정은 내 거야.'

하지만 불안한 마음이 가시질 않았다.

클레어를 만나기 전까지, 레드는 그 어떤 여자에게도 관심이 없었다. 대륙에서 가장 아름답다는 여자를 만나도, 캐서린이 온몸으로 부딪쳐 와도, 레드는 그들을 돌처럼 대했다.

하지만 그 산에서 클레어를 처음 봤던 순간은 어땠던가.

허름한 옷을 입은 정신 나간 여자처럼만 보이는 클레어에게 심장이 반응했다. 만약 카르제나의 기억이 그 반응을 이끌어낸 거라면? 레드는 미처 깨닫지 못한 카르제나의 기억이 클레어를 알아본 거라면? 그래서 그 마음이 커지고 커져 이 상태가 된 거라면?

'그래도 이걸 사랑이라고 할 수 있을까?'

이 감정은 내 것이다. 그 어느 누구도 내 감정을 조종하지 못한다. 그렇게 생각했지만, 깊은 곳에서 꿈틀거리는 불안을 완전히 잠재울 수는 없었다.

불안을 겉으로 드러내고 싶지 않아, 눈을 질끈 감았다가 떴다. 켈트로디언과 시선이 얽혔다. 드래곤의 신중하고 깊은 눈동자는, 레드의 마음을 꿰뚫어 보는 듯했다.

'나는 네가 무슨 생각을 하는지 알고 있단다.'

그의 눈이 말했다. 레드는 미간을 좁혔다.

'클레어에게 말하지 마.'

켈트로디언의 가슴이 살짝 들썩거렸다.

'아마 클레어도 알고 있을 게다.'

레드는 입술 안쪽의 살을 씹으며 클레어를 살며시 밀어냈다. 클레어는 레드를 올려다봤고, 그녀의 눈동자는 조금 슬프게 일렁이고 있었다. 레드는 그녀를 똑바로 볼 수 없었기에, 쓴 미소를 지으며 고개를 돌렸다.

둘 사이에 감도는 어두운 분위기 때문인지, 일행은 아무 말도 없이 땅만 내려다보고 있었다. 레드는 감정에 확신을 갖지 못하는 자신을 경멸했고, 클레어는 그런 레드의 마음을 이해했기에 더는 아무 말도 하지 않았다.

라토우 서북쪽에 있는 론튼 시. 관문 앞은 성난 상인들과 여행객들로 시끄러웠다. 통행증을 제시했는데도 관문을 통과시켜 주지 않았기 때문이다.

상황을 알아보고 온 유키가 말했다.

"있잖아. 원래 가지고 있던 통행증으로는 관문을 지나갈 수가 없대."

"대체 왜?"

"후후단에 있는 도시에서 이상한 일이 벌어졌나 봐. 혈귀의 소행인 것 같다고⋯⋯."

"에녹이 혈귀에 대해 알렸는데도, 그동안은 잠잠했잖아. 대체 무슨 일이 일어난 거지?"

레드가 자연스럽게 켈트로디언을 바라봤지만, 그는 아무 말도 하지 않았다. 인간사에 개입하면 개입할수록 힘을 잃는 켈트로디언은, 웬만해서는 끼어들지 않으려고 했다. 레드는 어깨를 으쓱하고는 카인을 툭 쳤다.

"어이, 미치광이. 네가 좀 알아봐라."

"이히히히. 건방진 사자 놈 같으니라고. 네가 명령을 내리면 내가 따를 줄 아나보지? 네놈은 나한테 하등의 가치도⋯⋯."

"카인, 부탁해."

"네, 샬롯 님. 금방 알아보겠습니다."

클레어에게만 달라지는 카인의 행동에는 익숙해졌다. 레드는 콧등을 실룩거리며 마차에 기댔다.

"아란."

신경질적으로 서 있는 레드의 눈을 피해, 라울이 아란의 옷깃을 잡아당겼다. 두 사람은 레드에게서 조금 떨어진 나무 아래로 향했다.

"레드가 요새 좀 날카롭습니다."

"원래 날카로운 놈이었지. 클레어 때문에 이상해졌다가, 이제야 정상으로 돌아온 것뿐이다."

"그럼 더 문제인 거 아닙니까? 클레어를 향한 사랑이 예전만 못하다는 건데."

"흠."

아란은 팔짱을 끼고 인상을 찌푸렸다. 라울의 말대로, 켈트로디언에게 '죽은 자의 기억'에 대한 이야기를 들은 후 레드의 행동이 변했다. 레드는 티내지 않으려고 노력하는 것 같았지만, 동고동락한 지 오래된 일행은 그 변화를 눈치챘다.

"저 멍청이는 고민 중이겠지. 클레어를 향한 사랑이 진짜 자신의 감정에서부터 시작된 것인지에 대해."

"그렇겠죠. 당신은 어떻게 생각해요? 생각해 보면, 레드가 클레어한테 첫눈에 반한 것부터가 상당히 이상한 일이었잖아요. 만약 그게 카르제나의 기억 때문에 일어난 일이라면……."

"난 그건 아니라고 생각한다."

아란이 딱 잘라 말했다. 아란의 눈은 레드를 향하고 있었다.

"레드는 멍청하지만 남의 감정에 휘둘릴 놈이 아니야. 나는 우리가 전부 과거의 기억을 봤는데, 레드가 보지 못한 이유를 생각해 봤다. 아마 카르제나의 기억이 레드의 정신을 이기지 못한 거겠지."

라울이 쓴웃음을 지었다.

"우리의 정신은 이겼는데 말이죠."

"그래, 분하지만 난 레드보다 약해. 너도, 유키도 마찬가지고, 델리…… 하아. 저 자신감 없는 녀석은 말할 것도 없지. 창피하지만 우리는 과거의 기억에 속수무책으로 당한 거다. 하지만 레드는 당하지 않았고, 카르제나의 기억은 아무것도 보여 주지 못한 채 사라져 버린 거지."

"하지만 레드가 우리를 모았잖아요. 난 이것만큼은 카르제나의 기억이 영향을 끼친 거라고 보는데요."

"그래. 그뿐이었던 거야. 그의 의지를 이어받긴 했지만, 감정만큼은…… 레드의 것이 아니겠나? 난 그렇게 믿고 싶은데."

만약 그게 아니라면 클레어가 너무 안쓰럽다.

"그래요. 나도 그렇게 믿고 싶네요. 하지만 우리가 믿어서 뭐 하겠어요. 레드 본인이 믿어야지."

"곧 믿게 되겠지. 난 오히려 레드가 저렇게 갈등하는 모습을 보니 안심이 되는군."

"안심이 된다고요?"

"응. 저 녀석, 원래 생각이라는 게 없는 놈이잖아. 뭘 해도 어떻게든 되겠지, 안 되면 어쩔 수 없지, 그러던 녀석이 저렇게 고민을 하는 걸 보니까…… 드디어 성장을 하는 건가 싶은, 그런 마음."

"아아, 그거. 알겠네요, 어떤 건지."

라울이 납득했다.

"그런데 아란. 도대체 카인은 저기서 뭘 하고 있는 걸까요?"

도시의 상황을 알아보겠다고 한 카인은 바닥을 기어 다니는 중이었다. 얼굴을 땅에 바짝 붙이고 돌아다니는 꼴이 우스워서, 유키는 깔깔 웃고 있었다. 하지만 카인은 더없이 진지했다.

"곤충채집을 하는 중인 것 같은데."

"왜 이럴 때 속 편하게 곤충채집을 하고 있는 걸까요?"

"난 카인의 생각만큼은 도통 따라잡을 수가 없다."

"따라잡을 수 있으면 안 되죠. 미쳐간다는 뜻일 텐데."

아란과 라울이 담담하게 카인의 정신 상태에 대해 토론하는 동안, 카인은 바쁘게 곤충들을 잡아들이고 있었다. 카인이 가지고 있는 작은 상자에 여러 종류의 곤충이 가득 찼다.

"예전에 말입니다, 샬롯 님. 쥰핀 님이 생물의 권능을 사용했었죠."

드디어 몸을 일으킨 카인이 아픈 허리를 두드리며 말했다.

"아, 쥰핀 오라버니. 기억나."

생물의 권능은 존재하는 모든 생물을 부리는 권능이었다. 심지어 몬스터까지도 그 권능에 굴복했다.

"아이고야. 그 권능이 정말 그립습니다."

"있었으면 좋았을 텐데. 참 강한 권능이었잖아. 그런데 그걸로 뭘 하려고?"

"아아. 귀를 만들려고요."

"귀?"

카인은 바닥에 철퍼덕 앉더니 가방 속에서 병 하나를 꺼냈다. 보라색과 분홍색이 섞인 듯한 액체가 담겨 있었다.

"이걸 뿌리면 귀가 되죠."

카인은 상자 뚜껑을 열어 액체를 뿌렸다. 액체는 벌레들을 적셨다가 곧 증발했다. 벌레들이 상자를 기어 나오기 전에 다시 뚜껑을 닫은 카인이 아란을 불렀다.

"이봐, 아발란체. 이히히히히. 네 힘이 좀 필요하겠는데?"

마침 카인의 기이한 웃음소리에 대한 불만을 토로하던 아란은 흠칫 놀라며 몸을 바로 했다.

"내 힘?"

"그래. 이 상자 안의 벌레들을 도시 안으로 날려 줘."

"별일을 다 시키는군."

그래도 찔리는 구석이 있는지라, 아란은 순순히 상자를 받아 들었다. 아란의 손에서 시작된 바람이 상자 안의 곤충들을 하늘 위로 날렸다. 검고 둥근 무리를 이룬 곤충들은 사람들의 눈에 띄지 않고 도시 안으로 날아 들어갔다.

"이제 됐나?"

"이히히히. 그래, 좋아."

그렇게 말한 카인은 마차 바퀴에 기대앉더니, 팔짱을 끼고 눈을 감았다.

곤충이 귀가 되었다. 그 곤충이 돌아다니는 곳에서 들리는 소리를, 카인이 들을 수 있는 것이다. 하지만 정확한 정보를 얻으려면, 수많은 소리 중 하나를 끄집어내야 했다. 그걸 위해 집중하는 카인이었지만, 일행의 눈에는 '미친 행동' 중 하나로만 보였다.

한참 뒤 카인이 눈을 떴다.

"후후단 최북단에 있는 도시."

카인이 말했다.

"사람이 모두 죽었다는데?"

카인은 알아낸 정보를 말하기 전, 흰 분말을 귀에 뿌렸다. 곤충들이 모아오는 소리로부터 차단되는 가루였다. 분말이 얼굴에 떨어져 허옇게 됐지만, 카인은 신경 쓰지 않았다. 오히려 유키가 신경이 쓰여서 카인의 얼굴에 묻은 가루를 털어 냈다. 유키가 하는 대로 내버려 둔 채, 카인은 이야기를 시작했다.

"그 도시 안에 있는 사람들이 다 죽었대. 이히히히. 아주 박살이 났나 봐. 조각조각 잘라서 죽였다는데?"

"잘라서 죽였다고? 그럼 혈귀랑은 상관없는 거 아냐?"

"아니, 그런데 몇몇 시체에는 송곳니 자국이 있었대. 그 도시 사람들의 숫자는 대략 3천여 명. 여행객들까지 포함하면 그보다 많았겠지?"

"그 많은 사람들이 다 조각나서 죽었다고?"

"목이 잘리거나 허리가 잘리거나, 세로로 길게 쪼개지거나……날카로운 검으로 단숨에 자른 흔적이 남아 있대. 게다가 생존자는 무. 아무리 강한 군대가 덮쳐도 잘만 숨으면 한두 명쯤은 살아남을 수도 있는 건데 말이야. 한 놈도 피하지 못했다는 건 뭐겠어?"

"심장 소리로 찾아낸 거군."

아란이 침잠한 음성으로 중얼거렸다.

"이히히히. 그거지, 아발란체."

"인마, 너 웃음이 나오냐?"

"웃지 못할 게 뭐야? 나한테 인간이란 건, 그냥 살아 있는 생물 중 하나일 뿐인데. 내 주인을 배신한 놈들."

카인의 과거를 아는 일행은 더 이상 질책하지 못하고 입을 다물었다. 카인이 대륙인을 증오하는 것은 당연한 일이었다. 그가 인간들을 실험체로 삼는다고 해도, 일행은 말릴 수 없을 것이다.

"혈귀들도 이제 정체가 드러났으니 더는 감추지 않겠다는 걸까요? 한 도시의 인간을 다 죽이다니."

델리의 말에 클레어가 고개를 저었다.

"아니, 그런 게 아니야. 이건 위험해."

"위험하다니요?"

"혈귀에게 인간은 식량이지. 이유 없이 찢어 죽이는 녀석들은 별로 없어. 게다가 3천 명이나 되는 인간들을 단숨에 죽일 혈귀는 테로스라는 정혈귀뿐이야."

클레어는 숨을 삼켰다.

테로스도 어지간해서는 이런 짓을 하지 않는다. 한 도시의 인간들을 이유 없이 모조리 죽였다는 것은 그가 폭주했다는 뜻이었다.

테로스의 폭주라니.

폭주하지 않은 상태에서도 테로스는 위험했고, 무슨 짓을 할지 모르는 자였다. 폭주 상태의 테로스가 얼마나 위험할지, 클레어는 가늠할 수가 없었다.

그녀는 고개를 숙여 자신의 손을 내려다봤다. 손가락 끝이 가늘게 떨리고 있었다.

잃을 수 없다.

고개를 들자, 걱정스럽게 자신을 쳐다보는 레드 일행이 있었다.

'이들을 잃을 순 없어.'

클레어는 주먹을 꽉 쥐고 일어났다.

"테로스는 나 다음으로 오래 산 정혈귀야. 루시드의 곁을 떠나기 전에 정혈귀들을 다 죽였는데, 그놈은 운 좋게 살아남은 모양이야."

"아……!"

"그놈은 나랑 달라. 정혈귀로 살아가는 걸 만족스러워했고,

인간의 피를 즐겨마셨지. 그놈과 내가 제대로 맞붙으면, 난 그놈을 이길 수 없을 거야. 만약 그놈이 폭주해서 인간의 심장이라도 먹는다면, 난 그놈 손에 죽을 거고."

자신의 죽음을 이야기하면서도 클레어는 담담했다. 그녀는 잠시 말을 멈추고 일행을 돌아본 후, 마지막으로 켈트로디언에게 시선을 고정시켰다. 켈트로디언은 그 어떤 일에도 개입하지 않고, 또한 말리지도 않겠다는 듯 눈을 감았다.

그래서 클레어는 말했다.

"너희의 피를 마셔야겠다."

*   *   *

끝나는 않는 일에 에녹은 녹초가 되어 있었다. 최근 각지에서 혈귀에 대한 보고가 들어왔고, 믿지 않는 일부 귀족들은 반란의 움직임을 보였다. 타니하르가 힘을 빌려 주었지만 그것만으로는 부족했다.

보고서를 읽느라 침침해진 눈을 비비고 있는데, 타니하르가 들어왔다.

"최근에 혈귀의 움직임이 심상치 않아진 거 알고 있나?"

타니하르 역시 피곤한 기색이 역력했다. 에녹 주위의 기사들은 타니하르의 건방진 태도에 불쾌한 듯했지만, 늘 있는 일이기에 입술만 꽉 다물었을 뿐 다른 행동을 취하지는 않았다. 에녹은 기사들을 내보냈다.

교국이 에녹을 인정하지 않아서, 에녹에게는 그를 보호해 주는 성기사가 없었다. 그래서 몇 통의 성수와 무장한 기사들, 그리고 타니하르가 남몰래 보내놓은 부하들 몇 명만이 그를 지키고 있었다.

"후후단에서 생긴 사건 말이지? 정말 끔찍하더라. 도시 사람들 전부가 조각나서 죽다니."

"아니, 그뿐이 아니야. 아직 보고서를 읽기 전인가 보군."

에녹의 책상 위에는 읽지 않은 보고서가 수북이 쌓여 있었다.

"고르돈에도 조만간 그런 일이 생길 것 같아. 댄을 피탄 시 쪽에 보내뒀는데, 실종자가 눈에 띄게 늘어나고 있다고 하더군. 아혈귀의 수가 많아졌고, 피를 완전히 빨린 시체들이 아무렇게나 방치되고 있대."

"그건…… 이상하네. 지금까지는 잘 숨겨왔잖아."

"그랬지. 아혈귀조차도 자기가 먹은 시체는 잘 처리했었어. 그런데 이렇게 방치한다는 건, 더 이상 거리낄 것이 없어졌다는 뜻이야."

"대놓고 대륙을 손에 넣기로 한 걸까?"

"대놓고 손에 넣으려고 하는 거면, 정혈귀 수를 늘려야 하지 않겠나? 그런데 피를 다 빨아서 시체를 만들어 버리기도 하니, 놈들의 생각을 종잡을 수가 없네."

"피탄이 그 지경이면 다른 곳은 더하겠지?"

"그래. 폐하. 계속 이 상태면 혈귀의 진실을 알린 것도 소용없이 대륙이 혈귀 손에 들어갈 거야. 어떻게든 해야 돼."

"어떻게든 해야 되겠지. 그건 알겠는데……."

에녹의 표정이 무겁게 가라앉았다.

그나마 혈귀를 상대할 수 있는 교국이 고르돈에 보내 주던 아모른의 가호를 거둬갔다. 사제들은 교국의 부름을 받고 고르돈을 떠났고, 고르돈에 있던 아모른의 신전들은 문을 닫았다.

고르돈의 국민들은 성수를 얻을 곳이 없어서 불안해했고, 상당수의 국민이 고르돈을 버리고 다른 나라로 떠났다. 에녹이 가지고 있는 성수는 테드가 다른 나라에서 큰돈을 주고 들여온 성수였다.

"요새 사람들이 성수를 뿌리면서 인사를 하는 게 관례가 되어 버리고 있어. 진짜 정혈귀는 그런 것에 당하지 않을 뿐 아니라, 성수에 맞으면 분노해서 사람들을 다 죽일지도 몰라. 나는 내가 사람들에게 혈귀에 대해 알린 것이 잘한 일인지 모르겠어. 대책이라도 마련해 두고 알렸어야 하는 건데."

타니하르도 최근 에녹과 같은 생각을 하고 있었다. 레드 일행이 혈귀와 싸우면서도 그 존재를 알리지 않았던 것에는 이유가 있었다. 인간의 힘으로 어찌할 수 있는 상대가 아니었던 것이다.

어둠 속에서 덩치 큰 사내의 형체가 나타난 것은, 바로 그때였다.

움직임을 깨닫자마자 타니하르가 검을 움켜쥐고 달려들었지만, 상대가 더 빨랐다. 사내는 쉽게 타니하르를 제압했고, 타니하르는 사내의 투구에 찍혀 있는 기사단의 문장을 확인했다.

"모히틀?"

"여전히 약하군, 타니하르."

모히틀이 타니하르의 가슴을 밟고 있던 발을 치우며 말했다. 타니하르는 해적일 때 모히틀을 상대한 적이 있었고, 승부를 가리지 못했었다.

"닥쳐, 모히틀. 제국은 한가한가 보지?"

"붉은 사자 일행과 만나고 오는 길이다."

그 말에 에녹이 벌떡 일어났다.

"레드를…… 그들은 잘 지내고 있어?"

"죽지는 않았습니다, 고르돈의 왕이여."

모히틀은 타니하르의 팔뚝을 잡아 일으켰다.

"누워 있을 틈 없다, 타니하르. 레드가 부탁한 일이 있어."

* * *

입안으로 달콤한 피가 흘러들어왔다. 클레어의 육체는 오랜만에 마시는 풍부한 혈액을 쉴 새 없이 흡수했다. 천 년이 넘는 세월 동안 마신 인간의 피라고는 레드의 것 몇 모금이 전부였다. 그 때문에 아무리 마셔도 갈증이 사라지지 않았다. 삼키는 피가 많아질수록 육체가 강해지는 것이 느껴졌다.

달콤함, 그리고 그것이 전달해 주는 야릇한 환희. 인간의 피는 정혈귀에게 마약과도 같았고, 클레어에게도 마찬가지였다. 그녀는 자신의 안에 있는 정혈귀의 본능이 더 많은 피를 요구하는 것을 깨달았다. 마시면 마실수록 부족하다는 느낌이 사라지질 않았다.

"그만."

클레어는 아낌없이 피를 흘리는 델리의 손목을 밀어냈다.

"전 아직 괜찮아요, 클레어 님. 이 미련퉁이가 피라도 드릴 수 있어서 기쁜데…… 아, 혹시 제 피를 많이 마시면 제 멍청함이 옮을까 봐 그러시는 건가요? 죄송해요, 클레어 님."

"아니, 그런 게 아니란다."

클레어는 습관적으로 입가를 닦았다.

"그런 게 아니야, 델리. 고마워."

"제 피도 드릴 수 있으면 좋을 텐데, 워낙 끈적거려서."

카인이 미안하다는 듯 말했다. 클레어는 그를 향해 쓴웃음을 지었다.

이들에게는 말할 수 없었다. 마시면 마실수록 더 마시고 싶어지는 욕구를 참을 수가 없다고. 그들의 흰 목덜미에 송곳니를 박아 넣고 싶단 충동을 견디기가 힘들다고.

아란과 라울, 델리와 유키의 피는 마셨지만 레드의 피는 마시지 않았다. 그는 그동안 클레어에게 지속적으로 피를 제공했고, 늘 혈액이 모자란 상태였다.

'기분이 별로야.'

멀찌감치 떨어져서 지켜보던 레드는 불쾌함을 감출 수가 없었다.

피를 마실 때의 클레어는 조금 야릇한 표정을 짓는데, 지금껏 그 표정은 레드만 볼 수 있는 것이었다. 하지만 이제는 다른 녀석들도 그걸 보게 되었다. 레드는 어쩔 수 없는 상황이라는 것을 알면서도, 클레어가 자신의 것이 아닌 다른 이들의 피를 마신다는 사실에 기분이 가라앉았다.

그는 차게 식은 손가락을 움직이다가 조소를 흘리고 말았다.

'나 진짜 못난 놈이구나.'

카르제나의 기억에 대한 이야기를 들은 후, 저도 모르게 클레어를 피하고 있었다. '클레어를 사랑하는 건 내 감정이야.'라는 주장은 말뿐일 뿐, 사실은 카르제나의 기억 때문일지도 모른다는 생각을 거둘 수가 없었다.

'내가 이렇게 한심한 놈이었다니.'

창피했다. 쓸쓸한 미소를 짓고 있는 클레어의 얼굴을 똑바로 바라볼 수가 없었다. 뒤돌아서서 걸어가는데, 어느새 다가온 아란이 레드의 목덜미를 붙잡았다.

"왜?"

레드는 아란을 돌아보지 않았다. 아란은 레드에 대해 가장 잘 아는 친구였다. 아마 지금 레드의 혼란 또한 알고 있을 것이다.

"정신 차려, 레드."

아니나 다를까, 아란이 콕 집어서 말했다.

"너나 차려."

레드는 건성으로 대꾸하며 그의 손을 뿌리치려 했지만, 그는 레드를 놔주지 않았다.

"네 사랑이 네 감정 때문인지, 카르제나의 기억 때문인지가 그렇게 중요한가?"

"중요해. 나한테는."

"그럼 그 고민, 혼자서만 해라. 드러내지 말고."

"그러려고 노력 중이야."

"노력 중이라고?"

아란은 목덜미를 잡은 손에 힘을 줬다.

"네가 클레어를 피하는 걸, 나도 알고, 라울도 알고, 유키랑 델리도 알아. 우리가 아는 걸 클레어가 모를까?"

"……."

"너는 클레어를 돕겠다고 약속했다. 네 감정이 누구 것이든, 중요한 건 네놈이 입 밖으로 꺼낸 약속이야. 그 약속을 깰 생각이 없다면……."

탁.

아란은 목덜미를 풀어 주고는 레드의 뒤통수를 가볍게 때렸다.

"정신 똑바로 챙겨. 보고 있기 짜증 나니까."

"너, 변했다. 옛날엔 엄마처럼 챙겨 주더니."

"미련한 아들놈 혼내 주는 것도 엄마의 역할 아니었던가?"

도시의 관문에서 소란이 일어난 것은 바로 그때였다. 혈귀 때문에 일어난 소동인가 싶었는데, 그건 아니었다. 갑자기 나타난 경비병들이 관문 앞에서 서성이는 상인들과 여행객들을 잡아들이기 시작한 것이다.

"무슨 일이지?"

"글쎄. 쫓아내려는 건가?"

"잡아들이는 것 같은데? 저것 봐, 묶고 있잖아."

몇 명의 경비병들이 레드 일행을 향해 달려오는 것이 보였다. 레드와 아란은 일행이 있는 곳으로 돌아갔다.

"어쩔까요, 레드?"

라울이 팔짱을 낀 채 여유롭게 물었다.

"일단은 사정을 알아보는 게 좋겠는데. 어차피 도시를 통과해야 되니까."

"이히히히히. 그럼 순순히 잡혀야겠군."

그래서 켈트로디언과 클레어를 제외한 일행은, 순순히 경비병들에게 붙잡혔다.

붙잡힌 사람들은 서른 명쯤 되었고, 모두 시청으로 끌려갔다. 시청 앞 광장으로 걸어가며, 레드는 이 도시의 이름이 론튼이라는 것을 알게 되었다.

'론튼 시의 시장이 누구였더라?'

길게 생각할 필요도 없이 곧 시장이 모습을 드러냈다. 갈색 머리에 흰머리가 드문드문 섞인, 신경질적인 인상의 중년 남자였다.

'아, 맞다. 오티어 백작.'

대륙 내에 존재하는 대부분의 도시와 시장의 이름이, 레드의 머릿속에 담겨 있었다. 하지만 오티어 백작이 어떤 사람인지에 대한 정보는 없었다. 레드는 일단 눈에 띄지 않고 정보를 습득하겠다고 다짐했다.

하지만

"내 딸 내놔!"

라고 시장이 외쳤고,

"네 딸을 왜 우리한테서 찾아!"

라고 레드가 받아치고 말았다. 여기저기 흩어져 있던 일행은, 나서지 말아야 할 곳에 나선 레드를 모르는 척하기로 했다. 동료의 도움은 필요 없었다.

철컹—

혈귀와 관계된 일이 아니라는 걸 알자마자, 레드는 팔을 묶고 있던 두꺼운 수갑을 끊어 버렸다. 강철로 만든 수갑이 쉽게 끊어지는 모습에 경비병들은 당황했다. 그들은 레드를 향해 허둥지둥 달려왔지만, 주위에 잡혀 있는 다른 사람들 때문에 속도를 내지 못했다.

"비켜!"

"저리 비키라고!"

거친 목소리로 사람들을 밀치며 레드가 있었던 장소에 도착했을 때, 레드는 이미 시장의 옆에 가서 서 있었다.

"다들 꼼짝 마."

레드는 시장의 뒤에서 그의 목에 단검을 겨누고 낮은 어조로 말했다.

"이래서야 영락없는 범죄자인데요."

사람들 틈에 섞여 있던 라울이 나직하게 중얼거렸다. 라울과 가까운 곳에 있던 유키가 고개를 절레절레 저었다.

"레드가 원래 저런 사람이라는 걸 깜빡하고 있었어."

"이히히히히. 난 저럴 줄 알았지."

"우린 그냥 모르는 척하는 게 좋겠군."

아란이 결론을 내렸다. 그때, 레드가 일행을 정확하게 지적하며 말했다.

"어이, 너희들도 그거 풀고 이리로 와. 여기서 쓸데없이 시간 낭비 할 틈 없으니까."

걸렸다.

일행은 입술을 비죽거리며 수갑을 풀고 레드의 곁에 가서 섰다. 갑작스러운 사태에 경비병들은 어쩔 줄을 몰라 했고, 그들에게 지시를 내려야 하는 시장도 마찬가지였다. 시장은 파랗게 질린 얼굴로 아랫입술을 떨며 말했다.

"워, 워, 원하는 게 뭐냐?"

"마차를 타고 이 도시를 통과해야겠는데, 북쪽 관문을 열어 줘야겠다."

"그, 그, 그럴 순 없다!"

시장은 바들바들 떨면서도 강하게 나왔다. 레드의 검이 시장의 목에 더 가까워졌다. 경비병들은 도와야 할 것 같아 움찔거렸지만 섣불리 다가오진 못했다. 강철로 만든 수갑을 단숨에 끊어 버린 레드 일행의 힘에 질린 탓이었다.

"내, 내 딸을 납치한 것이 너희들이지!"

"이히히히. 그렇다면 어쩔 테냐!"

누가 봐도 미치광이로 보이는 카인이 낄낄거리며 도발하자, 시장은 거의 기절 직전이 되었다. 아란이 검집으로 카인의 허벅지를 툭 쳤다.

"카인, 좀!"

"이히히히히. 왜 그래? 겁에 질린 인간을 괴롭히는 것처럼 즐거운 게 있을 것 같아?"

"너란 놈은 진짜……."

"내, 내, 내 딸을…… 내 딸을 내놓으란 말이다아아아아!"

시장은 마지막 남은 힘을 끌어내서 비명을 지르더니, 그대로 기절하고 말았다. 기가 막힌 것은 레드 일행이었다. 이렇게 나약한 놈이 한 도시를 책임지는 시장이라니!

무슨 일인가 싶어서 구경을 나왔던 도시 사람들은, 늘 경험하는 일인지 놀란 눈빛이 아니었다. 그들은 일상적인 일을 목격한 듯 쯧쯧 혀를 찼고, 경비병들은 작게 한숨을 내쉬었다.

오히려 레드 일행이 당황해서 서로를 쳐다봤다.

"어쩌냐?"

레드는 자기 품으로 쓰러진 시장을 더러운 물건이라도 된다는 듯 툭 내려놓으며 물었다.

"레드, 요새 그 머리통에 뭘 채우고 있기에 이런 짓을 저지르는 겁니까? 당신이 입만 닥치고 있었어도, 저들이 알아서 범인을 색출해내고 끝낼 일이었다고요! 왜 굳이 그 주둥아리를 나불거려서 일을 키우는 겁니까? 이런 게 재미있습니까? 즐거워요?"

상냥하게 미소 띤 얼굴로 라울이 추궁했다. 레드는 뒷걸음질을 치며 말했다.

"미안."

"아뇨, 레드. 미안하다는 말을 듣고싶은 게 아니라 진심으로 물어보는 겁니다. 어떻게 돌아가는 머리통이기에 이런 걸 즐거워하는 건지 궁금해서요."

"죽을죄를 지었다."

"이히히히. 붉은 사자도 라울한테는 꼼짝 못 하는구만."

"카인. 당신도 그 입 닥쳐요. 그 해괴망측한 웃음소리 때문에 일이 더욱더 커졌다는 자각이 없습니까? 그 미친 짓은 그냥 머리통 속에서만 끝낼 수는 없는 겁니까? 굳이 입술을 나불거려야겠어요?"

라울의 부드러운 독설은 미치광이에게도 효과가 있었다. 카인은 웃음을 뚝 멈추고는 뒷걸음질을 치며, 레드에게 동병상련의 눈빛을 보냈다. 레드는,

'그래, 이놈이 제일 무서워.'

라는 눈빛을 쏘아 보냈고, 카인은

'혈귀가 아니라 이놈에게 죽을 것 같은데?'

라고 맞장구를 쳤다.

라울의 독설을 제대로 경험하는 게 처음인 델리는, 견디지 못하고 라울의 앞에 납작 엎드렸다.

"죄송해요, 라울 님. 제가 레드 님과 카인 님을 보필하질 못해서, 저 때문에 이런 큰일이…… 이 미련통이를 용서해 주세요, 라울 님."

라울은 그런 델리를 조용히 내려다보다가 말했다.

"델리, 당신도 그 영문 모를 사죄 좀 관두세요. 한 번만 더 내 앞에서 넙죽 엎드리면 레드랑 같이 꽁꽁 묶어서 땅에 묻어버릴 거니까."

첫 번째로 경비병들을 얼어붙게 만든 것이 레드의 힘이었다면, 두 번째로 경비병들을 꼼짝 못 하게 만든 것은 라울의 서슬 퍼런 입담이었다. 라울은 속이 시원하다는 듯 크게 숨을 들이마시더니, 비 온 뒤 하늘만큼이나 상쾌한 미소를 지으며 말했다.

"자, 시장님의 이야기를 좀 들어볼까요?"

클레어와 켈트로디언은 기척을 지우고 시청 지붕 위에 앉아 있었다. 쏟아지는 햇살은 따사로웠고, 불어오는 바람은 신선했지만 클레어의 표정은 굳어 있었다.

"그 아이에게 마음이 쓰이느냐?"

켈트로디언이 물었다. 클레어는 씁쓸하게 웃으며 고개를 숙였다.

"쓰이네요. 혼란스러운 것이 당연하다고 생각하면서도, 마음이 쓰이는 것은 어쩔 수가 없어요. 참으로 신기하지 않나요? 천 년을 넘게 살았는데도 사랑하는 이의 행동 하나하나에 반응하는 것이."

"인간이란 그러한 것 아니겠느냐."

"전 인간이 아니잖아요, 로디언. 저는 정혈귀예요."

"허나 인간의 마음을 잃지 않았지."

"그렇지 않아요. 아까 저 아이들의 피를 마실 때에, 저는 폭주할 뻔했어요. 그 피가 얼마나 다디단지…… 하마터면 델리의 손목에 이를 박아 넣을 뻔했어요."

누구에게도 하지 못한 말을 드래곤에게는 할 수 있었다. 아마 켈트로디언은 말하지 않았어도 알고 있었으리라.

그의 따뜻한 손이 클레어의 머리를 쓰다듬었다.

"아이야. 너는 결국 그 충동을 참아냈단다. 가슴에 이는 욕구를 참아 내는 것이 인간이 아니라면 무엇이겠느냐."

"로디언, 당신은 정말 친절해요. 그때 당신을 만나지 못했더라면, 아마 전 무너졌을 거예요."

클레어는 허벅지 위에 두 손을 가지런히 모았다.

"저는 약해요, 로디언. 사랑만 받고 자란 철부지일 때 정혈귀가 되었고, 조금도 성장하지 못했어요. 그래서 레드가 자신의 사랑에 확신을 갖지 못하고 있는 게 서글퍼요. 그게 너무도 신경 쓰이고 속상한데…… 사실은 알고 있어요. 차라리……."

레드가 그렇게 혼란스러워하다가 클레어에 대한 사랑을 버리는 것이 나왔다. 어차피 클레어와 레드의 사랑은 결실을 맺지 못한다. 그 남자와 그 여자는 결혼을 해서 아이를 낳고 행복하게 살았답니다, 라는 해피엔딩은 존재할 수 없었다.

인간의 미래에는 수많은 길이 존재한다지만, 클레어와 레드의 앞에 존재하는 길은 단 두 개뿐이었다. 루시드를 죽이고 클레어가 사라지거나, 루시드를 죽이는 데 실패해 레드가 죽거나. 어느 길이든 한쪽만이 남게 된다. 둘이 함께 손을 붙잡고 쭉 걸어갈 수 있는 길 따위는 없었다.

"차라리 레드가 그 깊은 마음을 정리하는 게 낫다는 것을 알고 있어요. 절 사랑하는 마음이 없으면, 제가 사라져도 슬픔이 그리 크지는 않을 테니까요. 무너지지 않을 테니까요. 그러니까……."

클레어는 크게 숨을 내쉰 후 쓰게 웃었다.

"참 어렵네요. 피를 마시지 않고 참는 것보다 더 어려워요."

지혜로운 드래곤은 이런 순간에 그 어떤 위로도 해 주지 않는 것이 낫다는 것을 알고 있었다. 그래서 그는 침묵했고, 클레어는 시청 안에서 들려오는 목소리에 가만히 귀를 기울였다.

"시장의 딸이 사라졌대요."

클레어가 일어났다. 바람이 그녀의 연분홍색 드레스를 스치고 지나갔다.

"전 그 딸이 어디에 있는지 알 것 같네요."

클레어의 시선은 서쪽 어딘가를 향하고 있었다. 피를 충분히 마셔서 예민해진 그녀의 감각에, 아까부터 걸리는 것이 하나 있었다. 그리 큰일은 아닌 것 같아서 내버려 두었는데, 시장의 사정을 들어 보니 모르는 척할 수가 없었다.

"갈 길이 급하니, 서둘러서 움직여야겠어요. 제가 가서 데리고 오겠어요, 로디언."

클레어는 로디언의 대답을 기다리지 않고 건너편 지붕으로 몸을 날렸다.

시장의 딸인 헤더 오티어는 연인의 손을 꼭 잡고 있었다. 연인인 투란도의 손은 무척 차가웠지만, 그래도 헤더는 좋기만 했다.

투란도가 자신의 정체를 밝힌 것은 한 달쯤 전의 일이었다. 고르돈 국에서 혈귀의 진실을 밝힌 후, 여러 나라가 흉흉해졌지만 그 타격이 론튼 시까지 미치지는 않은 상태였다. 그래서 혈귀 같은 것은 먼 세상의 일로만 여기고 있었는데, 남몰래 사귀고 있던 투란도가 고백을 해 왔다.

"고르돈의 새로운 왕이 선포한 이야기 알고 있지? 내가 바로 그 정혈귀야."

투란도는 선택하라고 했다. 함께할 것인지, 아니면 떠날 것인지. 헤더는 투란도를 떠날 수 없었다. 투란도는 처음으로 마음을 준 남자였고, 언제나 헤더에게 다정했다. 그래서 헤더는 모든 것을 버리는 한이 있더라도 투란도와 함께하기로 결심했다.

팔불출이라는 말을 들을 정도로 헤더를 아끼는 아버지가 마음에 걸리기는 했지만, 어쩔 수 없었다. 아버지야 언젠가는 돌아가시겠지만, 투란도는 영원히 곁에 있어 줄 테니까.

어릴 적부터 누려온 모든 것을 버려두고 떠나는 헤더의 가슴은, 미래에 대한 희망으로 부풀어 있었다. 투란도와 같은 정혈귀가 되면 영원히 아름다운 상태로 살아갈 수 있게 될 것이다. 늘 사랑을 속삭이고 키스를 나누며, 무서울 것 없이 살게 되겠지.

그때였다.

꿈에 부풀어 달리는 둘의 앞을, 누군가가 막아섰다. 헤더의 손을 잡은 투란도의 손에 힘이 들어갔다.

둘은 달리기를 멈추고, 갑자기 나타난 여자를 살펴봤다.

눈이 시리도록 아름다운 여자였다.

햇빛을 받아 붉게 보이는 머리카락은 생명을 가진 듯 흩날렸고, 하얗고 작은 얼굴 안에 자리 잡은 큼지막한 눈은 순수하면서도 요염해 보였다. 도톰한 입술은 딸기로 물을 들인 듯 붉고 달콤해 보였다.

"사랑의 도피인 게냐?"

여자의 음성은 낮고 허스키했지만, 듣는 이를 사로잡는 마력이 있었다. 여자의 목소리를 듣자마자 투란도가 갑자기 뛰어올랐다. 하지만 여자가 더 빨랐다.

그녀는 순식간에 투란도의 목을 잡아 땅에 내쳤다.

쿵—

반항하지 못하고 떨어진 투란도는 무슨 말인가 하려고 했지만, 여자의 손톱이 투란도의 목을 베어 냈다.

"꺄아아아아악!"

연인의 목이 떨어지자, 헤더는 비명을 질렀다. 하지만 여자는 헤더에게 눈길도 주지 않았다.

"행복한 나날을 꿈꾸고 있었던 게냐? 아니면 순진한 여인을 꾀어 재미를 보려 했던 게냐?"

목으로부터 분리된 투란도의 입술이 달싹거렸지만, 소리는 나오지 않았다.

"그래, 그 어떤 이유라도 상관없겠지. 잘 가거라."

여자의 날카로운 손톱이 가슴을 파고들어, 투란도의 심장을 끄집어냈다. 움직이지 않는 붉은 심장은, 그녀의 손안에서 파괴되었다.

파스스스—

그 순간, 투란도의 몸도 흩어졌다. 남은 것은 투란도가 입고 있던 옷뿐이었다.

헤더는 눈앞에서 벌어진 일을 믿을 수가 없었다. 갑자기 나타난 아름다운 여인, 그리고 사랑하는 남자의 죽음.

더는 비명도 나오지 않아 꺽꺽거리며, 두 손으로 입을 틀어막은 채 주저앉았다. 여자는 헤더에게 서늘한 시선을 보냈고, 헤더는 여자가 자신도 죽일 거라 생각했다. 하지만 예상과 달리, 여자의 손톱과 송곳니가 사라지며 그녀는 인간과 똑같은 모습이 되었다.

"이 아이는 정혈귀였단다. 네게 먼저 설명하는 것이 순서였겠지만, 이런 곳에서 시간을 끌고 싶지는 않았다."

헤더는 부들부들 떨면서도 여자를 노려봤다.

투란도가 죽었다.

"이 아이를 인간이라 믿고 있었던 게냐?"

모든 걸 버리고 선택한 남자가 죽었다.

"사랑하는 이를 잃은 마음이 어떠한지는 알겠다마는……."

"당신이 뭘 알아!"

목숨과도 같았던 사람을 잃었다는 걸 직시하고 나자, 공포심이 사라졌다. 헤더는 그녀가 정혈귀라는 것도 잊고 달려들었다.

"당신이 뭘 아는데? 이 괴물! 투란도는, 투란도는 나를 사랑했어! 나랑 평생, 영원히 함께하기로 했다고!"

"……너, 혹시 이 아이가 정혈귀라는 것을 알고 있었던 게냐?"

"그래! 알고 있었어! 나는 알고 있었다고! 연인 사이에는 비밀이 없는 법이잖아! 알고 있으니까, 그러니까 투란도를 선택한 거야! 투란도랑 같이……."

"그렇다면 더 설명할 필요 없겠구나."

여자가 헤더의 절규를 끊으며 손을 뻗었다.

"돌아가자, 네 아비에게로."

헤더를 기절시키는 것은 어려운 일이 아니었다. 클레어는 축 늘어진 헤더를 팔에 끼고 론튼 시를 향해 달리기 시작했다.

'왜 인간들은 이다지도 어리석은 거지?'

스스로 정혈귀가 되기를 선택한 인간들을 종종 봐 왔다. 영원한 삶이 주는 끔찍함을 모르는 어리석은 인간들이 안쓰러웠는데, 이제는 조금 화가 날 지경이었다.

어째서 지옥 같은 괴로움을 스스로 선택하는 걸까? 죽음이 두렵다는 이유로, 늙어가는 것이 싫다는 이유로, 끝도 없는 저주의 길을 선택하는 이유가 무엇일까.

늙는 것도, 죽는 것도 자연의 섭리인데. 그렇기에 더욱 삶이 아름답고 소중한 것인데.

론튼 시의 관문이 보일 무렵, 클레어는 걸음을 멈췄다. 레드와 델리가 달려오고 있었다.

아마 헤더를 찾기 위해 일행이 흩어진 모양이다.

"클레어?"

레드는 이런 곳에서 클레어를 마주칠 줄은 몰랐는지 놀란 기색이었다.

"이 아이가 시장의 딸인 헤더야."

클레어는 레드에게 헤더를 건넸다. 레드는 만지고 싶지 않다는 표정으로 헤더를 내려다봤고, 그런 레드 대신 델리가 헤더를 받아 들었다.

"정혈귀가 연인이었나 봐. 함께 도망치고 있기에, 내가 그 정혈귀를 죽였지."

"아아……."

"이 아이는 내가 정혈귀라는 것을 알지만, 나는 기척을 감추고 있을 테니 너희와 내가 일행이라는 사실이 알려지진 않겠지. 가 볼게."

"잠깐만, 클레어."

"놔 줘, 레드."

클레어는 레드와 눈을 맞출 수가 없었다.

방금 전의 자신은 조금 끔찍했고, 레드를 놓아줄 수가 없어서 그의 갈등을 인정하지 못하는 자신 또한 끔찍했다. 이기적인 마음을 레드에게 들키고 싶지 않았다. 네 갈등, 그런 건 빨리 정리하고 전처럼 나에게 사랑한다고 말해 달라, 요구하기 싫었다.

"어서 가 봐. 해야 할 일이 있잖아."

클레어는 쓸쓸하게 웃었다. 쉽게 손목을 빼낸 그녀는, 그대로 기척을 감춰 사라졌다. 레드는 클레어가 서 있던 곳을 바라보다가 몸을 돌렸다.

힘차게 달려올 때와는 달리 걸어가는 발길에는 힘이 없었다. 레드는 터덜터덜 걸었고, 넬리도 비슷한 모양으로 그의 뒤를 따랐다.

"레드 님은 저보다 더 심한 바보였네요."

라는 말에, 레드는 걸음을 멈췄다.

"닥쳐, 델리."

"정말 바보예요. 바보, 바보, 바보."

"델리, 너⋯⋯."

인상을 찌푸리고 뒤를 돌아본 레드는, 델리의 표정을 보고는 입을 다물었다. 델리의 눈가는 금방이라도 눈물을 떨어뜨릴 듯 촉촉하게 젖어 있었다. 여자의 눈물이라면 질색이기에, 레드는 주먹을 꽉 쥐고 분노를 참았다.

"천 년이나 잘 견디며 살아온 클레어 님 마음속에 파고들어 가더니, 이제 와서 그렇게 흔들리면 클레어 님은 어쩌라는 거예요?"

"넌 몰라, 델리."

"왜 몰라요? 이건 딱 그거잖아요. 여자한테 잘해 주다가 여자가 푹 빠지고 나니까, '아, 미안. 아무래도 사랑이 아니었던 것 같다.'라고 하면서 뒤로 물러나는 거. 나쁜 남자의 표본!"

"그런 게 아니야."

"아니긴 뭐가 아니에요? 딱 그런 거지. 자기감정에 확신도 없으면, 애초에 왜 클레어 님 마음을 흔들어요? 그냥 놔두지. 클레어 님이 예뻐서 설레고 좋아도 고백하지 말고 꾹 참지."

"⋯⋯."

"좋네, 사랑하네, 다 그래 놓고서 이제 와서 그게 뭐예요? 정말 레드 님은 바보 멍청이에요."

"너, 말 잘한다?"

"확신이 있는 말은 잘해요. 저도 아무 때나 바보 멍청이인 건 아니라고요."

"그럼 평소에 너 자신이 미련하다고 납작 엎드려댔던 건 확신이 있어서 그런 거였냐?"

"그럼요! 전 늘 제 자신이 미련한 바보라는 사실에 확신을 갖고 있어요!"

델리가 당차게 외쳤다. 레드는 작게 한숨을 내쉬고 다시 돌아섰다. 걸어가며, 그는 말했다.

"예전에 말이야. 내가 아직 클레어를 사랑한다는 걸 깨닫지 못했을 때 일인데…… 그때, 내가 도박을 좀 했어. 내가 도박하는 걸 좋아하거든."

"……"

"클레어가 그러더라. 자기 연인도 도박을 참 좋아했더라고."

"하지만 도박 좋아하는 사람은 많은 걸요. 단지 그것만으로……"

"그게 아니야, 델리. 내가 두려운 건 두 개야. 이 감정이 젠의 기억으로 비롯된 감정일지도 모른다는 두려움. 또 하나는…… 나도 의식하지 못한 채 행동으로 묻어나오던 젠의 기억들을 보고, 클레어가 날 사랑하게 되었을지도 모른다는 두려움."

"……"

"델리, 난 이 손으로 혈귀가 된 어머니를 죽였고, 그 이후로 혈귀들을 상대해 왔어. 끊임없이 싸워 와서 싸우는 법은 조금 알겠는데…… 델리, 난 사랑은 처음이야."

레드의 입가에 쓸쓸한 미소가 번졌다.

"내 것이 아닌 것 같아서, 혹은 날 향한 게 아닌 것 같아서 두려운 이 마음을, 도대체 어떻게 정리해야 하는 건지 모르겠다."

"……."

"네 말대로 내가 바보 멍청이이기 때문이겠지. 아란이나 라울이었다면, 바로 답을 내렸을 텐데 말이야. 아니, 심지어 유키조차도 나처럼 멍청하게 굴진 않았을 거야."

낮게 가라앉은 그의 음성을 들으며, 델리는 어떤 말로 위로를 해 줘야 할지 고민했다. 하지만 답을 찾을 수가 없었다. 클레어를 향한 마음, 그리고 앞으로의 행동은 오롯이 레드가 결정할 몫이었다.

괴로운 음성과는 달리, 불처럼 화려하게 빛나는 붉은 머리카락을 바라보며, 델리는 말없이 그의 뒤를 따라갔다.

*　　　*　　　*

시장의 딸을 찾았다는 걸, 통신용 마력석으로 일행에게 알린 후 레드와 델리는 시청 안으로 들어갔다. 오티어 백작은 초조한 듯 집무실 안을 오가고 있었다.

"오, 헤더."

델리의 품에 축 늘어져 있는 딸을 발견한 오티어 백작이 비통한 신음을 흘렸다. 델리는 뚱한 표정으로 헤더를 집무실의 원형 테이블에 눕혔다.

"도, 도대체 내 딸에게 무슨 짓을⋯⋯!"

"정혈귀에게 잡혀 있는 걸 구해 왔다."

레드가 차갑게 말했다.

"멍청하게도 정혈귀를 연인으로 두고 있더군. 아, 혹시 당신도 혈귀를 믿지 않는 쪽인가?"

레드의 말에 오티어 백작의 얼굴이 하얗게 질렸다. 그는 딸의 머리를 쓰다듬다가 고개를 저었다.

"설마 투란도, 그놈이⋯⋯ 그, 그놈은 원래부터 마음에 안 들었어. 자작의 아들이었는데 반들반들한 얼굴로 여자들을 홀리고 다니는 꼴이⋯⋯."

"아니, 그런 속사정은 관심 없고. 약속대로 딸을 데리고 왔으니 우리 일행을 통과시켜 줘야겠어."

"하, 하지만⋯⋯ 정혈귀가 다시 돌아오면 어떡하라고?"

"네 딸을 꾀어낸 정혈귀는 죽였으니 다시 돌아올 리 없겠지."

"다른 정혈귀들이 찾아올 수도 있는 거잖나. 아니면 이 도시에 정혈귀들이 숨어 있을 수도 있고."

"그래서 어쩌라고? 딸을 구해 달라고 해서 구해 줬더니, 이제 뒷수습까지 해 달라고? 너무 욕심이 많은 거 아냐?"

레드가 짜증을 감추지 않고 말했다.

"며칠만이라도 좋으니까 론튼에 머물러 줄 수 없겠나? 가장 좋은 방을 내주겠네. 필요한 건 뭐든 다 제공하고. 제발 부탁이야."

후후단 작은 도시에서 벌어진 일을 오티어 백작도 아는 모양이었다. 혈귀가 한 도시를 멸망케 할 수 있다는 공포에, 오티어 백작은 체통도 잊고 레드에게 매달렸다. 한참 그러고 있을 때 다른 곳으로 갔던 일행들이 돌아왔다.

"잠깐 묵는 것도 좋을 것 같은데요."

델리에게 사정을 들은 라울이 말했다.

"식량도 좀 사들여야 하고, 통신용 마력석 점검도 해야 하고, 이 근처에 마력 상점이 있더군요. 스크롤도 구할 수 있으면 좋을 텐데."

"전부, 전부 구해 주겠네!"

라울이 자기편이라는 걸 깨달은 오티어 백작이 얼른 방향을 바꿨다. 레드는 말없이 라울을 노려봤고, 라울은 싱긋 웃으며 말했다.

"클레어에게 옷도 좀 사줘야겠어요."

레드는 콧등에 살짝 주름을 잡았다가 순순히 고개를 끄덕거렸다.

"그래, 니들 멋대로 해라. 후회할 거다."

"글쎄요. 식량이 떨어져서 아란이 예민해지는 꼴을 보는 것보다는 낫지 않겠습니까?"

시장은 약속대로 도시에서 가장 좋은 여관에 숙소를 마련해주고, 상점가 사람들에게 레드 일행에게선 돈을 받지 말라고 말해 두었다. 카인과 델리는 마차를 들여오기 위해 도시 밖으로 나갔고, 라울과 유키, 아란은 필요한 물건을 사러 나갔다.

레드는 혼자 방에 남아 침대에 드러누웠다.

클레어를 만나기 전에는, 언젠가 사랑을 하게 된다면 어떨까, 라는 공상조차 해본 적 없는 레드였다. 그 때문에 시작한 사랑에 확신이 없을 때 생기는 무력감과 공허함을, 어떻게 이겨내야 할지 알 수 없었다.

루시드고, 혈귀고 아무래도 상관없다는 생각이 들었다. 주위를 둘러싼 모든 문제들은 어떻게 되어도 좋으니, 심장을 짓누른 커다란 돌덩어리가 사라졌으면 하는 마음뿐이었다.

'난 진짜 어쩔 수 없는 놈이야.'

유키와 라울이 농담 삼아 했던 가혹한 평가들이, 이제 와서는 전부 진심으로 느껴졌다.(물론 유키와 라울은 늘 진심이었고, 받아들이는 레드만 농담이라고 생각했다.)

'성질만 사납고 생각이 짧은 놈이지. 남의 마음은 헤아릴 줄도 모르고, 모든 일에 건성이고.'

클레어에게만큼은 건성이고 싶지 않았다. 사랑이라는 감정을 제외하고라도, 클레어는 인간적으로 너무나 안쓰러운 삶을 살아왔다. 더는 클레어가 괴로워하고 슬퍼하지 않았으면 좋겠다고 생각한다.

'하지만 널 어떻게 대해야 할지 모르겠다, 클레어. 내가 보는 게 과연 너일까? 네가 보는 게 과연 나일까?'

고민하는 시간이 길어질수록 불안이 점점 커지고 마음이 황폐해졌다. 레드는 한 팔로 눈을 가리고 깊은 한숨을 내쉬었다.

그러한 레드를, 조용히 들어온 클레어가 물끄러미 응시하고 있었지만, 그는 그조차 깨닫지 못했다.

헤더가 눈을 떴을 때, 옆에는 걱정스러운 표정의 오티어 백작이 앉아 있었다.

"아버지……."

"헤더, 오, 헤더. 대체 이게 무슨 꼴이냐? 응?"

"아버지, 저는……."

멍했던 정신이 돌아오자 투란도의 끔찍한 죽음이 떠올랐다.

"그 여자가 투란도를 죽였어요!"

헤더가 비명처럼 외쳤다. 오티어 백작은 그 여자라는 것이 델리를 말하는 거라고 생각했다.

"그래, 투란도가 정혈귀였다고 하더구나. 너도 알지? 혈귀에 대해. 얼마 전에 후후단에서 큰일이 벌어졌잖느냐. 하마터면 우리 론튼도 투란도의 손에……."

"아니에요, 아니에요, 아버지! 투란도는 다른 정혈귀랑 달랐어요. 그는, 그는 제 피를 마실 생각이 없었다고요! 아무도 죽이지 않기 위해, 우리는 도시를 떠나려고 했던 거예요. 나랑 같이 평생 행복하게 살겠다고 했어요. 인간의 피를 마시지 않아도 좋으니, 저만 있으면 된다고……."

짜악—

오티어 백작의 손이 헤더의 뺨을 올려붙였다. 난생처음으로 뺨을 맞아본 헤더는 두 눈을 휘둥그레 뜨고 오티어 백작을 쳐다봤다. 오티어 백작은 부들부들 떨며 노한 목소리로 말했다.

"헤더, 너 정신이 없는 거냐? 정혈귀란 말이다! 인간의 피를 빨아먹고, 몇 천 명이나 되는 사람들을 단숨에 죽이는 잔인한 정혈귀! 투란도, 그놈은 인간이 아니야! 괴물이라고!"

"괴, 괴물이라면 그 여자야말로 괴물이에요! 그 여자가 투란도를 죽였다니까요!"

헤더가 맞은 뺨을 부여잡고 외쳤다.

"괴물이라니! 널 구해 준 사람이다! 하마터면 네가 괴물이 될 뻔했단 말이야, 이 녀석아!"

"아버지! 그 여자, 진짜로 괴물이라니까요!"

헤더는 답답했다. 투란도가 죽은 것은 이제 두 번째 문제였다. 투란도를 죽인 그 증오스러운 괴물이 근처에 있었고, 아버지의 마음마저 사로잡았다.

그 여자가 자신을 구해 줬다는 생각은 들지 않았다. 투란도는 솔직하게 자신의 정체를 밝혔고, 헤더는 그를 선택했다. 헤더를 해칠 생각이 없는 투란도를, 그 여자가 죽여 버린 것이다.

그 여자에게 복수해야 한다는 생각이, 헤더의 머릿속을 가득 채웠다. 헤더는 침착해지기 위해 심호흡을 했다. 그러는 동안 오티어 백작도 마음을 가다듬었다.

"아버지, 그래요. 투란도는 정혈귀였어요. 제가 어리석은 선택을 했어요."

복수를 하기 위해서는 오티어 백작의 힘이 필요했다. 아버지의 마음을 달래는 게 우선이라고 생각한 헤더는 차분한 목소리로 말했다.

"그런데요, 아버지. 투란도를 죽인 그 여자도 정혈귀예요. 그 여자는 투란도를 죽인 후에 내 피를 마시려고 했어요."

"헤더⋯⋯."

"정말이에요, 아버지. 그 여자가 아버지에게 뭐라고 말했는지는 모르겠지만, 그 여자도 정말 정혈귀예요. 아시잖아요, 정혈귀가 인간이랑 똑같다는 거. 투란도도 정혈귀처럼 보이지 않았는데 정혈귀였고⋯⋯."

"하지만 그녀는 네 피를 마시지 않고 널 여기까지 데려다 줬어."

"그럴 리가요. 아, 어쩌면 다른 꿍꿍이가 있는지도 모르겠어요. 아버지의 신뢰를 얻어서 론튼에 머물다가, 론튼 시민들의 피를 다 마셔버리려는 게 아닐까요?"

이러니저러니 해도 딸을 가장 믿는 오티어 백작이었다. 그는 헤더가 했던 짓도 잊고 그녀의 말에 빠져들었다. 하얗게 질린 오티어 백작의 얼굴을 보며, 헤더는 속으로 웃었다.

"하긴⋯⋯ 생각해 보면, 그들이 갑자기 나타나서 정혈귀를 해치우고 널 구해 왔다는 것부터가 이상하긴 했다."

"그들⋯⋯이라니요?"

"아, 너는 기절해서 못 봤던 거냐? 무리가 있어. 사내들도 몇 명 있고, 어린아이도 한 명 있던데."

"아아, 그런가요?"

전혀 몰랐던 일이다.

"만약 그들이 정혈귀가 아니라면 무척 화를 낼 거야. 그 붉은 머리 사내는 어찌나 성격이 포악한지…… 그 사내라면 분명 우리를 다 죽이고도 남을 거다. 네 말을 못 믿는 건 아니지만, 섣불리 움직일 수는 없어."

"그래요, 그렇겠네요."

헤더는 머리를 굴렸다. 다른 놈들은 아무래도 좋았다. 어떻게든 그 여자가 정혈귀라는 것을 밝혀내고, 투란도가 죽었을 때처럼 잔인하게 죽여 버려야만 했다.

"투란도가 그랬어요, 아버지. 정혈귀는 성수에 약하다고."

"그렇다고 그들에게 성수를 뿌릴 수는 없는 노릇 아니냐. 우리가 의심한다는 것을 눈치챌 텐데."

난처한 표정을 짓는 오티어 백작을 향해, 헤더가 빙그레 웃었다.

"아니, 꼭 뿌려야 하는 건 아니잖아요."

번쩍 눈을 뜬 레드가 갑자기 고함을 질렀다.

"더는 안 되겠다!"

갑작스러운 외침에 클레어는 한 걸음 뒤로 물러섰다. 기척을 느낀 레드가 얼른 몸을 일으켜 세웠다.

"크, 클레어?"

"아…… 그래."

"언제부터 여기에……?"

"방금…… 왔어."

"그래? 마침 잘 왔다."

레드가 저벅저벅 걸어와 클레어의 앞에 섰다. 그는 클레어의 손을 붙잡아 올려 손등에 입을 맞췄다. 그 순간에도 레드의 눈은 클레어를 똑바로 응시하고 있었다.

뜨거운 입술로 클레어의 차가운 손등과 손가락에 입을 맞춘 레드가 고개를 끄덕였다.

"그래, 좋아."

"뭐가 좋다는 거지?"

"여전히 좋아. 이 느낌."

클레어는 레드가 무슨 소리를 하는 건지 알 수 없었다. 그래서 멍하니 쳐다보는데, 레드가 말했다.

"아무리 생각해도 혼자 끙끙 앓는 건 내 스타일이 아니야, 클레어. 그래서 솔직하게 말하기로 했다."

"그래."

"나 지금 좀 무서워. 널 향한 감정이 카르제나 때문에 생긴 감정일까 봐 무섭고, 네가 날 사랑하는 게 카르제나 때문일까 봐 무서워. 그 두 개가 날 너무 무섭게 해서, 요새 좀 힘들었다."

"그래."

"지금도 무서워. 지금 날 무섭게 하는 건, 네가 나를 통해 카르제나를 보고 있을지도 모른다는 의심이야. 내가 너를 사랑하는 건 확실해. 내가 널 사랑하지 않으면 이 차가운 손이, 이토록 사랑스러울 리가 없어."

레드가 엄지로 클레어의 아랫입술을 훑었다.

"이 입술이랑."

그의 손이 클레어의 뺨에 닿았다.

"이 볼이랑."

그의 손이 클레어의 목에 내려앉았다.

"이 목덜미의 감촉이 이토록 간절할 리가 없어."

"그래."

클레어를 향한 레드의 눈빛은 여전히 애절했다. 그 애절함의 무게가 고스란히 느껴져, 클레어는 '그래'라는 대답밖에 할 수 없었다.

"그때 말했던 대로야. 이 감정은 내 거다, 클레어. 카르제나의 것도, 아모른의 것도 아니야. 오롯이 내 거야."

레드가 클레어의 손을 끌어와 자신의 가슴 위에 올렸다. 그의 심장이 조금 빠른 속도로 뛰는 것이, 클레어의 손바닥에 전해졌다. 따뜻하고 부드러운 온기가 스며들어왔다. 그럴 리 없는데도, 클레어는 레드와 닿을 때마다 자신의 몸이 따뜻해지고 있다는 느낌을 받곤 했다.

"잠깐 잊고 있었다. 네 눈이 누굴 보고 있든, 내가 너를 사랑하는 마음은 변하지 않는다는 걸. 네 사랑 고백을 받는 순간, 억눌렀던 욕심이 터져 나와서 더 많은 것을 바라게 되어 버렸어."

"레드, 난……."

"쉿, 클레어."

레드가 어린아이를 달래듯 다정한 음성으로 속삭였다.

"이런 일에 흔들리는 남자라서 미안하다. 그 정도 일로 무서워하는 남자라서 미안하고. 하지만 약속할게."

레드의 입술이 클레어의 귓가에 닿았다. 그의 뜨거운 숨결이 클레어의 귓불을 간질였다.

"두 번 다시 내 사랑이 흔들리는 일은 없을 거야. 내 심장이 두 쪽 나는 한이 있어도."

레드가 클레어에게 다시 한 번 사랑 고백을 하고 있을 때, 라울과 유키, 아란은 생필품을 사 들고 돌아온 터였다. 그들은 차마 방 안에 들어가지 못한 채, 둘의 애정행각이 끝나기를 기다렸다.

"대체 이 짓을 몇 번이나 반복해야 되는 겁니까?"

"저 멍청이가 성숙해질 때까지."

"그럼 우린 영원히 이러고 살아야겠네?"

"그래, 유키. 이게 레드를 선택한 우리의 운명이다."

"결국 우리 탓이라는 거야?"

"그렇게 생각하는 편이 마음 편하다."

"우린 늘 포기하면서 살아야 하는 운명인 겁니다, 유키. 잘못된 선택이라는 것이 이렇게 가혹한 것이죠."

"난 레드를 선택했을 때 되게 어렸었는데."

아란과 라울이 유키를 상대로 가혹한 선택의 결과에 대한 강의를 하고 있을 때, 델리와 카인이 돌아왔다. 델리는 왜 안 들어가고 서 있냐는 건지 물어보려고 했지만, 카인은 가차 없이 방문을 열어 재꼈다.

"이히히히히. 멍청이처럼 굴더니 이젠 사내답게 굴기로 결심한 건가, 레드?"

"닥쳐, 카인."

클레어의 목덜미를 지분거리고 있던 레드는, 부끄러움도 없이 중얼거렸다. 오히려 클레어가 레드를 밀어내고 일행을 향해 돌아섰다. 만약 그녀가 인간이었다면, 그녀의 뺨은 홍조를 띠었을 것이다.

"니들은 꼭 좋을 때 방해하더라."

레드가 투덜거렸다.

"방해하지 않으려고 몇 십 분씩 밖에 서 있는 사람들 생각도 좀 해 봐요, 레드."

라울은 들고 온 꾸러미를 내려놨다. 그 안에는 몇 개의 순수 마력석과 여러 종류의 마력 스크롤, 회복 물약 같은 것이 들어 있었다. 아란이 들고 온 커다란 꾸러미에는 온통 말린 고기뿐이었다.

"넌 좀 심한 거 아냐, 아란? 그 말린 고기 누가 다 먹어? 먹다가 턱 빠지겠다."

"이 부분에 대해선 걱정할 거 없다, 레드. 넌 네 흐리멍덩한 성격 걱정이나 해."

아란이 매몰차게 말했다.

"레드의 흐리멍덩함도 우리가 감당해야 할 부분인 거지?"

"그래, 유키. 잘 배우는군."

아란이 기특하다는 듯 유키의 머리를 쓰다듬었다. 유키가 기분 좋게 눈을 감고 아란의 손길을 느끼는데, 사람이 찾아왔다. 오티어 백작이 보낸 심부름꾼이었다.

"백작님께서 여러분의 노고를 치하하시기 위해 만찬에 초대하셨습니다. 모두 오시어 자리를 빛내 주셨으면 합니다."

"난 안 가."

레드가 클레어의 손목을 끌고 가, 침대에 털썩 앉으며 말했다.

"우리도 별로 갈 생각이 없는데. 내일 아침이 밝는 대로 떠날 생각입니다."

라울이 심부름꾼에게 딱 잘라 말했다. 그러자 심부름꾼의 얼굴에 난처한 기색이 떠올랐다. 그는 뭔가 생각하는 듯 눈을 굴리더니 목소리를 가다듬고 말했다.

"시장님의 따님이신 헤더 님께서 본인의 생각이 너무도 짧았다며, 구해 주신 분께 사례를 하고 싶다고 하셨습니다. 꼭 뵙고 감사 인사를 드리지 않으면, 평생 마음의 짐이 될 것 같다 하시니, 힘드시겠지만 발길을 해 주실 수 없는지요."

"이히히히히. 됐다는데도 자꾸만 권하는 걸 보니……."

카인이 휘적휘적 걸어와 심부름꾼의 턱 아래에 검지를 슬쩍 갖다 댔다. 그의 광기 어린 회청색 눈동자를 본 심부름꾼은 하얗게 질린 얼굴로 눈을 끔뻑거렸다.

"뭔가 꿍꿍이가 있는 모양인데? 안 그렇습니까, 샬롯 님?"

레드의 허벅지에 걸터앉은 채 대답하지 않는 클레어 대신, 아란이 말했다.

"무슨 속셈이지?"

아란의 예리한 시선을 똑바로 볼 수 없는지, 심부름꾼은 눈동자를 돌리며 말했다.

"소, 속셈이라니요! 그런 건 없습니다. 그저 시장님과 헤더 님께서 감사하는 마음을 전하고자, 성대한 만찬으로 여러분을 즐겁게 해드리고 싶다고……."

"괜찮잖아."

묵묵히 상황을 지켜보던 클레어가 입을 열었다.

"감사 인사를 하겠다는데 굳이 거부할 필요는 없지 않을까? 너희도 여기까지 힘들게 왔으니, 하룻밤쯤은 즐겁게 보내는 게 좋을 것 같은데."

아무도 눈치채지 못했지만, 구석에 있던 켈트로디언이 불편한 듯 몸을 살짝 움직였다. 그는 신중한 눈으로 클레어를 살펴보다가 작게 한숨을 쉬고는 눈을 감았다.

일행은 조금 달갑지 않은 표정이었지만, 클레어가 그리 말했으니 따르기로 결정했다. 심부름꾼은 눈에 보일 정도로 안도하며 일행을 마차로 안내했다.

마차에 타고도 레드는 경계를 늦추지 않았다. 백작의 저택으로 가는 동안 누군가 습격을 해올지도 모른다는 생각에서였다. 하지만 저택에 도착할 때까지 아무 일도 벌어지지 않았다. 긴장한 것이 무색하게도, 저택은 온화하면서도 유쾌한 분위기가 감돌았다.

입구에서부터 악단이 경쾌한 음악을 연주했고, 정원에선 예쁜 드레스를 입은 귀여운 소녀들이 춤을 추고 있었다. 해가 진 후였지만 오색의 마력석이 공중에서 환한 빛을 뿌려, 정원은 아름다웠다.

정원 한가운데에 긴 만찬 테이블이 놓여 있었다.

"많이 피로할 텐데 여기까지 와 줘서 고맙네."

오티어 백작이 밝은 표정으로 웃으며 다가왔다.

"사실은 자네들이 묵는 숙소 근처에 가게를 잡을까 했지만, 아무래도 이렇게 넓은 곳은 찾을 수가 없어서 말이야. 아, 내 딸 헤더라네. 자네들 덕분에 이렇게 무사할 수 있었어."

백작이 자기 옆에 서 있는 헤더를 소개시켰다. 헤더는 살짝 무릎을 굽혀 일행에게 인사했다.

"구해 줘서 고마워요. 제가 잠시 정신이 나갔었나 봐요. 정혈 귀 따위를 믿고 도망칠 생각을 하다니…… 덕분에 정신이 번쩍 들었어요. 구해 주신 목숨, 앞으로 남을 도우며 살려고 합니다."

"그러든가, 말든가."

진심 어린 감사 인사를 받으면서도 레드는 뚱하니 대답했다. 헤더는 민망한 듯 얼굴을 붉혔지만, 곧 미소를 지으며 하녀에게 눈짓을 했다. 하늘색 드레스를 입은 하녀들이 물이 가득 담긴, 은으로 담긴 대야를 가지고 와서 일행들의 앞에 섰다.

귀족의 만찬을 시작하기 전에 손을 씻는 관례는 여러 곳에 남아 있었기 때문에, 일행은 의심 없이 대야에 손을 담갔다. 그때, 헤더가 비명을 질렀다.

"보세요, 아버지! 저 여자예요!"

헤더의 손가락은 클레어를 가리키고 있었다. 물에 담근 클레어의 손이 검게 변색되었고, 그것을 확인한 백작의 표정이 변했다.

"죽여라!"

그가 외치자, 숨어 있던 경비병들이 무기를 쥐고 달려들었다. 속았다는 것을 깨닫자마자 레드 일행도 무기를 쥐었다.

화아아악—

레드의 주위로 거대한 불꽃이 일어났다. 거침없이 달려들려던 경비병들은 갑작스러운 불길에 놀라 움직임을 멈췄다. 레드의 앞에 만들어진 불은 경비병들을 향해 위협적으로 일렁거렸다.

"우릴 속였군."

레드가 차갑게 말했다.

"혀, 혈귀 따위를 데리고 다니다니! 미친 거 아니냐?"

백작이 지지 않고 소리쳤다.

"그 혈귀가 네놈 딸을 구했다는 건 잊었나?"

"구해? 먹으려고 한 거겠지! 후후단 사건을 모르나? 분명 우리 도시의 인간들을 다 죽일 속셈이었을 거야! 네놈들은 대체 왜 그런 괴물이랑 같이 다니는 거지?"

"괴물이 아니니까."

"웃기지 마! 그 여자가 나의 투란도를 어떻게 죽였는지 알아? 심장을 끄집어냈어! 아무것도 묻지 않고 그냥 심장을 끄집어냈다고! 투란도랑 그 여자랑 다를 게 뭐야!"

헤더가 본색을 드러내고 악다구니를 썼다. 묵묵히 그것을 지켜보던 클레어가 입을 열었다. 그녀의 송곳니는 길게 자란 상태였다.

"인간들은 늘 이렇게 어리석지."

그녀의 손톱이 길어졌다.

"순간의 두려움, 순간의 위기, 순간의 슬픔…… 그런 것들을 모면코자 상대를 상처 입히고 배신하기를 멈추지 않더군."

가라앉은 그녀의 눈동자가 헤더를 응시했다. 레드는 인상을 찌푸리고 클레어를 바라봤다. 클레어가 뭔가 이상하다.

"그렇게 해서 주위 모든 사람들을 배신하고 죽인 후 혼자 살아남으면 생이 행복한가? 내 삶만 멀쩡하면 자길 도와준 다른 이들은 어찌 되어도 상관없는 것인가?"

"클레어."

유키도 눈치채고 얼른 클레어의 손목을 잡았다. 그녀의 피부는 여느 때보다도 차가웠고, 유키는 손에 동상을 입을 것 같다는 생각을 하며 이를 악물었다.

"클레어, 왜 그래?"

아란이 그녀의 어깨에 손을 얹었다.

"너희는 그리 발버둥 쳐서 얻고 싶은 것이 무어냐?"

클레어는 일행이 있다는 것을 잊은 듯, 헤더만을 쏘아보고 있었다.

"감사하는 마음조차 잊은 채, 갖고 싶은 것이 무어냐? 영원한 삶인 게냐? 이 지옥 같은 어둠 속을 헤매기를 바라는 게냐?"

"클레어 님. 안 돼요."

델리가 클레어의 허리를 끌어안았다.

"그렇다면 어리석은 아이들아. 내가 그리 해 주마."

"샬롯!"

일행을 뿌리치고 몸을 날리려던 클레어를, 라울의 외침이 멈춰 세웠다. 클레어의 눈동자를 덮었던 어둠이 스르륵 사라지고, 길어졌던 손톱이 다시 원래대로 돌아갔다.

클레어는 자신의 행위에 놀란 듯 눈을 크게 뜨고 있었다. 레드가 한 팔로 그녀의 허리를 감아, 안아 들었다.

"유키."

"응."

레드의 부름을 받은 유키가 하늘을 향해 두 손을 벌렸다. 수백 개의 얼음 칼이 나타나, 경비병들을 향해 떨어지려는 듯 빛났다.

"따라오지 마라, 오티어 백작. 한 걸음 움직이는 순간 저 칼이 너희들 목을 뚫을 거다. 발가락 하나 움직여도 너희 목은 떨어져 나가겠지. 무의미한 살생은 하고 싶지 않고, 너희도 가치 없이 죽고 싶지는 않을 테니, 모멸감이 느껴지더라도 이를 악물고 참아라. 죽고 싶지 않으면."

레드의 경고가 아니었더라도 경비병들은 움직일 수가 없었다. 델리가 만들어 낸 식물들이 그들의 발목을 감고 올라가 꼼짝도 못 하게 칭칭 동여매고 있었던 것이다.

그들을 묶어 둔 채, 일행은 저택을 빠져나왔다.

숙소 앞에 세워 둔 카인의 마차 옆에서, 켈트로디언이 기다리고 있었다. 그는 모든 것을 예상했다는 듯, 마차에 짐을 옮겨놓았다. 일행은 말없이 마차에 올랐고, 조용히 마차를 출발시켰다.

클레어는 여전히 충격을 받은 상태였다. 레드는 클레어의 어깨를 계속 쓰다듬었지만, 그녀는 눈을 크게 뜬 채로 아무 말도 하지 않았다. 맞은편에서 클레어를 지켜보던 켈트로디언이 입을 열었다.

"폭주했느냐?"

그제야 클레어가 정신을 차렸다.

"네, 로디언. 인간의 피를 마셨더니 저도 그들과 같이 짐승이 되어가나 봅니다."

"그게…… 무슨 말이야?"

레드의 질문에 켈트로디언이 말했다.

"정혈귀가 되는 순간 바로 짐승으로 돌변하는 것이 아니란다. 유혹을 견디지 못하고 인간의 피를 마시기 시작했을 때, 그들 안에 남아 있던 인간성이 조금씩 사라지게 되는 거란다."

"아, 그럼……?"

"그래, 클레어가 아무리 첫 번째 정혈귀라도 그 규칙을 완전히 벗어날 수는 없는 게지. 게다가…… 천 년 전의 일이 떠올랐을 것이고."

"아, 그래. 오르데안 공작도 인간들의 배신 때문에 죽었지……."

클레어는 울 것 같은 표정으로 자신의 손을 내려다보고 있었다. 일행이 말려주지 않았더라면, 이 손으로 인간들을 죽일 뻔했다. 피를 마시지도 않을 거면서, 그들의 목을 벨 뻔했다.

"괜찮아, 클레어."

레드가 그녀의 어깨를 감싸 품에 끌어들였다.

"괜찮아, 이런 일이 생기면 우리가 다시 널 말려 줄 거야. 그러니까 괜찮아."

"정말 그럴 수 있을까?"

클레어가 중얼거렸다.

"오늘의 일은 시작일 뿐. 내가 여기서 더 폭주하면 너희의 힘으로 날 막을 방법은, 날 죽이는 것밖에 없을 거야. 하지만 아마도…… 너희가 날 죽이기 전에 내가 너희를 죽이게 되겠지."

"아니, 클레어. 그런 일 없어."

"레드, 나는 그렇게 마음이 강하지 않아."

"그건 정말 믿을 수 없는 말인데."

레드는 클레어를 바로 앉히고, 그녀의 양 볼을 감싸 자신을 보게 만들었다. 레드의 푸른 눈동자는 언제나 그녀에게 큰 위안을 주었고, 이번에도 마찬가지였다.

어쩌면 이 눈은 이다지도 흔들림이 없을까.

"혈귀의 왕조차 참지 못하고 인간의 피를 마셨는데, 넌 마시지 않고 천 년 넘게 살아왔어. 네가 처음으로 피를 마신 것조차 네 선택이 아닌, 내 강요였지. 그런 여자가 마음이 강하지 않다는 소리를 하면, 나라는 남자는 창피해서 어떻게 살지?"

"……."

"잘 들어, 클레어. 너는 이 세상 어느 누구도 못 하는 일을 해내는 여자야. 심지어 어느 누구도 흔들지 못한 내 마음을 아예 뒤집어놨어. 정혈귀가 피를 마시면 인간의 마음을 잃는다고? 그런 말은 개나 주라고 하고, 넌 그냥 지나온 네 천 년의 시간을 믿어. 견디고, 또 견뎌냈던 게 너야, 클레어."

"레오나드."

"그래. 이름 한 번 불러 주는 걸로 내 가슴을 이렇게 요동치게 만들 수 있는 사람은 너뿐이야. 그러니까 넌 또 다른 일들도 해낼 수 있어."

어쩌면 이 목소리는 이다지도 확신에 차 있을까.

클레어는 그만 웃고 말았다.

어린아이 같은 억지 논리를 설득력 있게 말할 수 있는 사람은 세상에 레드밖에 없을 것이다. 그 논리로 불안함을 가시게 할 수 있는 사람도 레드뿐이리라.

레드가 클레어를 달래고 있을 때, 라울은 주먹을 꽉 쥐고 앉아 있었다. 그는 자신의 주먹이 적이라도 된다는 듯 형형한 눈으로 그것을 노려봤다. 그러고 있는 건 유키나 델리, 아란도 마찬가지였기에, 뒤 칸 마차 안은 무거운 침묵에 짓눌려 있었다.

"클레어가 아니었다면······."

라울이 입을 열었다. 여느 때와 달리 잔뜩 쉰 음성이었다.

"내가 죽였을 겁니다."

"응, 나도······."

유키가 중얼거렸다.

"내가 죽였을 거야. 그런데 클레어가 평소랑 달라서 정신을 차릴 수 있었어."

꿍꿍이가 있을 거라고 짐작은 하고 있었다. 하지만 대놓고 배신하는 것을 보니 분노가 타올랐다. 아마도 오르데안 혈통의 멸망을 보고 왔기에 더욱 강렬했을 것이다.

오르데안 공작 역시 배신으로 죽었다.

"오르데안 공작님은 어떻게 참았을까? 심지어 공작님을 배신한 건, 가장 가깝고 믿었던 사람들이었잖아."

"그래서 클레어가 폭주했나 보군. 아버지의 기억이 떠올라서."

아란이 말했다.

"혈귀의 왕이 인간을 우습게 보는 것도 당연하다는 생각이 들었어요. 조금만 겁에 질려도 쉽게 배신하는 모습들을 자주 봤으니, 얼마나 나약하게 보이겠어요."

델리가 그녀답지 않은 조소를 띄우고 말했다.

"클레어를 말린 건 그놈들을 살리기 위해서가 아니었습니다. 그저…… 그녀가 직접 인간을 죽이게 놔두면 안 될 것 같아서 말린 겁니다. 다음에 이런 일이 또 생긴다면, 난 아마도……."

"그만, 라울."

아란이 그의 말을 막았다.

"앞으로는 이런 일이 생기지 않을 거다. 교국으로 갈 때까지 그 누구도 돕지 않을 테니까."

* * *

정혈귀들이 날뛰고 있다.

황제와 대화를 나누며, 루시드는 머릿속을 흔드는 정혈귀들의 반란을 무시하려 애썼다. 그들이 아무리 날뛴다 해도, 정혈귀의 힘만으로 교국을 칠 수는 없었다. 교국은 루시드조차 발을 디디는 걸 꺼릴 정도로 강한 보호를 받고 있었다.

'아마도 드래곤이 자리를 잡고 있는 거겠지.'

정혈귀 전부의 감정이 흘러드는 것은 아니었다. 하지만 때때로 머릿속에 끼어드는 강력한 감정의 파편 때문에 정신이 사나웠다. 만들어 낸 정혈귀들과 이어져 있는 것이, 이럴 때는 귀찮다.

'어째서 첫 번째 정혈귀와는 정신이 이어지지 않은 거지?'

샬롯이 늘 담담한 것은 아닐 터였다. 때때로 강한 감정에 휘둘 렸을 텐데, 샬롯의 감정만큼은 루시드에게 전해지지 않았다. 그래서 루시드는 가장 알고 싶고 느끼고 싶은 클레어의 감정만큼은 알 도리가 없었다.

'귀찮아서 안 되겠어.'

황제와의 대화를 마치고, 루시드는 옷자락을 펄럭거리며 방으로 향했다.

당분간은 제국에 있을 예정인데, 정혈귀들이 이렇게 날뛰면 일상생활을 하기 힘들다. 세상사에 무심한 황제조차도 혈귀의 존재에 관심을 갖기 시작했다.

방문을 열었더니 테로스가 그를 기다리고 있었다. 테로스는 침대 끝에 걸터앉아 있다가, 루시드가 들어오자 벌떡 일어나 다가왔다. 루시드는 테로스의 묘하게 건방진 눈빛이 마음에 안 들어 인상을 찌푸렸다.

"테로스. 마침 잘 왔다."

"절 기다리셨습니까, 아버지?"

"정혈귀들이 날뛰고 있다, 테로스. 진정을 시키는 게 좋겠군."

"그걸 제가 하라는 말씀이세요?"

"거부하고 싶은가?"

"네, 아버지. 거부하고 싶네요. 아무리 생각해도 아버지의 방법은 틀린 것 같거든요."

루시드는 무표정하게 그를 응시했다. 루시드의 미미한 분노가 느껴지지 않을 정도로, 테로스는 짜증에 사로잡혀 있었다.

"샬롯이 붉은 사자 놈들에게 정을 주게 만들고, 대륙을 손에 넣고, 사자 놈들을 하나하나 죽이고, 그래서 샬롯이 돌아갈 곳 없게 만들고. 그건 틀렸어요, 아버지. 지금도 샬롯은 붉은 사자 놈들한테 푹 빠져 있거든요. 우리가 대륙을 손에 넣을 때까지 기다릴 필요도 없다는 거죠."

테로스가 휙 돌아섰다.

"그래서 아버지. 전 붉은 사자 놈들을 죽여야겠어요. 그래야 샬롯이 더 빨리 아버지의 곁으로 돌아올 테니까요. 여기서 기다리세요, 아버지. 금방 끝낼 테니까."

테로스가 모습을 감췄다.

방에 혼자 남은 루시드는 그가 사라진 창문을 노려보다가 눈을 감았다.

또다시 머릿속이 술렁거렸다. 이번에는 정혈귀 때문이 아니었다. 레드의 눈빛 때문이었다.

사실은 알고 있었다. 샬롯은 이미 그들에게 마음을 줬다. 자기 가족들에게 그러했듯, 샬롯은 그들에게도 신뢰와 애정을 주게 되었다.

테로스의 말대로 지금 레드 일행을 죽이면 샬롯은 큰 타격을 받을 것이다. 그걸 알면서도 섣불리 일을 진행시키지 못하는 이유는……

"난 두려워하는 건가?"

루시드는 눈을 뜨고 자신의 손을 내려다봤다. 어느새 손톱자국이 날 정도로 세게 주먹을 쥐고 있었다.

"그렇군. 난 두려워하고 있군."

두려운 것이다.

이번에도 샬롯이 돌아오지 않을까 봐. 샬롯이 스스로 돌아오기를 바라며, 보고 싶은 마음을 억누르고 천 년을 기다렸는데도 샬롯은 돌아오지 않았다. 그처럼 또다시 천 년을 기다려야 할까 봐, 루시드는 두려웠다.

"하하하하하하! 내가 공포를 느낀다니…… 인간일 때도 느끼지 못했던 것을 이제 와서 느낀단 말인가?"

카르제나 휘안스는 예언했다. 그녀의 눈동자가 루시드를 향하는 일은 없을 거라고.

그 말을 믿지 않았다. 하지만 시간이 지나며 조금씩 실감하게 되었다. 그 어떤 방법을 써도 그녀의 마음을 얻을 수 없다는 것을. 평생을 살며 유일하게 갖고 싶은 것을, 손에 넣을 수 없다는 것을.

인간일 때부터 모든 것을 손에 넣어왔던 루시드에게, 그것은 큰 절망이자 고통이었고, 또한 두려움이었다.

"그래도 테로스."

루시드의 눈동자가 검게 물들었다. 그는 웃음기를 지우고 천천히 창문으로 걸어갔다.

"네가 내 명령을 무시하는 걸 보고 있을 수만은 없지."

*   *   *

제국이 코앞에 있었다.

아모펠츠 교국에 가기 위해서는 제국을 가로질러야 했지만, 레드 일행은 제국 주위를 빙 둘러가는 길을 택했다. 루시드와 마주치고 싶지 않았기 때문이다.

"이 마차로 산을 넘을 수 있나?"

돌아서 가는 길에는 높고 험한 산이 하나 있었다. 제국의 관리 하에 몬스터가 많지는 않았지만, 워낙 산세가 험해서 사람들이 잘 찾지 않는 산이었다.

"내 역작을 무시하지 마, 아발란체. 이히히히히."

카인이 자신감 있게 말했기에, 그들은 마차를 타고 산을 오르기로 결정했다.

산 앞에는 넓고 복잡한 숲이 있었는데, 그들은 그곳에서 잠시 마차를 세우고 일정을 정리하는 중이었다.

시간은 밤.

비가 오려는지 밤하늘은 먹구름으로 뒤덮여 달조차 보이지 않았고, 스산한 바람이 지속적으로 불어왔다. 쌀쌀한 날씨였기에, 모닥불을 피우고 옹기종기 둘러앉아, 짐승 가죽으로 만든 모포를 덮고 있었다.

아란이 넘치도록 준비한 육포도 이제는 동이 나서, 델리가 커다란 곰을 잡아 왔고 아란이 요리를 했다. 질기고 냄새나는 고기였지만, 배가 고프니 어쩔 수 없었다. 역한 것을 참고 음식을 입에 욱여넣는 일행을 보며, 클레어가 중얼거렸다.

"나는 밥을 먹지 않아도 돼서 다행인 것 같아."

그런 클레어를 얄밉다는 듯 쳐다본 유키가 중얼거렸다.

"그러고 보니 클레어는 샬롯일 때도 얄미운 구석이 있었어."

이제 그들은 천 년 전 샬롯의 일을 일상적으로 끄집어낼 수 있을 만큼, 그 사실을 받아들였다.

"그랬던가?"

"응. 그래서 오빠들이 더 많이 쪼물쪼물 귀여워해 줬을걸?"

"그건 귀여워하는 게 아니라 괴롭힘이었지. 어릴 때도 인어 이야기를 해서 호수에 빠지게 만들고."

"그거야 샬롯이 너무 바보였던 거고. 보통은 인어를 보겠다고 호수에 뛰어들지 않잖아."

"난 진취적인 여성이었거든."

"말괄량이 꼬맹이였겠지."

아란이 유키를 거들었다.

"옛날 일은 아무래도 좋잖아."

자기가 모르는 이야기가 나오자, 뚱한 표정으로 앉아 있던 레드가 그들의 말을 끊었다.

"이 숲을 지나고 산만 넘으면 교국이야. 빠르면 10일, 길면 15일 정도 걸리겠지. 켈트로디언이 준 오르데안의 비서 덕분에 체술을 반 이상 익히긴 했지만, 교국을 뚫고 들어가는 건 또 다른 문제야. 성기사들은 인간이니까."

"죽이는 것보다 제압하는 게 더 어렵겠죠."

델리가 주먹을 내려다보며 말했다.

"그래, 그게 문제야. 이왕이면 아무도 죽이지 않고 드래곤을 만날 수 있으면 좋겠지. 하지만 성기사들은 우릴 공격할 거야."

"사정을 잘 설명하면 받아들이지 않을까?"

유키의 순진한 질문에 라울이 쓰게 웃었다.

"그럴 리가요. 교황도 오르데안 공작을 배신한 자의 핏줄입니다. 기분 좋게 우리를 받아들이고 드래곤을 만나게 해 줄 리가 없죠."

"라울 말이 맞아. 설령 그들이 받아 준다고 해도 클레어가 교국 안에 들어가긴 힘들겠지."

아란이 말했다.

"하긴. 클레어가 정혈귀라는 걸 알게 되면 우리까지 같이 공격할 테니…… 결국 강행돌파밖에 없다는 거네."

"그래, 유키. 이왕이면 제압하는 방향으로 하겠지만, 만약 힘들다면…… 난 이 검에 인간의 피를 묻히는 걸 피하지 않을 거다."

"그냥 죽여 버릴 거라고 쉽게 말해. 뭘 그렇게 빙빙 돌려서 말하냐?"

레드가 툽상스레 말했다.

"그나저나 우리 타니하르에게 연락을 해 봐야 하는 거 아닙니까? 아무래도 예정일보다 조금 늦게 도착하게 될 것 같은데……."

카인이 말한 두 달은 제국을 가로질러갔을 때의 기간이었다. 돌아가는 길을 선택했으니, 타니하르에게 알린 시간보다 늦게 제국에 도착하게 될 것이다. 타니하르가 먼저 제국에 도착한다면, 레드 일행이 없는 채로 싸움이 시작될지도 몰랐다.

"통신용 마력석으로는 고르돈까지 연락이 닿지 않아. 사용할 수 있는 거리가 있으니까……."

"그럼 어쩌죠?"

라울이 난감한 듯 턱을 문지를 때였다.

갑자기 벌떡 일어난 클레어가 손톱을 길게 빼냈다.

챙—

그녀가 몸을 날리기 전, 검은 인영이 먼저 달려들었다. 모닥불이 휘청거리며 달려든 이를 비추었다.

"이야, 샬롯. 이게 뭐야? 엄청 강해졌네?"

장난스러운 목소리, 진녹색 머리카락과 새빨간 눈동자.

"테로스!"

클레어와 손톱을 부딪쳤던 테로스는 슬쩍 뒤로 물러났다. 그는 전투 자세를 풀더니 여유롭게 고개를 옆으로 까딱거렸다.

일행은 무기를 잡고 일어나 테로스를 둘러쌌다. 그래도 테로스는 긴장하는 기색이 없었다.

테로스의 느긋한 태도가 아니어도, 일행은 그가 강하다는 것을 알 수 있었다. 테로스의 주위로 흐르는 냉기는, 클레어의 것보다 진하고 무거웠다.

"흐응. 뭐야, 이놈들도 강해졌잖아?"

테로스가 씩 웃었다.

"좋아, 너무 약하면 재미없지."

"후후단의 일도 네가 벌인 짓이냐?"

클레어의 질문에 테로스가 고개를 갸우뚱했다.

"후후단? 무슨 일? 아아아! 그 도시 말이야? 그래, 내가 했어."

테로스가 차갑게 웃었다.

"나한테 성수를 뿌려대기에, 귀찮아져서 다 죽여 버렸지. 아주 깨끗하게 만들어 줬어."

"테로스, 대체 왜……?"

"식량들을 무의미하게 죽였느냐고? 이유를 묻는다면…… 그냥? 짜증 나니까? 귀찮아서? 재미있으니까? 뭐, 벌레들 죽이는데 이유 같은 건 아무래도 좋잖아."

클레어는 테로스의 입을 다물게 하고 싶었지만, 섣불리 공격할 수도 없었다. 그동안 일행의 피를 마셔서 강해지기는 했다. 하지만 테로스를 이길 수 있을지는 미지수였다.

"샬롯, 그런 표정 지을 거 없어. 너도 이제 인간의 피를 마시고 있잖아. 조금만 지나면 너도 나처럼 될 거야."

클레어는 아랫입술을 잘근 깨물었다. 안 그래도 지난번의 폭주 사건 때문에 조심을 하고 있던 터에, 테로스가 아픈 곳을 건드렸다.

"그때가 되면 나랑 같이 다니자, 샬롯. 내가 괜찮은 인간들로만 추려서 데려다 줄게."

"테로스. 난 네놈처럼 되지 않을 게다."

"아니. 아무리 발버둥 쳐도 넌 인간이 될 수 없어, 샬롯. 이제 슬슬 아버지 곁으로 돌아갈 때야. 네가 갈 곳은……."

클레어는 테로스를 향해 덤벼들었다. 이길 가능성은 거의 없지만 그를 처리해야 했다. 테로스의 빨간 눈동자에는 어스레한 짜증과 광기가 묻어 있었다. 그가 일행을 모조리 죽이기 위해 왔다는 것을, 클레어는 알 수 있었다.

그렇다면 가능성이 없어도 시도를 해야만 했다. 테로스의 손에 일행이 죽는 것을 두고 볼 수는 없었다.

하지만 테로스는 가볍게 허리를 비트는 것으로, 클레어의 공격을 피했다.

촤악—

클레어는 땅에 박힌 손톱을 그대로 휘둘러 테로스의 정강이를 베려고 했지만, 그보다 빨리 테로스가 몸을 공중으로 띄웠다.

화르르륵—

쏴아아아아—

그런 테로스를 향해 레드와 아란이 동시에 힘을 날렸고, 델리의 식물이 뻗어 나가 테로스의 발목을 붙들었다. 권능이 몸에 닿자, 테로스는 살짝 인상을 찌푸렸지만 큰 타격을 받은 것처럼 보이진 않았다.

타앗—

유키가 물의 권능을 두른 대검을 들고 땅을 박찼다. 대검은 테로스의 허리를 노렸다.

쐐애애액—

탕탕—

불꽃이 타오르는 레드의 화살과 녹색으로 빛나는 라울의 총알이 테로스의 목을 향해 날아들었다.

탁— 탁탁—

테로스는 손등으로 화살과 총알을 쳐내고, 공중제비를 돌아 유키의 검을 피했다. 그가 땅에 내려섰을 때, 그의 손은 유키의 목덜미를 붙잡고 있었다.

"아, 진짜 강해졌네. 한꺼번에 죽이려고 했는데."

"유키를 놔 줘!"

레드가 절규하듯 외쳤다.

테로스의 손아귀 힘에, 유키는 숨도 쉬지 못하고 발버둥을 쳤지만 빠져나오지 못했다.

"에이, 놔달란다고 진짜로 놔 줄 리 없잖아. 놔 줄 거였으면 애초에 잡지도 않지."

테로스는 여전히 장난스러웠다.

"테로스!"

파앗—

달려드는 클레어의 허리를, 테로스가 베었다.

털썩—

상체가 바닥에 떨어졌고, 허리 아래쪽이 산산이 부서져 흩어졌다가 재생되기 시작했다.

"그럼 이 애를 대신해서 인사할게. 형들, 누나들, 영원히 안녕."

테로스는 유키를 움켜쥔 손을 흔들더니, 그대로 어둠 속으로 모습을 감췄다.

일행이 그의 뒤를 따라갔지만 그의 속도를 따라잡을 수는 없었다. 클레어 역시 몸이 재생되자마자 가죽 모포를 허리에 두르고 달렸다.

테로스의 기척을 느낄 수가 없었다. 그는 자리를 뜨는 순간 냉기를 거두고 기척을 감췄다. 상당히 멀리 갔는지 소리도 들리지 않았다.

"제기랄! 유키이이이이이이이!"

왼쪽 어딘가에서 레드의 절규가 들려왔다.

화르르륵—

레드가 있는 곳에 거대한 불길이 치솟았다. 클레어는 테로스의 뒤를 쫓는 걸 관두고 그쪽으로 달려갔다.

"유키이이이! 테로스으으으으!"

레드는 숲 전체를 태우려는 듯 불을 만들어 내고 있었다.

"레드!"

하지만 클레어의 목소리를 듣자마자 불길을 거뒀다. 레드가 있는 곳에 아란과 델리, 라울도 있었다.

"클레어, 괜찮아?"

레드가 다가왔다. 클레어는 가죽 모포를 움켜쥐며 말했다.

"날 걱정할 때가 아니야. 테로스가 유키를 죽일 거야."

"그래. 그런데 그놈이 어디로 갔는지 모르겠어! 빌어먹을! 유키……."

"있어 봐. 내가 유키의 심장 소리를 찾아볼게. 멀리 가지 않았으면 찾아낼 수 있을 거야."

클레어는 눈을 감고 모든 신경을 청각에 집중시켰다. 약하게 나마 심장박동 소리 하나가 들려왔다. 오른쪽, 제국 방향이었다.

"저쪽."

눈을 뜬 클레어는, 한쪽 방향을 가리킨 후 빠르게 달리기 시작했고, 일행도 그 뒤를 따랐다.

테로스는 유키를 내려놓은 후, 그가 일어서기 전에 얼른 두 다리를 베어 버렸다. 끔찍한 격통에 유키가 신음을 흘렸다. 뼈까지 베어져 나간 터라, 유키는 기절할 것만 같았지만 간신히 견뎌냈다. 이 정도도 참지 못하면, 클레어를 도울 수 없어.

유키는 힘겹게 정신을 똑바로 차리기 위해 노력했다.

"쬐끄만 게 잘 참네."

유키의 옆에 쭈그리고 앉은 테로스가 싱글싱글 웃었다. 유키의 호박색 눈동자가 고통으로 붉게 물들어가는 것을, 테로스는 즐겁게 지켜봤다.

"왜 클레어를 가만 놔두지 않는 거야?"

통증을 삼키며, 유키가 물었다.

"왜냐고 묻는다면, 사랑하니까?"

"넌 그냥 클레어를 괴롭히고 있는 거잖아!"

"아껴주는 건 아버지가 할 일이고. 나는 괴롭히는 쪽."

"아버지라면 루시드 말이야?"

"그래."

"루시드가 뭘 아껴준다는 거야? 클레어가 가진 걸 다 빼앗고 있는데! 왜 다들 클레어를 가만 안 놔두는 건데? 클레어가 바라는 건 그냥…… 그냥 쉬고 싶은 것뿐이라고!"

유키의 두 눈에서 눈물이 흘러내렸다. 테로스는 그런 유키를 흥미롭다는 듯 지켜보다가, 손가락으로 통통한 볼을 쿡쿡 찔렀다.

"신기하네. 네 두 다리가 잘린 것보다 클레어가 더 걱정인 거야?"

"그래! 두 다리가 없어도 살아갈 수 있으니까! 하지만 클레어는……."

"클레어도 잘 살아가고 있잖아."

"그게 뭐가 살아가는 거야! 가족도 잃고, 연인도 잃고, 죽지도 못하고! 그게 뭐가 살아가는 거냐고!"

"네 두 팔을 잘라도 클레어가 더 걱정될까?"

"……내 팔?"

유키가 서늘하게 웃었다.

"내 혀를 잘라봐. 내 두 눈을 빼고, 내 머리를 잘라봐. 그래도 난 클레어를 걱정할 거니까."

"히야. 진짜 쬐끄만 게 되게 당차네. 너, 마음에 든다."

"네놈 마음에 들 생각 따위 없어! 클레어 좀 그만 괴롭혀!"

테로스와 대화를 나누는 동안, 유키는 테로스의 등 뒤에 얼음 칼을 만들어 내고 있었다. 두 다리를 잘린 고통과 테로스의 주의를 끌어야 한다는 생각 때문에 집중을 할 수가 없어서, 여러 개를 만들어 내진 못했다. 하지만 하나뿐인 얼음 칼은 단단하고 날카로웠다.

푸욱—

최대한의 힘으로 얼음 칼을 날렸다. 날카로운 끝이 테로스의 등에 박혔지만, 그의 심장을 뚫지는 못했다. 테로스의 피부는 단단한 상태였고, 유키의 힘은 사라지기 직전이었다.

"아아, 아프다."

테로스가 씩 웃었다.

"너무 아파, 꼬맹아. 니들이 가진 힘은 정말 아파."

테로스는 얼음 칼을 뽑아낼 생각조차 하지 않았다. 그것이 테로스에게 아무런 타격도 주지 못했다는 사실에, 유키는 절망했다. 호박색 눈동자에서 조금씩 빛이 사라져갔다.

"원래는 슥슥 베어서 고문 좀 하다가 죽일 생각이었는데, 안 되겠다. 네가 너무 내 마음에 들어버렸어. 그 금빛 눈동자도 예쁘고 말이야."

"이 손 치워!"

유키의 팔이 힘없이 올라갔다가 제 목적을 다 하지 못하고 툭 떨어졌다. 피를 흘리는 속도만큼 생명이 빠져나가는 것이 느껴졌다. 가만히 있었으면 이보다 더 오래 견딜 수 있었을 테지만, 권능을 사용하느라 마지막 남은 힘을 소진했다.

레드가 보고 싶었다.

자기 힘이 뭔지도 모르는 채 공포에 떨고 있을 때, 유키를 구해 준 흔들림 없는 푸른 눈동자. 어린 유키가 아무리 버릇없이 굴어도 진짜로 화낸 적 없는 레드.

말하고 싶었다.

고마웠다고. 구해 줘서 고맙고, 평민인데도 똑같이 대해 줘서 고맙고, 버릇없이 굴어도 진짜 화내지 않아서 고맙고, 웃게 해 줘서 고맙다고.

어차피 이 길을 선택할 때, 죽음을 각오했다. 하지만 일행에게 고맙다는 말을 하지 못했다는 미련 때문에, 조금 아쉬웠다. 아란에게, 라울에게, 클레어에게, 그리고 뒤늦게 만난 델리에게 하고 싶은 말들이 잔뜩 있었다.

"하고 싶은 말이 잔뜩 있는데 못 해서 아쉽지?"

테로스가 유키의 마음을 읽은 듯 물었다. 유키는 대답하지 않고 테로스를 쏘아봤다. 테로스가 미소를 지으며 유키의 황금빛 머리카락을 쓸어 넘겼다.

"걱정 마, 꼬맹아. 널 죽이지 않을 거니까."

심장이 쿵 떨어졌다. 유키는 눈을 부릅떴다.

"무슨…… 짓을 하려는 거야?"

"내 정혈귀로 만들 거야. 네가 너무 마음에 들어버려서. 하고 싶은 말은, 정혈귀가 된 뒤에 해."

"아니, 싫어! 그러지 마!"

테로스는 유키의 비명을 무시하고, 손톱으로 자신의 손바닥을 길게 그었다. 순식간에 배어 나온 붉은 피가 유키의 입술을 향해 툭툭 떨어지기 시작했다.

떨어진 피는 유키의 입술에 닿지 못했다. 하얗고 커다란 손이 그 피를 중간에서 가로챘기 때문이다. 테로스는 그 존재를 깨닫자마자 소스라치게 놀라며 손을 거뒀다. 벌어졌던 상처가 순식간에 아물었다.

"아…… 아버지…….

테로스의 붉은 눈동자가 흔들렸다. 기척 없이 나타난 루시드는 침잠한 눈동자로 테로스를 응시했다.

"아직 때가 아니라고 말했을 텐데."

그의 낮은 음성은 강한 힘을 지니고 있었다. 테로스는 마른침을 삼키며 뒷걸음질을 쳤다.

"아버지, 전⋯⋯."

"초조한가, 테로스?"

"그런 문제가 아니에요! 저번에 말씀드렸잖아요. 아무리 생각해도 아버지 뜻은 이상해요. 지금 이놈을 정혈귀로 만든다고 달라질 게 뭐가 있습니까?"

"내가 일일이 이유를 설명해야 하나?"

"최근 정혈귀들이 어떤 식으로 날뛰는지 모르십니까? 그나마 저니까 아버지 뜻을 따르려고 노력하는 거라고요. 하지만 이놈들, 이제 많이 강해졌습니다. 샬롯도 그렇고⋯⋯ 이대로 가다가는 샬롯이 우리 정혈귀를 다 죽일지도 몰라요!"

"그럼 샬롯의 손에 죽으면 되는 일이다."

"아버지! 말도 안 돼요! 어째서 샬롯에게만⋯⋯ 저도 아버지가 만든 정혈귑니다!"

"그러나 첫 번째는 아니지."

루시드가 손을 뻗었다. 그의 손이 테로스의 목을 움켜쥐었지만, 테로스는 꼼짝도 하지 못했다.

"감히 샬롯과 너 자신을 비교하다니⋯⋯ 안 되겠군, 테로스."

"아버지, 전⋯⋯."

우둑—

테로스는 말을 마칠 수 없었다. 루시드가 손아귀 힘만으로 테로스의 목을 부러뜨린 것이다.

찌이이익—

덜렁거리는 테로스의 머리를 몸통에서 분리한 루시드는, 손톱으로 거침없이 그의 몸을 조각냈다.

테로스의 심장은 무사했다. 심장이 있는 한, 그의 몸은 재생할 것이다. 루시드는 심장까지 파괴할까 하다가 관뒀다. 테로스는 클레어 다음으로 오래 살아왔고, 그동안 쭉 루시드의 곁에 있었다.

자기 손으로 죽이고 싶지 않았다.

'나도 감성적이 됐군. 이상한데? 왜 이제 와서…….'

루시드는 쓴웃음을 흘리며 손톱을 집어넣었다.

유키는 눈을 휘둥그레 뜨고 비명을 삼켰다. 유키가 온 힘을 끌어모아서 내리꽂았던 얼음 칼도 제대로 박히지 않는 단단한 피부를, 루시드는 고기 자르는 것보다 쉽게 잘라 낸 것이다.

'얼마나 강한 거야, 대체…….'

유키는 루시드가 자신에게 관심을 기울이지 않기를 기도했다. 하지만 루시드는 유키에게로 돌아섰다.

"하마터면 정혈귀가 될 뻔했군."

감정이 실리지 않은 그의 음성은 소름이 돋을 정도로 차가웠다. 유키는 두 눈을 크게 뜨고 루시드를 똑바로 응시했다. 루시드는 피식 웃더니 유키를 향해 손을 뻗었다.

"걱정 마라. 죽일 생각 없으니까."

루시드는 한 팔로 유키를 안아 들고, 다른 손으로 유키의 잘린 다리를 집어 들었다.

"네 일행 중에 치유의 권능을 사용하는 자가 있었지?"

"왜…… 살려 주는 거야?"

"글쎄."

"네가 말하는 '때'라는 게 뭔데? 클레어의 마음이 우리에게 향하는 때를 말하는 거야?"

"샬롯의 마음은 지금도 너희를 향해 있지 않나?"

어째서일까?

루시드는 세상에서 가장 끔찍한 자였다. 루시드가 클레어에게 한 짓은 용서받을 수 없는 짓이었고, 그 어떤 말로도 좋게 포장할 수 없었다. 그런데도 유키는, 아주 잠시 그를 불쌍하다고 생각했다. 어쩌면 켈트로디언에게 들은 그의 과거 때문일지도 모르겠다.

"우리를 죽인다고 클레어가 네 곁으로 돌아가는 일은 없을 거야."

유키는 잠깐이나마 싹텄던 안쓰러운 마음을 떨쳐내고 말했다. 루시드는 검은 눈으로 유키를 내려다보더니 피식 웃었다. 사막의 바람 같은 미소였다.

"그래, 알고 있다. 알게 되고 말았지."

"그럼……."

"루시드!"

유키의 말을 끊으며 클레어의 목소리가 들려왔다. 숲을 헤치고 달려오던 클레어는, 루시드의 품에 안겨 있는 유키를 발견하고는 걸음을 멈췄다. 자연스럽게 그녀의 손톱이 길어지는 것을 보며, 루시드가 또다시 바람 부는 듯한 미소를 지었다.

유키는 뭐라 표현하기 힘든 감정을 느끼며 이를 악물었다.

가까이에서 본 루시드는 뭐라고 해야 할까. 무언가 뻥 뚫린 구멍 같은, 그런 눈을 하고 있었다.

"유키…… 유키, 다리가…….."

클레어의 눈동자가 흔들렸다. 유키는 괜찮다는 의미로 미소를 지으려고 했지만, 입가의 근육이 뻣뻣하게 굳어서 움직일 수가 없었다. 그때, 다른 일행도 클레어를 따라잡았다.

"유키!"

"루시드, 저자가 왜!"

"유키, 다리!"

제각각 떠들어 대는 일행을 무시하고, 루시드는 유키를 바닥에 조심스레 내려놓았다. 다리의 상처가 욱신거려서, 유키는 입술을 잘근 깨물었다.

"테로스가 저리 만든 거냐?"

클레어가 루시드를 노려보며 물었다.

"그래."

"테로스는 죽었나?"

"글쎄."

"왜 유키를 구해 준 거지? 무슨 꿍꿍이야?"

"네 소중한 이를 구해 줬는데도, 내가 밉기만 한 건가?"

"좋은 의도로 구해 주지는 않았을 테니까."

"그래, 그리 여기는 건가?"

"그럼 어찌 달리 여기겠어? 너는 그날 텔스민도 살려서 보내 줬지. 그러고 나서 어떻게 했지? 넌 텔스를 가장 잔인하게 죽였어!"

루시드는 말없이 클레어를 응시했다. 클레어의 몸에서 냉기가 뿜어져 나왔다. 곁에 서 있던 레드조차 견디지 못할 만큼 시린 냉기였다.

클레어는 텔스가 죽는 순간을 똑똑히 기억하고 있었다. 살이 뜯기는 소리와 뼈가 부서지는 소리가, 지금 벌어지는 일처럼 생생했다. 루시드를 향한 증오는 천 년 전과 똑같이 가슴속에 존재했다.

하지만 그를 공격하진 않았다. 아직 그를 죽일 수 없다. 자칫 잘못 했다가는 일행이 위험해질 것이다.

클레어는 간신히 분노를 억누르고 담담한 표정으로 돌아갔다. 그녀를 지켜보던 루시드의 시선이 레드에게로 움직였다. 레드는 활을 꽉 움켜쥐고 그를 노려봤다.

"알고 있나, 레오나드?"

"뭘?"

"내가 죽으면 샬롯도 죽는다는 걸."

생각지 못한 루시드의 말에, 일행의 얼굴이 하얗게 질렸다. 레드에게만큼은 알리지 않으려고 했던 진실을, 루시드가 말해 버렸다. 일행은 심장이 떨어지는 것 같은 기분으로 레드를 돌아봤다. 클레어도 마찬가지였다.

그러나 정작 레드는 조금도 동요하지 않은 표정이었다. 오히려 그는 입가에 옅은 미소까지 띠고 있었다.

"응, 알고 있었는데."

레드 역시 생각지 못한 대답을 했다. 일행은 어안이 벙벙해졌다. 알고 있었다고?

"그래서? 클레어가 죽는 게 무서워서, 내가 클레어를 돕지 않을 줄 알았나 보지? 영원을 살아간다는 게 큰 고통이라는 걸 아는데, 내 손에 넣자는 이유로 모르는 척할 줄 알았나?"

레드가 한쪽 입꼬리를 올렸다.

"그렇다면 날 잘못 봤는데, 루시드. 난 너랑 다르거든. 네 사랑이 손에 넣는 거라면, 내 사랑은 도와주는 거야. 난 클레어를 고통 속에 밀어 넣는 짓, 절대로 안 해."

생각했던 것과 다른 반응에, 루시드의 미간이 좁아졌다. 그는 서늘한 눈으로 레드를 노려봤지만, 레드는 그의 시선을 피하지 않았다. 오히려 바다보다 푸른 눈동자로 루시드를 삼킬 듯 마주 응시했다.

"널 죽이면 클레어도 사라지겠지. 그럼 그걸로 됐어. 나는 클레어를 사랑했고, 그걸 기억하면서 살아갈 거니까. 클레어가 사라진다고 내 사랑도 사라지는 건 아니거든."

레드의 낮고 힘 있는 음성은 확신에 차 있었다. 클레어가 이 세상에 없어도 사랑은 변하지 않으리라는 강한 확신.

"그래, 이 남자였나?"

루시드의 눈빛이 어둡게 가라앉았다.

"샬롯, 레오나드가 카르제나 대신 네 마음을 채운 건가?"

클레어는 대답하지 않았다. 루시드의 시선이 천천히 클레어에게로 옮겨졌다.

"전에 봤을 땐 눈치채지 못했는데, 그랬나 보군. 놀라운데, 샬롯. 넌 여전히 감정을 잘 숨겨."

"감정을 숨겨? 아니, 루시드. 내 감정을 보지 못하는 건 너뿐이겠지. 나는 이 아이들에게 언제나 내 감정을 보여 주고 있거든."

"그래, 그것도 여전하군. 넌 늘 그런 말로 내 심장에 상처를 냈지."

"상처가 날 심장이 있기는 했던가?"

루시드는 느릿하게 눈을 감았다가 떴다. 그는 무표정하게 클레어의 얼굴을 응시했고, 곧 미소를 지었다. 뭇 여인이었다면 가슴 설레었을, 다정하고도 애틋한 미소였다.

하지만 클레어는 다른 여인들과 달랐다. 그녀의 검붉은 눈동자는 루시드의 달콤한 미소에도 전혀 흔들리지 않았다.

"그렇군. 내 심장은 상처를 입지 못하지."

그 말과 동시에, 루시드가 눈앞에서 사라졌다. 분노를 억누르고 있던 클레어는 털썩 주저앉았고, 레드가 그녀를 어깨에 손을 얹었다.

라울은 기절한 유키에게 달려갔다.

"치료가 가능한가?"

아란이 걱정스럽게 물었다.

"당연하죠."

라울은 바로 치료에 들어갔다. 그의 손에서 녹색 빛이 퍼져 나와, 유키의 잘린 다리를 감쌌다. 잘린 부위가 서서히 붙어가기 시작했다.

*　　　*　　　*

테로스는 드러누운 채로 눈을 부릅떴다. 해가 뜨고 있었지만 두꺼운 먹구름 때문에 주위는 여전히 어두웠다.

툭― 툭―

한 방울씩 떨어지던 비가 순식간에 굵은 장대비로 변했다.

쏴아아아아아―

하늘에 구멍이 뚫린 듯 비가 쏟아졌다. 진녹색 머리카락도, 얼굴도 온통 비에 젖어 엉망이 되었지만 테로스는 꿈쩍도 하지 않았다. 모르는 사람이 봤다면 시체인 줄 알았을 것이다.

비는 몇 시간을 내리다가 그쳤다. 서서히 먹구름이 물러가고 파란 하늘이 모습을 드러냈다.

테로스는 그제야 일어났다.

"아버지. 난 화가 나네요."

테로스의 붉은 눈동자가 광기로 물들었다. 전과는 다른 의미의, 흉포함을 담은 광기였다.

"너무 화가 나요."

이것은 루시드가 느낀 감정의 여파였다. 테로스는 몰랐지만, 각지의 정혈귀들이 거의 미친 것처럼 폭주하고 있었다. 클레어가 레드를 사랑한다는 것을, 루시드가 확인하는 시점부터 벌어진 일이었다.

"아버지가 뭘 하고 싶은 건지, 이제 정말 모르겠어요. 왜 저들을 도와주는 거죠?"

테로스는 주먹을 꽉 움켜쥐었다. 아버지에게 버림받았다는 충격과 분노를 견디기 힘들었다.

"좋아요, 아버지. 아버지가 저들을 돕겠다면 난 나대로 움직이겠어요."

테로스는 천천히 발을 옮겼다. 고르돈 국이 있는 방향이었다.

"인간 놈들이 공포에 떨며 내 발아래에 엎드리게 만들어야지. 그러면 아버지도 날 다시 보게 되겠지."

*　　　*　　　*

비가 그친 후, 일행은 마차를 멈췄다. 어쩌면 살아 있을지도 모르는 테로스와 멀어져야 하기에 일단 출발을 했지만, 유키를 제대로 치료하지 못했다. 잘린 다리는 붙었지만, 피를 많이 흘려서 회복이 필요했다.

"어때요? 테로스의 움직임이 있습니까?"

라울의 질문에 가만히 집중하던 클레어가 고개를 저었다.

"누군가 우리를 따라오는 기척은 없어. 하지만……."

클레어의 시선이 불안하게 어느 방향을 응시했다.

"정혈귀들이 날뛰고 있는 것 같아."

"그건 어쩔 수 없지. 우리가 다 구할 수 없는 거니 무시할 수밖에."

아란이 매몰차게 말했다.

"그나저나 전 레드 님이 그 사실을 알고 있을 줄 몰랐어요."

델리의 말에, 지금껏 묵묵히 있던 레드가 벌떡 일어났다.

"알고 있었을 턱이 있냐? 난 상상도 못 했다!"

"엑?"

"루시드, 그 자식을 죽이면 클레어가 사라진다고? 난 정말 몰랐다고!"

"아……."

일행은 황당한 표정으로 레드를 올려다봤다. 켈트로디언도 마찬가지였다.

"빌어먹을! 다들 알고 있었는데 나만 몰랐던 거냐? 엉? 왜 나만 몰라야 하는데? 언제까지 나만 모르는 채로 둘 거야?"

"아니, 레드……."

"닥쳐, 라울. 클레어가 정혈귀인 것도 그래. 전에 니들, 다 알고 있으면서 나한테만 말 안 해 줬었지? 왜들 그러는 건데? 나를…… 그렇게 못 믿겠냐?"

레드의 눈은 클레어를 향하고 있었다.

"클레어, 그 사실을 말하면 내가 너한테 매달릴 줄 알았어?"

"레오나드……."

"네가 사라지는 거 싫다고, 내 옆에 있어달라고, 네가 영원한 시간을 살아가든 말든 상관없으니까 나랑 있어 줘야 한다고, 그렇게 매달릴 줄 알았냐고!"

"……."

"날 잘못 봤다, 클레어. 그래, 매달리고 싶은 마음이 없는 건 아닌데, 실제로 매달려서 널 난처하게 할 만큼 바보는 아냐. 내가 죽으면 네가 또다시 혼자서 영원을 살아야 한다는 걸 아는데, 내가 그런 부탁을 할 리가 없잖아."

"미안해, 레오나드. 나는…… 말하기가 힘들었어."

"그래, 그랬겠지. 그래도 말을 해 줬어야지. 이게 뭐냐? 루시드, 그 자식한테 새로운 사실을 듣게 되다니!"

"이히히히히. 분하겠지만, 어쩔 수 없는 노릇 아닌가?"

카인이 조롱하듯 웃었다. 레드는 오만상을 찌푸리고 그를 노려봤지만, 카인은 아랑곳하지 않고 말했다.

"다른 녀석들도 누가 말해 줘서 안 게 아니야. 스스로 깨달은 거지. 뻔하잖아. 혈귀의 왕을 죽이면 모든 일이 끝난다. 그건 이 대륙의 모든 혈귀가 사라진다는 뜻이고, 첫 번째 정혈귀인 샬롯 님도 거기에 포함된다는 말이지. 그걸 못 깨달은 너는 바보라는 거고."

"카인, 넌 정말 밉살맞은 놈이야."

"별말씀을. 이히히히히."

레드는 투덜대다가 다시 주저앉았다.

"빌어먹을."

"레드, 우리도 되게 많이 고민했어."

"유키, 넌 대체 언제 알게 된 거냐?"

"나는…… 예전에, 델리를 만났을 때."

"그렇게 빨리 알았다고요?"

라울이 놀라서 눈을 크게 떴다.

"응. 클레어랑 캐서린이 하는 이야기를 들었거든."

"그랬구나. 많이…… 난처했겠다."

클레어가 미안하다는 듯 웃었고, 유키는 "아니야."라고 중얼 거리며 고개를 숙였다. 그때의 기분이 생각났는지, 유키의 눈가 가 붉게 물들었다.

공기가 무거워졌다. 일행은 한숨을 삼키며 고개를 숙였다.

쉬쉬하고 있을 때는 애써 모르는 척할 수 있었지만, 입 밖으로 낸 이상 더는 모르는 척할 수 없었다.

길은 두 개다. 실패, 혹은 성공.

하지만 결말은 하나였다.

비극.

그 어떤 길로 들어서도 즐거운 끝을 맞이할 수는 없었다. 클레어가 사라지거나, 혹은 또다시 영원한 삶을 살게 되거나. 둘 중 하나니까.

"아아아아아아아아······."

긴 침묵을 깬 것은, 레드였다. 레드는 성대를 긁는 듯한 괴상한 소리를 내기 시작했다. 쇳소리 같기도 했기에, 일행은 인상을 찌푸리고 레드를 노려봤다.

"뭘 하는 겁니까? 미쳤어요?"

듣다 못한 라울이 면박을 주자, 레드가 소리를 멈추고 고개를 들었다.

"이제 그만하자, 이런 건."

"그만 하다니?"

아란이 미간을 좁혔다.

"미래는 아직 안 왔잖아. 우린 아직 드래곤 발톱도 못 봤어. 아, 켈트로디언. 당신 말고."

레드가 가볍게 한 손을 들어 사과하고는 말을 이었다.

"앞으로 어떻게 될지, 아무도 몰라. 혈귀의 왕은 죽어본 적 없는 놈이야. 그렇다는 건, 그놈을 죽인 후에 일이 어떻게 돌아갈지 아무도 모른다는 거고."

"하지만······."

"쉿, 델리. 알아. 그를 죽이면 모든 것이 끝이라는 거 아는데…… 그래도 그 끝이 어떤 건지, 루시드조차 모를 거야. 아니, 위대한 드래곤도 모르겠지. 안 그래, 켈트로디언?"

조용히 앉아 있던 켈트로디언이 느릿하게 고개를 끄덕거렸다. 그는 희미한 미소를 짓고 있었다. 그의 미소는 일행으로 하여금 잠시나마 피로를 잊게 만들어 주었다.

"그래, 그러니까 우리끼리 확신하지 말고 우울해하지 말자는 거지. 만약 그놈을 죽여서 클레어가 사라진다면, 그때 슬퍼하면 돼. 미리 슬퍼하고 괴로워할 필요 없잖아. 만약 클레어가 사라지는 게 사실이라면…… 이제 같이 있을 시간도 얼마 남지 않았는데."

애써 밝게 말하는 레드 때문에, 오히려 클레어가 울고 싶어졌다. 클레어는 다시 한 번 생각했다.

'아아, 난 이 아이를 두고 어떻게 가지? 정말이지, 이 사랑스러운 아이를 두고 어떻게…….'

클레어는 레드를 똑바로 볼 수가 없어서 고개를 숙였다. 흘러내린 머리카락을, 레드가 조심스레 쓸어 넘겼다.

"괜찮아, 클레어. 다 잘 될 거다."

"레오나드……."

"그래, 괜찮아."

클레어의 머리를 쓰다듬으며, 레드가 말했다.

"델리, 얼른 전에 그 약초를 만들어서 유키에게 달여 줘. 유키, 먹고 자고 회복해라. 늦어도 내일 정오에는 출발할 거니까."

"우린 뭘 할까?"

묻는 아란에게, 레드가 피식 웃으며 말했다.

"니들은 체술이나 익혀."

"체술은 네가 가장 못 하는데."

아란의 말에 레드는 고개를 옆으로 살짝 기울였다가, 씩 웃으
며 말했다.

"아니, 체술보다…… 오늘은 클레어랑 같이 좀 있고 싶다."

*   *   *

한참 걸어가니 기적처럼 호수가 나타났다. 짙푸른 나무에 둘
러싸인 호수는 그 안에 하늘을 가득 담고 고요히 존재하고 있었
다. 물을 마시던 짐승들이 인기척에 놀라 푸드덕 도망쳤다. 레드
는 클레어의 손을 이끌고 호숫가로 걸어갔다.

"이런 곳이 있는 줄은 어떻게 알았어?"

"몰랐는데. 그냥 걷다 보니 나온 거야. 아…… 알고 데리고 왔
다고 할걸 그랬나?"

레드가 농담처럼 말하며 앉았다. 클레어는 그 옆에 앉아 조용
히 호수를 바라봤다.

"이런 곳이었어? 네가 어릴 때 빠졌던 호수."

"음. 비슷해. 여기보다는 조금 작았어."

"그래."

"그립다."

"웅. 그렇겠지. 하지만 지금은 나를 봐, 클레어. 천 년 동안 혼 자서 그리워했으니까, 이젠 나를 봐줘."

레드가 간절한 목소리로 말했다. 클레어는 그를 향해 고개를 돌리고 부드럽게 미소 지었다.

"그래, 레드. 보고 있어."

"뭘 하고 싶었어?"

"응?"

"그러니까……."

레드는 입 밖에 내기 어려운 듯 인상을 찌푸렸다가 다시 표정을 풀고 물었다.

"카르제나랑 약혼했을 때, 넌 뭘 꿈꿨어?"

클레어는, 레드가 사실 무엇을 묻고 싶은지 깨달았다. 그녀는 갑자기 울고 싶어져서 눈을 질끈 감았다. 그의 푸른 눈동자를, 순수하고 열띤 그 새파란 눈동자를 똑바로 보기 힘들었다.

'아니, 피하면 안 돼. 나는 마주 봐야 돼. 긴 시간이 남은 게 아니니까.'

클레어는 간신히 눈꺼풀을 들어 올렸다. 레드의 눈동자는 여전히 가까운 곳에 있었다.

그녀는 힘겹게 입가의 근육을 움직였다.

괜찮을까? 보기 좋은 미소가 만들어졌을까? 일그러진 미소는 아니겠지?

"나는, 레오나드."

클레어는 레드의 볼에 살포시 손바닥을 얹었다.

"성대한 결혼식은 원하지 않아. 이런 호숫가면 돼. 하늘이 맑고 바람이 좋은 날, 이런 경치 좋은 호숫가에서 결혼식을 올리고 싶어."

"클레어."

"쉬잇, 레드."

볼에 있던 그녀의 손이 움직였다. 긴 검지가 레드의 입술을 막았다. 그 상태로, 클레어는 계속해서 말했다.

"하객도 많이 부르지 않을 거야. 가장 친한 사람들, 우리의 결혼을 진심으로 축복해 줄 사람들이면 돼. 라울, 아란, 델리, 유키, 카인, 켈트로디언, 테드, 타니하르, 에녹이랑 잔느. 나를 알고도 나를 믿어 준, 그 사람들만 있으면 되는 거야. 아, 펠타 시의 그 작은 소녀, 로타라고 했던가? 그 아이도 부를 수 있으면 좋겠다."

클레어의 눈동자는 결혼을 꿈꾸는 '진짜' 소녀처럼 반짝거렸다.

"요리는 아마도 아란이 꼼꼼하게 챙겨주겠지. 화환은 델리가 만들어 줄 거고, 유키가 멋진 얼음 조각상을 장식해 줄 거야. 내 드레스는 라울이 잘 골라 줄 거고. 주례는 타니하르에게 맡기자, 레드. 유쾌한 결혼식이 될 것 같거든."

"……."

"음악이 울려 퍼질 거고, 신부 입장, 그 소리와 함께 나는 부케를 들고 천천히 걸어 들어갈 거야. 아주 많이 가슴이 뛸 것 같아. 그 후에 신랑 입장이 있을 거고, 네가 걸어와 내 옆에 서겠지. 주례가 끝나면 너는 내 손에 반지를 끼워주고, 내게 키스를 할 거야. 그럼 난 세상에서 가장 아름다운 신부가 될 거야."

레드의 눈가가 빨개졌다.

"나는, 레드. 아이를 너무 많이 낳고 싶진 않아. 널 닮은 아들한 명, 날 닮은 딸 한 명. 그렇게 두 명만 낳아서 기르고 싶어. 라울은 아마 우리를 위해 똑같은 옷을 사다 주겠지? 아란은 우리 아들을 레드 주니어라고 부를지도 모르겠어. 우리는 우릴 닮은 아이들이 자라는 걸 지켜보면서, 조금씩 늙어갈 거야."

레드의 푸른 눈동자가 크게 부풀었다.

"너는 아마 날 조금 놀릴지도 몰라. 주름이 생겼다고. 그러면 나도 지지 않고 놀려 줄 거야. 배가 나왔다고. 그러다가 우리는 서로 마주 보면서 웃을 거고, 맛있는 저녁을 먹을 거고, 함께 손을 잡고 산책을 하겠지. 그렇게 조금씩, 조금씩 더 늙어가서 내머리에도, 네 머리에도 하얀 눈이 소복소복 쌓이는 나이가 되면, 우린 앉아서 도란도란 대화를 나눌 거야. 옛날에는 이런 일도 있었지, 저런 일도 있었지…… 그런 이야기를 한참 나누다가."

레드의 눈에 맺힌 눈물이 무게를 이기지 못하고 흘러내렸다.

"우리 둘 중 누군가 한 명이 먼저 떠나겠지. 그러면 남은 한 명은 조금 더 살다가 따라가면 되는 거야. 그리고 우리가 떠난 이곳은, 우리의 아이들이 살아가게 될 거야."

"……."

"나는 이런 걸 꿈꾸고 있어, 레드."

레드는 더 이상 참지 못하고, 그녀의 손목을 잡아당겼다. 그의 단단한 팔이 으스러지듯 클레어를 끌어안았다. 클레어는 그의 뜨거운 가슴에 얼굴을 묻고 조금 흐느꼈다. 눈물이 나오지는 않았지만, 심장이 쪼개질 듯 아팠다.

꿈도 꿔선 안 된다는 것을 알지만, 입 밖으로 내는 순간 소망하게 되고 말았다. 그렇게 살아가고 싶다. 평범한 인간들처럼 키스를 하고, 결혼을 하고, 아이를 낳고, 조금씩 늙어가며, 그렇게 살아가고 싶었다.

"그래."

레드가 잔뜩 쉰 목소리로, 절규하듯 말했다.

"그래, 클레어. 우리……."

울음이 묻은 그의 말이 자꾸만 끊어졌다.

"우리, 클레어……."

"……."

"그렇게 살자."

"응, 레드."

"그렇게 살자, 클레어."

"응."

"아마 주름이 생긴 너도 너무, 예뻐서, 클레어. 너무 아름다워서, 난 널 놀리지 못할 거야."

"거짓말."

"정말이야. 그 어떤 모습을 해도, 내 눈에 넌, 너무, 아름다워서 나는, 아마도 언제나, 황홀하게 너를 바라보겠지."

"나는 놀릴 거야."

"실컷 놀려. 그래도 돼. 놀린 다음에 키스만 해 주면."

"응, 키스쯤이야."

레드가 클레어의 머리카락에 얼굴을 묻었다. 흐르는 눈물이 그녀의 머리칼을 적셨다. 클레어는 눈을 질끈 감고 그를 안은 팔에 힘을 줬다.

떠나기 싫다. 또다시 천 년을 살아도 되니, 레드가 늙어가는 모습을 보고 싶다. 단 몇 십 년이라도 레드의 손을 잡고 살아가고 싶다.

해서는 안 될 소망이 자꾸만 커져서, 클레어는 괴로웠다. 숨을 쉬지 않아도 되는데, 숨이 막혀서 클레어는 어디로든 사라지고 싶었다. 그곳이 어디든 레드만 있다면, 클레어는 행복할 수 있을 것 같았다.

위대한 실버드래곤은 조용히 나무 위에 앉아 있었다. 호숫가에서 꽉 끌어안고 있는 슬픈 연인의 모습이 그의 눈동자를 가득 채웠다. 둘은 시간의 흐름을 잊은 듯 떨어질 생각을 하지 않았다. 차라리 그렇게 석상이 되고 싶다는 듯, 영원히 그렇게 머무르고 싶다는 듯 움직이지 않았다.

그래서 켈트로디언은, 차라리 저들을 돌로 만들어 버릴까, 라는 바보 같은 생각을 하고 말았다. 그 생각이 얼마나 터무니없는 것인지 깨닫고, 그는 쓴웃음을 지으며 고개를 들어 올렸다.

비 온 뒤의 하늘은 구름 한 점 없이 맑고 푸르렀다.

"주인, 나는 저 아이가 사랑스러워서 견딜 수가 없습니다."

언제나 그렇듯 한 걸음 물러서서 지켜보려 했다. 하지만 첫 번째 정혈귀는 어느새 켈트로디언의 거대한 심장을 가득 채워버렸다. 기나긴 고독과 고통의 밤을 담담하게 걸어서 이곳에 도달한 그녀가, 켈트로디언은 좋았다.

한 인간만을 어여삐 여겼던 주인의 마음을, 이제야 이해할 수 있었다. 때로는 무리 중의 어느 하나가 유독 눈에 띄어, 마음이 가는 것을 막을 수 없을 때가 있는 것이다.

켈트로디언은 교국에서 기다리고 있을, 자신의 오랜 친우를 떠올렸다. 어지간하면 그와 부딪치고 싶지 않았다.

"미안해, 데라이드. 나는…… 저 아이를 내 아이처럼 사랑하게 되었어."

데라이드는 흘러가는 구름을 바라보며 미소를 지었다. 바람을 타고 들려온 친구의 음성이 그를 웃게 만들었다.

"그래, 그랬겠지. 그 아이는, 내 심장조차도 두드렸으니까."

클레어에게 마음을 빼앗긴 것은 켈트로디언만이 아니었다. 다른 드래곤들 역시 그녀에게 마음을 뺏겨, 켈트로디언이 주인을 배신했는데도 다들 모르는 척하고 있었다. 가장 성질이 사나운 레드 드래곤조차,

"그 멍청이가 하는 짓에 끼어들 필요가 있냐? 주인도 아무 말이 없는데."

라며 눈을 감아버렸다. 다들 '귀찮다.'라고 말은 했지만, 사실은 지켜보고 싶은 것이리라. 클레어의 마지막을. 그 긴 고통과 고독의 끝을.

정혈귀들은 자신이 만들어 낸 아혈귀를 몰고 다니며 거침없이 인간의 피를 마시기 시작했다. 인간들은 고르돈의 왕이 정혈귀의 정체를 드러내는 바람에 생긴 일이라고 고르돈 왕국을 비난했다. 하지만 데라이드는 그것이 루시드 때문이라는 것을 알고 있었다.

몇 천 년 동안 잠잠했던 루시드의 감정에 변화가 일어났다. 정혈귀들은 왕의 감정에 영향을 받았을 뿐이다.

세상사와 동떨어져 있던 교국이었지만, 정혈귀의 난동까지 모르는 척할 수는 없었다. 각 나라에서 교국에 도움을 요청해 왔고, 사제와 성기사를 보내달라고 애원했다. 하지만 교황은 그 어떤 요구도 들어주지 않았다. 신의 뜻이 아니라면서.

"신의 뜻이라……."

데라이드는 쓴웃음을 지었다.

지금 대륙에서 벌어지는 일들 중에 과연 신의 뜻이 있긴 한 걸까? 드래곤조차 들을 수 없는 신의 음성을, 일개 인간 따위가 들을 수 있을 리 없었다.

사람들은 교황을 성인(聖人)이라 칭송했지만, 그건 그의 겉모습만 보고 하는 말이었다. 이번 교황은 처세술이 뛰어나고 눈치가 빠른 작자일 뿐, 신심이라고는 전혀 없었다.

이번 대처만 해도, 교황의 욕심이 고스란히 드러났다. 교황은 정혈귀의 손길이 교국에 미칠 것을 두려워했다. 그래서 성기사도, 사제도 교국 밖으로 내보내지 않는 것이다. 다른 나라들이야 정혈귀 손에 다 죽어가든 말든, 교국만 무사하면 된다는 어리석은 생각을, 교황은 가지고 있었다.

"굳이 성기사들을 끌어안고 있지 않아도 될 텐데."

교국은 보호받고 있다. 루시드조차 들어오는 것이 쉽지 않을 정도로 강력한 신의 가호가 교국 전체를 둘러싸고 있었다. 게다가 데라이드도 있다.

루시드가 만들어 낸 혈귀 따위는, 심지어 첫 번째 정혈귀인 클레어조차 이 땅에 발을 디딜 수 없다.

"인간들은 참으로 나약하고 어리석은데, 때때로 놀라운 아이들이 있어, 켈트로디언."

움직이지 않는 육체에 갇혀 천 년을 견딘 카인이 그랬고, 배신을 당했으면서도 인간을 미워하지 않은 오르데안 공작이 그랬다.

"사실은 로디언, 주인이 내게 내린 명령은 두 개야. 하나는 교국을 보호하라는 것. 그리고 또 하나는."

주인의 음성이 떠올랐다.

"달 아래를 걷는 아이를 살펴보라는 것. 그런데 난 그 살펴보라는 말을 의미를 아직도 모르겠네. 그저 지켜보라는 걸까, 아니면 보호해 주라는 걸까? 그리고 달 아래를 걷는 아이는 루시드

일까, 클레어일까?"

데라이드가 손을 내밀자 아무것도 없던 손바닥 위에 흰색 찻잔이 생겼다. 찻잔 안에는 투명한 녹색 차가 가득 담겨 있었다. 데라이드는 향긋한 차로 입술을 축이며 눈을 감았다.

"무엇이 되었든, 너의 클레어는 내게 도달하지 못할 거야. 이 땅은, 그 아이가 밟을 수 없게 보호를 받고 있으니까."

＊　　＊　　＊

타니하르는 생전 처음으로 헤어 나오지 못할 절망을 느끼는 중이었다.

모히틀에게서 들은 레드 일행의 전언. 2달 후까지 싸울 준비를 하고 제국으로 와달라는 부탁을 들어주기 위해서는, 이미 출발을 했어야 했다. 하지만 출발할 상황이 아니었다. 고르돈 왕국을 떠날 수가 없었다.

혈귀의 움직임이 격변했다.

정체가 알려져서일까? 정혈귀들은 더 이상 자신의 존재를 감추지 않았다. 한가로운 오후, 선량한 미소를 지으며 가게에 들어온 손님이 갑자기 주인이나 다른 손님의 목에 이를 박아 넣었다. 눈인사를 건네며 지나치려던 지인이, 같이 대화를 하며 걸어가던 친구가, 공부를 가르치던 선생이, 즐겁다는 듯 웃으며 인간의 피를 빨아마셨다.

그걸 목격한 인간들이 비명을 지르면 경비대나 타니하르의 부하가 출동하지만, 형편없이 느린 속도였다. 그들은 빨랐고, 순식간에 배를 채운 후 모습을 감추든가, 잡으러 온 상대들을 모조리 베어 죽였다.

낮에는 차라리 나았다.

밤이 되면 아혈귀가 움직이기 시작한다.

아혈귀의 수는 정혈귀보다 많았기에, 그들이 무리를 지어 도시 안으로 들어오면 인간들은 속수무책으로 당할 수밖에 없었다. 뜯기고 잘린, 혹은 목이나 팔에 구멍이 뚫린 시체들이 발에 채일 정도로 많이 생겨났다. 시체를 전부 수거하지 못해, 거리는 피비린내와 썩은 냄새로 가득했다.

인간들은 도시와 마을을 버리고 도망치려 했지만, 그렇다고 무사하진 못했다. 혈귀는 어디에나 있었고, 인간들은 죽거나 아혈귀가 될 운명을 벗어날 수 없었다.

이토록 자신이 무력하게 느껴진 적이 없었다. 타니하르는 도대체 어떻게 해야 한 명이라도 더 구할 수 있을지 고민했지만, 답이 나오질 않았다.

헤론이 보내 준 마력석으로 성력이 담긴 무기를 만들어 냈지만, 큰 도움이 되진 않았다. 그걸 사용하는 인간은 느렸고, 혈귀는 눈에 보이지 않을 만큼 빨랐다. 어지간한 훈련을 거치지 않으면, 그들의 움직임을 따라잡을 수가 없었다.

타니하르의 부하도 반 이상이 죽었고, 펠타 시로 간 댄과는 연락도 되지 않았다. 지난번 아혈귀로 변한 얀디와 마주쳤을 땐, 그의 심장에 성력이 담긴 검을 박아 넣으며 절규했었다.

"내가 혈귀의 존재를 알린 것이 잘못된 선택이었는지도 모르겠어."

에녹이 중얼거렸다. 에녹의 옆에는, 혈귀와 싸우다가 왼쪽 팔을 잃은 잔느가 침통한 표정으로 서 있었다.

"알리지만 않았어도 저들이 저렇게 날뛰진 않았을 텐데."

타니하르는 에녹의 우는 소리를 들어 줄 기분이 아니었다.

혈귀의 폭주 때문에, 지하에 있던 헤른족들까지 지상으로 나왔다. 하지만 그들이 전부 달려들어 봐야 정혈귀 한, 두 마리를 간신히 처리할 수 있을 정도였다. 한 번 싸울 때마다 죽는 정혈귀는 한 마리, 이쪽의 피해는 수십 명.

"타니하르. 제국으로 가야 하는 거 아냐? 지금 가도 기간 안에 도착하기 힘들 텐데."

에녹이 걱정스러운 듯 물었다.

"정혈귀들이 길마다 포진하고 있어. 인간들끼리의 소통을 막으려는 걸 테지. 내가 여기서 천 명을 끌고 나가면, 제국에 도착했을 때 몇 명이나 남을까? 열 명? 스무 명?"

"……."

"레오나드도 혈귀가 이런 식으로 움직일 줄은 몰랐을 거야. 무의미한 길을 떠나느니, 여기서 한 명이라도 더 살리는 게 나아. 모히틀, 자넨 가려면 가."

묵묵히 서 있던 모히틀이 고개를 저었다.

"아니, 네 말대로 여기서 한 명이라도 더 구하는 게 낫겠지. 나라고 혼자서 정혈귀를 상대할 수 있는 게 아니니까."

쾅!

타니하르가 탁자를 내리쳤다.

"무기를 만들 게 아니라 갑옷을 만들어야 했던 거야! 성력이 담긴 갑옷이라면 놈들의 송곳니를 막을 수 있었을 텐데."

"우리가 안일했지. 무기만 있으면 놈들과 대등하게 싸울 수 있을 거라고 생각한 거니까."

"빌어먹을!"

"며칠 전에 말이야."

에녹이 일어나 창가로 걸어갔다.

"일주일쯤 전이었나? 혈귀들이 이렇게까지 날뛰지 않았을 때, 잠시 왕실을 나갔었어."

"폐하……."

"말 안 하고 나가서 미안해, 잔느. 국민들이 어떻게 지내는지 두 눈으로 확인해야만 했거든. 그런데 길에서 한 남자를 봤어. 진녹색 머리카락에 새빨간 눈동자를 가진 남자였는데, 그 남자 주위에 정혈귀들이 함께 있었어."

에녹은 그 남자를 목격했던 순간을 떠올렸다. 핏빛 눈동자를 가진 그는, 근처에 있는 것만으로도 숨이 막힐 정도의 살기를 내뿜고 있었다.

"그 남자가 이 소동의 주범인 것 같다는 생각이 들어."

"설마…… 그가 혈귀의 왕인가?"

"그건 잘 모르겠지만 상당히 강한 건 분명해. 클레어보다 더 강한 느낌이었거든."

"그럼 그놈을 죽이면 이 미친 세상이 정상으로 돌아온다는 건가?"

"글쎄, 타니하르. 그가 아직도 이곳에 있는지, 다른 곳으로 떠났는지는 모르겠지만…… 우리가 할 수 있는 일은 없는 것 같아."

에녹이 두 손으로 얼굴을 가렸다.

"레드가 성공하지 못한다면, 우리는 아마 다 죽겠지."

*　　　*　　　*

댄과 테드는 방공호에 몸을 숨기고 있었다.

테드의 저택에는 혈귀가 들이닥쳤을 때 피하기 위한 지하통로가 있었고, 그 끝에 커다란 방공호가 있었다. 둘은 펠타 시의 혈귀들이 미쳐 날뛰기 시작하자마자 몸을 숨겼다.

"어차피 보텔로 산을 올라오는 혈귀도 없긴 할 거야. 몬스터만 잔뜩 있는 산에 뭣 하러 올라오겠어? 안 그래?"

육포를 질근질근 씹으며 댄이 말했다.

"그래, 그렇겠지. 수도는 괜찮은지 모르겠네."

"뭐, 대장이 있으니 이곳처럼 처참하진 않겠지. 그나저나 당신은 붉은 사자랑 친했잖아. 어때? 그 녀석들이 성공할 것 같아?"

"글쎄. 그들이 강하긴 하지만…… 상대가 저렇게 강하지 않나. 혈귀의 왕은 더 강할 텐데 가능할지……."

"흐응. 그럼 실패할 수도 있다는 거네. 우린 여기서 얼마나 더 버틸 수 있지?"

"나 혼자 일 년을 살 수 있을 만큼 식량을 준비해 뒀으니, 두 명이면 6개월이겠지."

"6개월이라…… 6개월 후에 나가면 세상이 어떻게 변해 있을라나?"

"만약 혈귀의 세상이 되어 있으면, 자넨 어쩔 건가?"

"어쩌긴 뭘 어째. 옛날처럼 배 타고 바다에 나가야지. 드넓은 바다를 누비다가 거기서 혈귀를 만나면 싸우다 죽겠지. 안 만나면 굶어 죽을 거고. 넌 어쩔 건데?"

"나는 자살할 거네."

"그건 재미없는데?"

"혈귀 놈들의 식량으로 죽고 싶진 않아. 그러느니 자살을 하는 것이 낫지."

"그럼 그냥 나랑 같이 바다로 나가자. 뱃멀미만 이겨내면 바다 생활도 할 만 하거든."

"대상인인 내가 뱃멀미 따위를 할 것 같은가? 나도 한창때는 배 위에서 살았어."

둘은 마주 보고 씩 웃었다. 테드가 다시 물었다.

"만약 레드가 성공해서 세상이 평화로워진다면, 자넨 뭘 할 겐가?"

"아아, 꿈같은 이야기로군."

댄이 팔을 베고 드러누웠다.

"만약 평화로워지면 말이지, 수도로 돌아가야지. 돌아가자마자 통신용 마력석을 잃어버린 것 때문에 대장한테 몇 대 맞을 거고. 다 맞은 후엔 대장이랑 얀디 녀석이랑 셋이서 맥주를 미친 것처럼 마셔 줘야지."

"맥주, 그거 좋군."

"좋지. 그날이 오면 너도 같이 수도에 가자. 이런 산속에 처박혀 있는 것보다 사람들이랑 어울리는 게 훨씬 낫잖아."

테드는 허공을 향해 아련한 시선을 던지며 고개를 끄덕였다.

"그래, 그때가 되면 그러는 게 좋겠군. 내 아내도, 딸도 평화를 찾을 테니까."

17장
끝나는 밤

클레어는 걸음을 멈췄다.

"이 나무는 뭐죠?"

그들의 앞엔 기이한 모양의 거대한 나무가 있었다. 나무는 금방이라도 살아 움직일 듯 생동감 있는 모양으로 가지를 뻗었고, 무성한 잎사귀는 파란색이었다.

"저도 이런 건 본 적이 없어요."

델리가 겁 없이 다가가 나무줄기를 더듬었다.

"포라이 나무란다."

켈트로디언이 앞으로 나서며 말했다.

"신의 나무지. 이 나무에서 시작된 힘이 교국을 보호해 주는 거란다."

"여기서 성력을 내보내는 건가?"

아란이 경이롭다는 표정으로 나무를 올려다봤다. 나무는 그 끝이 보이지 않을 정도로 거대했다.

"그래. 그 나무에서 나오는 성력 덕에, 교국에서 태어난 이들이 기본적으로 성력을 갖게 되는 거지. 혈귀의 침입을 막기도 하고."

"그렇군요."

클레어는 가까이 다가가려 했지만 화상을 입는 듯한 통증을 느끼고는 뒤로 물러났다. 기분 탓인지 파랗던 잎사귀가 붉게 빛난 것 같아 보였다.

"혈귀가 가까이 오면 잎사귀가 빨갛게 변하면서, 그 여느 때보다 강한 성력을 뿜어낸단다."

켈트로디언이 설명했다.

"무적이군."

레드가 짜증스레 중얼거리며 단검을 꺼냈다.

"벨 수 있으려나?"

거침없이 다가가는 레드의 앞을, 켈트로디언이 한 팔을 들어 막았다.

"관두거라, 아이야. 벨 수도 없을 뿐 아니라, 나무를 노하게 만들기만 할 게다."

"나무가 노한다고? 그런 게 어디 있어?"

"이 나무는 신의 나무. 감정을 가지고 있지. 나무가 노하면 권능을 가진 너희조차 밀려날 것이다."

"제길! 그럼 어쩌라는 거야? 드래곤이 코앞에 있는데, 여기서 발만 동동 구르고 있자고?"

켈트로디언은 어두운 표정으로 나무를 응시했다. 신의 나무 포라이는 드래곤과 달랐다. 드래곤은 생각할 수 있지만 포라이 나무가 가진 것은 감정뿐이었다. 설득이 통하는 상대가 아니었다.

막막한 심정으로 포라이 나무를 노려보고 있을 때였다.

"거기 누구냐?"

불청객의 존재를 눈치챈 성기사 다섯 명이 이쪽으로 달려오는 것이 보였다. 은빛 갑옷을 입은 그들은, 왼손에는 방패를, 오른손에는 장검을 들고 있었다.

불꽃 모양의 방패는 정중앙에서 원형의 푸른빛을 은은하게 뿌리고 있었다. 성력이었다. 성력이 방패에 둘러져 있는 한, 정혈귀의 손톱이 쉽게 방패를 쪼갤 수 없을 것이다.

검에는 아직 성력을 두르지 않았다. 레드 일행이 싸워야 할 상대인지 판단을 내리지 않았기 때문이다. 만약 일행 사이에 정혈귀가 있다는 것을 눈치챈다면, 그들의 검은 푸른빛 성력을 뿜어낼 터였다.

레드는 자연스럽게 클레어의 앞으로 나서서 그녀를 보이지 않게 했다. 하지만 데라이드에게 훈련을 받은 성기사의 눈을 속일 수는 없었다.

"남자 네 명에 여자 두 명을 발견했습니다."

가장 앞에서 걸어오던 성기사가 고개를 오른쪽으로 살짝 돌리며 말했다. 갑옷의 어깨 부분에는 통신용 마력석이 달려 있었다.

'남자 넷이라면 켈트로디언은 발견하지 못한 모양이군.'

하지만 안심할 일이 아니었다.

정체가 드러나서는 안 되는 클레어의 존재를 들키고 말았다.

"너흰 누구냐? 이 앞이 신성한 땅이라는 걸 모르고 온 모양인데, 돌아가라."

주홍색 머리의 성기사가 말했다. 듣던 중 반가운 소리다.

'그래, 일단 물러난 다음에 저들이 떠나면 다시 오는 게 좋겠군.'

클레어가 성기사들의 눈에 띈 이상 함부로 움직일 수는 없었다. 그래서 레드는 평소와 달리 정중하게 대답하려고 했다. 주홍머리 뒤에 있던 검은머리 성기사가 아니었더라면, 천지가 개벽해도 볼 수 없는 레드의 예의 바른 모습을 볼 수 있었을 것이다.

"아니, 잠깐. 이놈들 무기를 소지하고 있는데?"

그의 말이 떨어지기가 무섭게 성기사들의 검에서 성력이 뿜어져 나왔다. 조용히 물러나려던 레드 일행도 어쩔 수 없이 무기를 빼 들었다. 그 와중에도 레드는 클레어를 보이지 않기 위해 신경 썼다. 성기사들이 눈에 성력을 집중시키면, 클레어의 정체가 드러난다.

"우린 싸울 생각 없다."

클레어를 신경 쓰는 레드를 대신해, 아란이 말했다.

"난 고르돈 왕국 펠타 시의 경비소장 아발란체 티스턴. 티스턴 백작의 아들이다. 그리고 이쪽은……."

"레오나드 폰 라셀."

레드의 입에서, 처음으로 그의 풀네임이 나왔다. 집을 버리고 나온 후, 단 한 번도 입에 담은 적 없었던 이름이었다.

라셀 공작 가는 고르든 왕국뿐 아니라 다른 나라에서도 꽤나 이름을 알린 가문이었다. 라셀 공작은 교황과도 친분이 두터웠다.

입에 담고 싶지 않다고 모르는 척할 때가 아니었다. 어떻게든 힘을 빼지 않는 방향을 선택해 교국에 들어가야 했다.

"그래서?"

하지만 성기사의 반응은 맥이 빠질 정도로 심드렁했다. 레드는 미간을 좁히고 그들을 노려봤다.

"라셀 공작을 모르나?"

"모르는 건 아니지만, 네놈이 라셀 공작의 아들이란 증거가 있나? 내가 알기로 공작의 아들은 델트라노 한 명뿐이었는데. 레오나드라는 아들이 있다는 말은 못 들어봤거든."

반박할 말이 없었다.

레드가 가문을 버렸을 때, 가문도 레드를 버렸다. 공작은 자신의 둘째 아들이 죽었다고 공표했고, 공식적으로 그의 아들은 장남인 델트라노 한 명뿐이었다.

'아버지는 또 이런 식으로 내 발목을 붙잡는군.'

잊은 줄 알았던 증오가 스멀스멀 기어 나오기 시작했다. 하지만 레드는 서둘러 그것을 갈무리하고 권능을 피어올렸다.

화르르르륵—

두 개의 단검에서 시작된 화염이 하늘을 집어삼킬 듯 부풀었다. 화염은 마치 커다란 붉은 뱀처럼 이리저리로 몸을 틀었다.

"저, 저게 뭐지?"

"무슨 짓을 하는 거냐?"

"마력사인가?"

성기사들도 권능에 대해서는 모르는 듯 당혹한 기색을 보였다. 하지만 그들은 훈련받은 성기사답게 재빨리 상황을 파악하고는 레드를 향해 달려들었다.

그들은 조금도 망설이지 않고 한 손에 든 검을 사선으로 휘둘렀다. 레드가 인간이든, 정혈귀든 상관없다는 듯한 태도였다.

쌔애애애애액—

하늘을 수놓던 화염의 뱀이 쏜살같이 내려와, 레드를 향한 푸른빛 검날들을 가로질러 지나갔다.

챙강— 챙— 챙그랑—

레드를 베려던 검날들이 힘을 잃고 바닥에 떨어졌다. 성기사들은, 무슨 일이 벌어졌는지조차 알지 못했다. 그들의 시각이 포착하기에는 너무도 빨랐기 때문이었다. 그들이 아는 것이라고는 거대한 화염의 뱀이 하늘에 있었고, 레드에게 달려들었고, 다음 순간 검이 잘렸다는 것뿐이었다.

"싸우기 싫었는데."

레드가 낮은 음성으로 말하며 일행에게 눈짓했다.

"네놈들이 날 죽이려고 했으니, 그에 응해 주지."

말이 끝나기가 무섭게 성기사들의 주위로 굵은 줄기의 덩굴이 자라기 시작했다. 덩굴은 성기사들이 비명을 지를 새도 주지 않고 그들을 칭칭 동여맸다.

"미안해요."

델리가 청록색 머리카락을 뒤로 쓸어 넘기며 말했다. 말과는 달리 그녀의 잿빛 눈동자는 차갑게 빛나고 있었다.

"비슷한 힘을 가진 당신들과 싸우고 싶진 않았는데."

"우리는 인간을 죽이지 않으려고 노력했는데, 교국 쪽은 그것도 아닌 모양이네요. 침입자를 전부 죽이라는 명령이라도 받은 모양입니다?"

라울이 성기사 한 명을 매섭게 쏘아보며 물었다. 입까지 식물 줄기에 막힌 성기사는 대답할 수 없었고, 사실 대답할 생각도 없었다.

"잘 된 거 아냐? 교국의 방침이 전부 죽이라는 거면, 우리도 더이상 거리낄 게 없는 거잖아."

유키가 자기 몸뚱이만 한 대검을 한 손으로 휙휙 휘두르며 말했다. 아란이 유키의 머리에 손을 얹었다.

"그래, 말 잘했다."

"문제는 다른 사람들이 오기 전에 여기를 뚫고 들어가야 한다는 건데……."

그들은 여전히 건재한 포라이 나무를 올려다봤다. 포라이 나무의 잎사귀는 어느새 붉은색으로 변해 있었다.

"저것 봐! 잎사귀가 빨갛게 변했어!"

그것이 가까이에 있는 클레어 때문인지, 권능을 사용한 레드 일행 때문이지는 알 수 없었다. 분명한 것은, 이제 곧 성기사단이 몰려올 거라는 사실이었다.

"레드, 어떻게 해?"

유키가 초조하게 물었다.

"이곳에서 우리 목적은 하나. 클레어를 드래곤에게 데려다 주는 거다."

레드는 두 손의 단검을 꽉 쥐었다.

"이 나무가 최대의 장애물이라면, 여기에 온힘을 쏟아 붓는 수밖에 없겠지."

그는 말을 마치자마자 다시 한 번 화염의 뱀을 만들었다. 동시에 아란이 날카로운 바람을 불러일으켰다. 둘의 힘이 공중에서 얽혔다.

쿠화아아아아—

불과 바람이 섞여 굉음을 쏟아 냈다. 소용돌이를 치듯 얽힌 두 힘이 거대한 포라이 나무를 향해 달려들었다.

콰아아아아—

고막을 터뜨릴 것 같은 폭발음이 일어났다. 열기를 담은 수증기가 구름처럼 퍼졌다. 그러나 포라이 나무는 그 수증기조차 가릴 수 없을 만큼 거대했다. 수증기가 완전히 걷히고 나타난 것은, 조금도 손상을 입지 않은 포라이 나무였다.

레드는 아랫입술을 잘근 깨물고 다시 한 번 불을 만들어 냈다.

두두두두―

양쪽에서 성기사들이 몰려오는 소리가 들려왔다. 그러나 거기에 신경 쓸 틈이 없었다.

이번엔 유키도 힘을 합쳤다. 유키가 만들어 낸 커다란 얼음 검이 포라이 나무의 커다란 가지 하나를 겨눴다. 유키가 그것을 쏘아 보냈을 때, 아란의 바람이 불어와서 얼음 검에 속도를 더했다.

째애애애액―

날아간 얼음 검이,

콰다다아아아―

포라이 나뭇가지와 격돌했다. 얼음 검은 부서졌지만, 포라이 나무는 여전히 상처 하나 입지 않았다.

"제기랄!"

레드가 욕설을 내뱉으며, 불을 두른 단검을 마구잡이로 휘둘렀다.

타악―

타악―

나무줄기는 가볍게 단검을 튕겨 냈다. 그 어떤 불도, 물도, 검도, 포라이 나무에 작은 상처 하나 낼 수 없는 것 같았다.

푸른색으로 빛나는 검을 든 성기사들의 모습이 보이기 시작했다. 수십, 아니, 수백 명은 될 것 같았다.

"레드."

그 사이에 몇 번 더 공격을 했지만 실패로 끝나자, 유키가 초조한 눈으로 레드를 돌아봤다. 레드의 푸른 눈동자는 포라이 나무를 잡아먹을 듯 노려보고 있었다.

"레드, 어떻게 해? 정말로 성기사들을 다 죽여?"

"나는……."

레드가 아랫입술을 질끈 깨물었다.

이렇다저렇다 말은 했지만, 진짜로 인간을 죽일 수는 없는 노릇이었다. 따지고 보면 성기사들에게 죄는 없었다. 저들은 그저 자신들이 지켜야 하는 교국에 침입하려는 자들을 상대하려는 것뿐이다.

나쁜 건 침입하려는 이쪽이다.

"제기랄!"

레드가 욕설을 내뱉으며 불의 장막을 만들어 냈다. 잠시라도 성기사들의 움직임을 멈출 생각이었고, 그것은 통했다.

화르르르륵—

앞을 막는 화염의 장막에 성기사들이 당황하며 멈춰 섰다. 그들이 뭐라뭐라 소리치는 소리가 들려왔는데, 대부분이 "이게 뭐야?", "물, 물을 가지고 와!", "그냥 전진해!" 따위의 소리였다.

성기사들을 막아 놓긴 했지만 다음이 문제였다.

"이 나무를 어쩌면 좋을까요?"

델리가 난감한 듯 중얼거렸다.

클레어는 레드의 뒤에서 조용히 기척을 감추고 있었다. 포라이 나무의 잎사귀가 붉게 변한 순간부터, 나무가 내뿜는 보호의 성력이 강해졌다. 성력은 클레어의 피부에 스며들어 그녀의 몸을 안에서부터 태우기 시작했다.

장기가 타는 듯한 고통. 비명을 지르고 싶었지만, 일행에게 아파하는 모습을 보이고 싶지 않아서 이를 악물고 견뎠다.

"클레어."

켈트로디언이 그녀의 어깨에 손을 얹었다. 그러자 아주 조금 고통이 가셨다. 클레어는 고개를 돌려 그를 바라봤다. 켈트로디언의 시선은 정면에 있는 포라이 나무를 응시하고 있었다.

"이 나무는 나도 베지 못한단다. 교국 안에 있는 블랙 드레곤의 소관이지."

"그런…… 웃…… 가요……?"

목소리를 내자 고통의 신음이 섞여 나왔다. 성기사들을 신경 쓰고 있던 레드가 휙 고개를 돌렸다.

"괜찮은 거야, 클레어?"

"그래, 레드. 괜찮아."

"너, 아파 보이는데……."

표정을 잘 갈무리했다고 생각했는데, 레드의 눈에는 보이는 모양이다.

"그래, 아마 저 안에 들어가면 더 아파질 게다."

켈트로디언이 말했다.

"들여보내 주실 건가요?"

"그래."

"그런 일을 하면 안 되는 것 아닌가요?"

"은빛 호수를 버리고 널 선택한 그 순간부터, 나는 해서는 안 되는 짓을 하고 있는 거란다."

클레어의 반듯한 눈썹이 아래로 축 늘어졌다. 하지만 그건 아주 잠시였다. 클레어는 각오한 듯, 검붉은 눈동자를 반짝이며 켈트로디언을 바라봤다.

이쪽의 상황을 눈치챈 일행이 가까이 다가왔다. 클레어는 그들을 돌아본 후, 자신의 손바닥을 내려다봤다.

"잘못되면 죽을까요?"

클레어의 질문에 켈트로디언이 고개를 저었다.

"아마도 너는 죽지 않을 게다."

"루시드처럼 말이죠?"

"그래. 만약 저들에게 잡힌다면, 저 안에서 죽지도 못한 채 끊임없는 고통에 시달리게 되겠지."

"만약에 일이 잘못된다면…… 이 아이들을 구해 주세요, 로디언."

"클레어, 우린……."

"쉬잇."

클레어가 검지로 라울의 입술을 막았다. 그리고 미소를 지으며 켈트로디언을 돌아봤다.

"부탁드려요, 로디언."

로디언은 고개를 끄덕인 후, 손을 내밀었다.

은색 빛이 그들을 에워쌌고, 그들은 사라졌다.

일행을 감싸고 있던 빛이 사라졌다.

레드는 눈앞에 펼쳐진 광경에 신음을 삼켰다. 수많은 성기사들이 그들을 에워싸고 있었다. 마치 그들이 이곳에 올 줄 알았다는 듯, 교국 내의 성기사들이 전부 모인 것 같았다.

처음 든 생각은 켈트로디언에게 속았을지도 모른다는 생각이었다. 그러나 바로 옆에 서 있는 켈트로디언조차, 이럴 줄 몰랐다는 듯이 미간을 좁히고 있었다.

'그렇다면 교국의 드래곤이 시킨 일인가?'

성기사들의 검이 내뿜는 푸른빛에 눈이 시렸다. 레드는 그들 중 누가 드래곤인지 알아낼 수가 없었다.

'문제는 성기사들이 아니야.'

레드는 클레어 때문에 침착하게 생각할 수가 없었다. 교국을 보호하는 보호의 성력이 클레어의 몸을 태우고 있었다. 그녀의 피부는 검게 변했다가 다시 원래의 색으로 돌아오기를 반복했다. 그럴 때마다 클레어는 잦은 신음을 뱉어 냈다.

레드는 할 수만 있다면 그녀의 고통을 대신해 주고 싶었다. 그건 다른 일행도 마찬가지였다.

"감상에 빠질 때가 아니란다."

일행의 생각을 읽은 듯, 켈트로디언이 말했다.

"블랙 드래곤은 저기에 있다."

그의 손이 가리킨 곳은 성기사들 한가운데였다. 유일하게 흑마 위에 앉아 있는 성기사가 있었다. 검고 긴 머리카락을 흩날리며, 그는 일행을 향해 차가운 시선을 보내고 있었다.

"클레어를 저기까지만 보내주면 되는 거군."

아란이 검을 움켜쥐었다. 그의 검 주위로 은은한 바람이 휘감겨 있었다.

"클레어 님, 걸을 수 있겠어요?"

델리가 물었다. 클레어는 가볍게 고개를 끄덕였다. 화상을 입은 듯 검게 변색된 그녀의 얼굴은, 이제 회복도 되지 않고 있었다.

제각기 싸울 준비를 할 때에, 데라이드는 천천히 손을 들어 올렸다가, 일행을 향해 내렸다. 그것을 신호로 성기사들이 달려들기 시작했다.

첫 번째 공격은 아란의 회오리바람이 막아 냈다. 수십 명의 성기사들이 맥없이 회오리바람에 휘말려 올라갔다. 두 번째는 델리와 유키가 나섰다. 둘은 뒤에서 공격해오는 무리들을 상대했다. 유키의 얼음 칼이 위협적으로 내리꽂혔고, 델리의 덩굴이 성기사들의 발목을 묶었다.

레드와 라울은 무기를 들고 나가, 가운데의 길을 뚫었다.

성력을 담은 검은 일반 무기보다 강했지만, 레드와 라울의 무기에는 권능이 실려 있었다. 불이 감싼 두 개의 단검과 치유의 힘을 두른 총은 그들의 검에도 부서지지 않았다.

"느려!"

달려드는 성기사 두 명을 검등으로 밀어내며, 레드가 비명처럼 외쳤다.

"느려, 라울!"

느릴 수밖에 없었다.

상대는 죽일 각오로 덤벼들지만, 레드 일행은 성기사들을 죽일 생각이 없었다. 상대를 죽이지 않고 싸우기란 더 어려운 일이었다.

게다가 클레어가 정혈귀라는 것을 눈치챈 성기사들은, 일행이 아닌 클레어를 공격했다. 그때마다 레드는 앞으로 나갔던 길을 다시 되돌아와 클레어를 보호해야 했다.

"죽일까요?"

라울이 차가운 목소리로 물었다.

"어차피 피를 묻힐 각오를 하고 들어왔습니다."

휘오오오오—

그때, 아란이 만들어 낸 회오리바람이 다시 한 번 불어와 앞의 길을 뚫었다. 그와 동시에 레드가 클레어를 한 팔로 끌어안고 내달리기 시작했다. 라울과 아란은 그 뒤를 따라가며, 다시 모여드는 성기사들을 떨쳐냈다.

"클레어."

기분 탓일까? 아무리 달려도 데라이드와의 거리가 좁혀지지 않는다는 느낌이 들었다.

"클레어, 괜찮아?"

그녀의 팔과 다리가 조금씩 부서지고 있었다. 먼지가 흩날려
레드의 얼굴에 붙었다가 사라졌다.

"아무도……."

조금 늦게 클레어의 목소리가 들려왔다.

"죽이지 마, 레드……."

희미한 음성이었다.

레드는 심장이 내려앉는 것 같았다. 설마 이대로 클레어가 사
라지는 건 아니겠지?

켈트로디언은 클레어가 죽지는 않을 거라고 했지만, 모를 일
이었다. 만약 이대로 클레어가 사라진다면, 레드는 그녀에게 하
고 싶은 이야기도 제대로 못한 채 그녀를 놓아 줘야 했다.

그녀가 사라질지도 모른다는 두려움에 피가 식는 듯한 기분
이 들었다.

"괜찮아, 레오나드……."

"클레어."

"괜찮아……."

턱—

클레어의 상태를 신경 쓰느라 앞을 확인하지 못한 레드는, 무
언가와 부딪쳐 걸음을 멈췄다.

눈앞에 흑마가 있었다.

히이이잉—

불청객을 마주한 흑마가 기분 나쁘다는 듯 앞발을 들어 올리며 울부짖었다.

"진정해, 이 녀석아. 그렇게 화낼 일이 아니잖아."

전장과는 어울리지 않는 유쾌한 음성이 들려왔다. 데라이드는 차가운 눈빛과 다르게 따스한 음성을 가지고 있었다.

"블랙…… 드래곤……."

레드가 고개를 올려 그를 바라봤다. 데라이드는 레드를 향해 싱긋 웃더니, 말에서 훌쩍 뛰어내렸다. 데라이드가 팔을 들어 올리자, 성기사들이 동시에 움직임을 멈췄다.

"말을 참 잘 듣지? 정신 조종이나 그런 걸 하는 건 아냐. 내가 잘 가르친 거지."

데라이드가 유쾌하게 말했다. 레드는 클레어를 꽉 끌어안고 그를 노려봤다.

"클레어, 봐봐. 우리 도착했어. 저 남자를……."

뒤늦게 클레어의 상태를 확인한 레드는 말을 이을 수가 없었다. 클레어의 팔과 다리는 완전히 부서진 상태였고, 얼굴도 원래의 모습을 찾아볼 수가 없었다. 레드가 안고 있는 것이 그녀라는 걸 알려주는 것은, 검붉은 눈동자와 긴 머리카락, 그리고 그녀가 입고 있던 드레스뿐이었다.

"이런, 이런. 클레어가 고통스럽겠네."

그 말과 동시에 빛이 그들을 감쌌다. 켈트로디언이 순간이동을 했을 때와 같은 은색 빛이었다.

정신을 차린 레드는, 그들이 포라이 나무 앞에 서 있다는 것을 알게 되었다. 뚫고 들어갈 방법을 궁리했던, 바로 그 장소였다.

"고민을 하고 있었어."

데라이드가 말했다. 데라이드의 검은 눈동자는 레드를 향하고 있었다. 그는 한참 레드의 얼굴을 살펴보다가 빙그레 미소를 지었다.

"사랑에 빠진 남자는 이글이글 타는 눈을 하고 있구나. 인간은 참 재미있어. 안 그래, 켈트로디언?"

레드의 뒤에 서 있던 켈트로디언은, 대답하지 않고 데라이드를 바라봤다. 자신의 친구가 무슨 생각인지 알 수 없었기 때문이었다.

"사실 말이야. 고민을 좀 했어. 만나 줄까, 말까. 원래대로라면 만나 주지 않았을 거야. 너희가 내 힘을 깨고 나에게 당도한다면 만나 주겠지만, 그렇지 않으면 계속 그 거리를 유지하려고 했거든."

그제야 레드는 아무리 달려도 그에게 당도할 수 없었던 것을 납득했다.

"그런데 클레어는 정말……."

데라이드가 클레어를 향해 손을 뻗었다. 레드가 움찔하며 클레어를 더 꽉 끌어안았다. 데라이드는 괜찮다는 미소를 보이며, 클레어의 어깨에 손을 얹었다.

교국 밖으로 나온 순간부터 클레어의 몸은 재생되고 있었다. 이제 거의 다 재생된 그녀는 레드의 팔에서 벗어나 두 발로 버티고 섰다.

"넌 참으로 신기한 아이야."

그는 클레어에게 다정한 시선을 보냈다.

"어떻게 아무도 할 수 없는 일을, 너는 해낼까?"

"저는 아무것도 해내지 못했어요."

"아니, 해냈어. 너무나 많은 것들을 해내는 바람에, 내 소중한 친우가 주인을 배신하게 만들었지. 아, 그런 표정 짓지 마. 널 탓하는 게 아니니까."

데라이드가 싱긋 웃었다.

"네가 선택한 아이들에게는 교국의 성기사들을 몰살시킬 만한 힘이 있었어. 다 죽여 버리면 내게 닿는 것이 더 쉬웠을 텐데, 왜 아무도 죽이지 말라고 한 거지?"

"그건……."

클레어는 그녀를 지켜보고 있는 일행을 한 번 돌아보고는 말했다.

"저 아이들이 인간을 죽이는 순간, 그들이 지켜 온 많은 것들이 부서질 것 같아서……."

"그래, 그랬구나."

그의 손이 클레어의 머리를 어루만졌다. 그러자 그녀를 잠식하고 있던 고통이 깨끗이 사라졌다.

"교황이 무얼 하고 있는지 아니?"

대답을 바란 질문이 아닌 것 같아서, 클레어는 가만히 그의 대답을 기다렸다. 그는 여전히 미소 띤 얼굴로 느릿하게 말했다.

"각 나라에서 도움을 요청했지만, 오히려 성기사들과 사제들을 교국으로 불러들였어. 인간들이 신의 재림일지도 모른다며 추앙하는 교황은, 자기 목숨이 아까워서 저 안에 틀어박혀 전전긍긍하고 있지. 하지만 너는, 이것이 마지막 기회일 텐데도 인간들을 죽이지 않는 길을 선택하는구나."

"아니요, 데라이드. 저는 그저 제 친구들의 손을 피로 물들이고 싶지 않았을 뿐이에요. 할 수만 있었다면, 제 손으로 인간들을 베어 죽였을 거예요."

"거짓말쟁이."

데라이드가 유쾌하게 웃었다. 그의 웃음소리는 무척이나 청량하고 감미로웠다. 싸움에 지친 일행은 맑게 울리는 웃음소리를 듣는 것만으로도 피로가 가시는 것을 느꼈다.

그는 한참을 웃다가 고개를 한껏 젖혀 하늘을 올려다봤다. 하늘은 지상에서 일어나는 일과는 무관하다는 듯, 여전히 파랗고 고요했다.

"참으로 오랜 삶을 살았지. 그렇지, 켈트로디언?"

켈트로디언은 포라이 나무에 기대어 서 있었다. 그는 한 번의 순간이동으로 무척 지쳐 있었다. 몸이 투명하게 변했다가 다시 돌아오기를 반복했다.

"주인이 내게 은밀히 명령한 것이 있어. 달 아래를 걷는 아이가 찾아오면 내주라는 명령이었지. 달 아래를 걷는 아이가 클레어인지, 루시드인지…… 나는 아직도 모르겠어. 하지만……."

데라이드가 시선을 내려 클레어를 똑바로 응시했다. 그의 검은 눈동자는 애정으로 가득 차 있었다.

"이 아이가 그 아이였으면 좋겠네."

"데라이드……."

켈트로디언이 비통하게 중얼거리며 눈을 감았다. 데라이드가 선택했다. 클레어에게 내주기로. 내준다는 것은, 곧 데라이드의 소멸을 의미했다.

"손톱을 뽑아라, 클레어."

데라이드가 검지로 자신의 왼쪽 가슴을 가리켰다.

"바로 여기야."

"데라이드."

클레어의 눈이 커졌다.

"알고 온 거잖아. 이 심장을 꺼내면 끝나는 거야. 심장을 네 손에 쥐면 그것은 세상에 하나뿐인 태양의 검으로 변할 거야. 그검이 네 기나긴 고통을 끝내주겠지."

"하지만 데라이드. 그런 짓을 하면 당신이 죽잖아요."

"모르겠니, 클레어? 우리 드래곤도 영원한 시간을 살아왔어. 너나 루시드보다 더욱 긴 시간이었지. 많은 것을 보고, 많은 것을 느끼고…… 그리고 이젠 소멸을 느껴보아도 괜찮겠다 싶은 마음이 든 거야."

"그래도……."

"어서, 클레어. 넌 그걸 위해 이곳에 온 거잖아. 널 위해 내 친구도 소멸의 길을 선택했어. 저 친구도 곧 사라질 테지."

클레어는 그제야 희미하게 흩어지고 있는 켈트로디언을 발견했다. 인간사에 개입해서는 안 되는 켈트로디언이 클레어를 선택하고, 그들을 교국 안에 들여보냈기 때문에 서서히 사라져가고 있는 것이었다. 이곳에서 물러서면 켈트로디언이 해 준 모든 것들이 무용지물이 된다.

클레어는 마음을 다잡고 손톱을 길게 뽑아냈다. 그녀는 울 것 같은 표정으로 데라이드를 올려다봤다.

데라이드는 '어서.'라는 듯한 표정으로 고개를 끄덕였다. 클레어는 그의 심장을 향해 손을 뻗었다.

풀썩—

하지만 길고 날카로운 손톱은 그의 가슴을 꿰뚫지 못했다. 클레어는 그의 앞에 허물어졌다. 긴 머리카락이 그녀의 얼굴을 가려 표정을 볼 수 없었다. 하지만 일행은, 그녀가 괴롭게 일그러진 표정을 하고 있으리라는 것을 알았다.

"못해요, 데라이드. 저는 못하겠어요."

형편없이 떨리는 음성으로, 그녀가 말했다.

"알아요, 이런 제가 얼마나 이기적인지 알지만…… 제가 어떻게 당신을 죽이겠어요? 당신은 그저 신의 뜻을 따르고 있을 뿐인데, 제가 어떻게…… 미안해요, 켈트로디언. 저는, 도저히 못하겠어요."

데라이드는 어쩔 수 없다는 듯 켈트로디언을 돌아봤다.

'이럴 줄 알았던 거지?'

그의 검은 눈동자가 켈트로디언에게 물었다. 켈트로디언은 빙긋 웃으며 고개를 끄덕였다.

오빠와의 약속을 지키기 위해 천 년 넘는 시간 고통에 몸부림치면서도 인간의 피를 마시지 않았던 클레어였다. 그런 클레어가 아무 죄도 없는 드래곤을, 자신의 목적을 위해 죽일 리 없다는 것을 켈트로디언은 이미 알고 있었다.

그럼에도 그녀를 이곳에 데리고 온 것은, 오랜 친구가 선택해 주리라 믿었기 때문이었다.

'천하의 나쁜 놈 같으니.'

데라이드는 즐겁다는 듯 웃더니 거침없이 자신의 왼쪽 가슴에 손을 찔러 넣었다.

그의 손은 정확하게 자신의 심장을 움켜쥐었다. 뜨겁고 단단한 심장이 그의 몸 밖으로 빠져나왔다. 블랙 드래곤의 심장은 인간의 것과 달리 검은 보석처럼 빛이 나고 있었다.

"클레어."

데라이드는 허물어진 클레어의 앞에 쭈그리고 앉았다. 고개를 숙인 그녀의 앞으로, 그는 자신의 빛나는 심장을 건넸다. 클레어가 고개를 번쩍 들어 데라이드를 쳐다봤다.

"가져가."

"데라이드……."

"참으로 길었잖아."

"아…… 데라이드……."

"너는 모르겠지. 우리 드래곤들이 너를 얼마나 가여이여기고, 얼마나 사랑스러워하는지."

데라이드의 몸이 서서히 흐릿해졌다.

"내 끝이 어디인지 늘 궁금했어. 지금 이 순간, 사랑스러운 인간을 앞에 두고 사라진다는 게 참으로 유쾌하구나."

"데라이드."

"그래, 클레어. 너를 꼭 한 번 눈앞에서 보고 말해 주고 싶었어. 주인의 생각은 어떤지 모르겠지만……."

데라이드는 바닥에 늘어져 있는 클레어의 팔을 끌어왔다. 그리고 그녀의 손에 검게 빛나는 심장을 쥐어 주었다. 검은 심장은 그녀의 손에 닿는 순간 은빛을 뿜어냈다. 둥근 타원형의 심장이 점점 길어지며 검 모양으로 변해 갔다.

"너는, 클레어."

데라이드는 심장이 완전히 은빛 태양의 검으로 탈바꿈한 것을 확인한 후, 빙그레 미소를 지었다.

"우리 드래곤들이 축복하는 아이란다."

"데라이드!"

이제껏 조용했던 카인이 비명처럼 외쳤다. 데라이드가 그제야 깨달았다는 듯 카인을 돌아보더니 환하게 웃었다.

"내가 사라져도 네게 준 내 힘이 남겠구나. 아아, 그래서 인간은 아이를 낳는 것인가?"

그것이 데라이드의 마지막 말이었다.

혈귀가 소멸할 때와는 달리, 데라이드는 희미해지다가 꿈결처럼 흩어졌다. 처음부터 그곳에 없었다는 듯, 그가 입었던 옷가지조차 남아 있지 않았다.

"이 정도면 충분하려나?"

테로스는 시청 지붕 위에서 혼란에 빠진 펠타 시를 내려다보며 씩 웃었다. 오랜만에 방문한 펠타 시는 죽음의 기운이 감돌고 있었다.

밤에도 활기를 띠었던 거리는 아무도 나오지 않아 죽은 듯 조용했고, 때때로 민가에서 비명 소리가 들려왔다. 그래도 나와 보는 이는 아무도 없었다. 경비병들조차 숨을 죽이고 어둠이 지나가기를 기다렸다.

제국에서 고르돈 왕국의 수도를 지나 펠타 시로 내려오기까지 수많은 정혈귀들을 만났다. 그들에게 몇 날 몇 시까지 수도인 가쿠타 시에 모이라고 말해 두었다.

그날이 되면 일시에 수도를 덮칠 예정이었다.

다른 도시는 테로스 혼자서도 처리가 가능하지만, 수도엔 뛰어난 인물들이 많이 있었다. 싸우기를 선택한 헤른족과 모히틀,

그리고 타니하르와 그의 부하들.

"왕실을 무너뜨리고 수도에 사는 인간들을 모조리 죽이고 나면 그다음은 일사천리지. 우선은 고르돈 왕국, 그다음은 라토우를 쳐야겠어. 에녹을 내 꼭두각시로 만들면 재미있을 거야. 아, 그래. 에녹은 그냥 인간인 채로 놔둘까? 잔느였던가? 그 계집을 인질로 잡아두면 에녹은 내 뜻에 따르겠지?"

여러 가지 즐거운 생각들이 테로스의 머릿속에 가득했다. 그는 조금 더 잔인한 방법으로, 조금 더 괴롭게 인간들을 괴롭히고 싶었다.

할 줄 아는 거라고는 빽빽 비명을 질러 대는 것뿐인 주제에, 정혈귀를 상대하겠답시고 성수를 뿌려 대는 꼴이 마음에 들지 않았다. 정혈귀와 인간의 차이를 똑똑히 보여 주고 싶었다.

"슬슬 수도로 다시 올라가 봐야겠네. 이틀 정도 걸리려나?"

테로스는 출발하기 전, 시청 안에 있던 인간들의 피를 모조리 빨아마셨다. 그의 몸은 붉은 피가 주는 힘으로 넘쳐났다.

테로스는 두 팔을 벌리고 크게 웃다가 가쿠타 시를 향해 출발했다.

클레어는 손에 쥔 태양의 검을 내려다봤다. 이름과 달리 투박하게 생긴 검이었고, 날이 무뎠다. 검 손잡이는 휘어진 십자 모양으로, 태양을 상징하는 고대의 언어가 파란 글씨로 새겨져 있었다. 다른 검과 섞여 있다면 모르고 지나갈 만큼 평범한 검이었다.

"이 검으로 루시드를 죽일 수 있는 건가요?"

클레어의 질문에 켈트로디언이 힘없이 고개를 끄덕거렸다. 그는 거의 희미해진 상태였다.

켈트로디언은 휘청거리며 클레어의 옆으로 다가와, 일행을 불러 모았다. 일행은 어둡게 가라앉은 표정으로 그의 주위를 둘러 쌌다.

원하는 물건을 손에 넣었지만, 그다지 기쁜 마음은 들지 않았다. 태양의 검은 결국 소멸을 뜻했다. 데라이드의 소멸, 켈트로디언의 소멸, 그리고 클레어의 소멸.

레드는 심장이 묵지근하게 아파오는 것을 느꼈지만, 겉으로 드러내지 않았다. 클레어에게 부담을 안겨 줄 수는 없었다. 이 세상을 떠나는 순간, 클레어가 미련 없이 떠나기를 바랐다.

그녀는 너무도 긴 세월을 고통 속에서 살아왔다. 레드는 그녀를 갖고 싶었지만, 그녀가 고통에서 벗어나길 바라는 마음이 더 컸다.

일행이 가까이 모인 것을 확인한 켈트로디언은 손을 앞으로 뻗었다. 순간이동을 할 때와 같은 모양이었는데, 이번에는 전처럼 쉽게 되지 않았다. 켈트로디언은 난처한 듯 인상을 찌푸렸다가, 이번에는 두 손을 뻗고 작게 주문을 외웠다.

인간은 알아들을 수 없는 드래곤의 언어가 부드럽게 흘러나와 일행을 에워쌌다. 그리고 그들은 제국에 들어서는 관문 앞으로 순간이동 했다.

"로디언!"

빛이 사라지자마자 클레어가 낮게 외치며 켈트로디언에게 다가갔다. 켈트로디언은 희미한 미소를 지으며 클레어의 머리를 쓰다듬었다.

"내 생의 마지막이, 네 덕에 즐거웠단다."

"로디언, 당신이 제게 해 준 것들을…… 그 많은 것들을 저는……."

"아이야."

켈트로디언이 그녀의 말을 막았다.

"네가 안식을 찾을 수 있게 되면 좋겠구나……."

"로디언!"

켈트로디언이 소멸했다.

데라이드 때처럼, 그 역시 옷가지조차 남기지 않은 채 흩어져 버렸다. 클레어가 걱정되는 듯 희미한 빛이 그녀의 주위를 떠돌았지만, 그것 역시 금방 사라졌다.

클레어는 두 손으로 태양의 검을 꼭 쥐고 고개를 숙였다.

은빛 호수의 주인이 소멸했다.

켈트로디언은, 클레어가 루시드를 떠나 절망 속에서 떠돌고 있을 때 그녀의 마음을 만져준 드래곤이었다. 긴긴 시간을 버틸 수 있도록 보호해 준 드래곤이었다.

그의 떠남은 마치 아버지를 잃은 것과도 같아서, 클레어는 무언가 송두리째 떨어져 나간 것 같은 공허함을 느꼈다.

그러나 이것은 예정된 이별이었고, 클레어는 마지막 마무리를
해야 한다는 것을 알고 있었다. 그녀는 표정을 갈무리하고 예의
담담한 표정을 지으며 태양의 검을 허리춤에 끼워 넣었다.

허리를 곧게 펴고 서서 두 손을 앞으로 모아 쥔 클레어는, 서
글프게 자신을 바라보는 일행을 향해 옅은 미소를 지었다.

"클레어."

유키가 다가와 그녀의 치마폭에 얼굴을 묻었다.

'아아, 안 되겠어.'

담담함을 유지할 수가 없었다. 클레어는 두 눈을 질끈 감았
다. 클레어의 가슴을 두드렸던 황금빛 머리카락을 보지 않으면
조금이라도 나을까 싶어서.

그러나 전혀 나아지지 않았다. 유키에게서 전해지는 온기는
화상을 입을 정도로 뜨거워서, 클레어는 울음을 간신히 삼켰다.

떨리는 손으로 유키의 머리를 쓰다듬었다. 소년의 머리칼은,
오래전 펠타 시의 방에서 쓰다듬었을 때처럼 부드러웠다.

"유키."

"클레어. 클레어."

유키는 슬픔을 드러내면 안 된다는 것을 알고 있었다. 그녀가
편히 떠날 수 있도록 웃어 줘야 한다는 걸 알았다. 이제야 비로
소 그녀가 천 년 동안 기다렸던 순간이 왔다는 것 역시 알았다.

그러나 볼을 타고 흐르는 눈물을 막을 수가 없었다. 뜨거운
눈물이 클레어의 드레스를 적셨다.

"클레어, 난 정말…… 난 정말로……."

유키가 훌쩍거리다가 갑자기 뒤로한 걸음 물러났다. 소년은 손등으로 눈물을 쓱 닦아 내고는 애써 입가의 근육을 끌어올렸다. 하지만 그건 우는 것보다 더 슬퍼 보여서, 클레어는 저도 모르게 한 손으로 입을 가렸다.

"잘 됐다고 생각해."

물기가 묻어 나오는 목소리로, 유키가 말했다.

"있잖아, 클레어. 네가 우리를 찾아내서 정말 잘 됐고, 같이 여행도 하고 그래서 정말 잘 됐어. 그리고 네 마지막 순간을 함께할 수 있어서…… 그래서 난 정말 잘 됐다고 생각해."

"그래, 유키."

"내가 우는 건 슬퍼서 우는 게 아니라 행복해서 우는 거야. 이제야 네가 편해질 수 있으니까."

"응, 그래."

라울이 앞으로 나섰다.

"저 안으로 들어가면 인사할 시간도 없겠지요."

"라울."

"레드가 당신에게 쩔쩔매는 모습을 봤던 게 엊그제의 일 같은데."

"그러게."

"당신의 마지막을 함께할 수 있어서 영광입니다, 클레어."

라울은 살짝 고개를 숙이고 뒤로 물러났다. 그의 눈가는 붉었고, 주먹은 손등이 하얗게 될 정도로 꽉 쥐고 있었다. 그는 참을 수 없는 듯 고개를 옆으로 돌렸다.

"클레어 님. 이제 혼자가 아니게 되시는 거겠죠?"

델리가 물었다.

"모르겠어. 나는 이미 인간의 피를 마셨는데, 내 가족들이 있는 곳으로 갈 수 있을까?"

"그럼요, 갈 수 있어요. 클레어 님 같은 분이 아니면, 누가 그곳으로 가겠어요? 믿으세요! 저는 확신 없는 말이면 하지 않는다고요!"

델리가 두 손을 불끈 쥐며 말했다. 클레어는 그 모습을 보고 웃었지만, 델리는 울었다. 갑자기 터져 나온 눈물에 당황한 듯, 델리는 두 손으로 얼굴을 가리며 휙 돌아섰다.

"샬롯 님."

"아아, 카인."

"드디어 이때가 왔군요."

카인의 회청색 눈동자가 형형하게 빛났다. 그의 얼굴에 슬픔은 없었다. 오로지 기쁘다는 그의 표정이, 클레어에게 약간의 위안을 가져다주었다.

"성공하셔야 합니다. 그리고 주인님들 곁으로 돌아가시는 거예요."

"너는 어쩌고?"

카인이 웃었다. 그는 흰 머리를 뒤로 쓸어 넘기며 일행을 돌아봤다.

"이놈들을 좀 더 챙겨 주고 그러다 보면, 이 몸뚱어리가 버티지 못하는 날이 오겠지요. 그때가 되면 알아서 찾아가겠습니다."

"카인, 나는 정말로…… 네게 뭐라고 감사 인사를 해야 할지 모르겠어. 천 년을……."

"그만요, 샬롯 님."

카인이 그녀의 앞에 한쪽 무릎을 꿇고 앉아 고개를 숙였다.

"언제나, 어디서나, 샬롯 님이 원하는 대로."

"카인……."

"살아생전 샬롯 님을, 그리고 오르데안 가문을 모실 수 있어서 영광이었습니다."

카인이 부드럽게 말하고 뒤로 물러섰다.

아란은 느릿하게 클레어의 앞으로 걸어왔다. 은빛 머리카락이 바람에 흩날렸기에, 클레어는 조심스레 그 머리카락을 넘겨 주었다.

"반드시 성공해라, 클레어."

아란이 말했다.

"루시드를 발견하면 망설이지 말고 찌르는 거다. 남아 있는 우리가 신경 쓰여서 망설이면, 너는 또다시 지옥을 걸어가야 돼."

"그래, 알고 있어."

"저 안에 들어가는 순간 우리는 싸우게 되겠지. 죽을지도 모르고, 살지도 몰라. 네가 루시드와 마주치는 순간, 어쩌면 우리는 네 뒤에서 죽어갈지도 모르겠다. 그래도 클레어, 돌아보지 마라. 네가 안식을 얻을 수 있는 마지막 기회니까."

"응, 아발란체."

"기억나나?"

아란이 손을 뻗어, 그녀의 손목을 잡아 올렸다.

"우리가 만난 지 얼마 되지 않았을 때, 나는 네가 정혈귀라는 것을 눈치챘었지."

"그래, 기억 나."

"알고 있나? 난 그때 네게 내 샌드위치를 줬어."

그 말에 클레어가 작게 웃었다.

"그래, 맞아."

"나는 아마 그때부터 널 믿었던 것 같다."

"……."

"텔스민의 기억 때문이 아니라, 내 의지로 나는 널 믿었다, 클레어."

"그래……."

"이 말을 꼭 해 주고 싶었어."

아란은 클레어의 손등에 가볍게 입을 맞췄다.

"레드는 걱정 마라. 내가 억지로라도 밥을 먹이고, 뒤통수를 후려쳐서라도 살아가게 만들 테니까."

"그래, 넌 레드의 엄마니까."

아란은 빙그레 미소를 짓고는 클레어의 손을 놔주었다.

이제 레드만 남았다.

클레어는 그를 쳐다볼 용기가 나지 않았다. 그의 푸른 눈동자를 보면, 그 열띤 눈빛을 보면 마음이 흔들릴 것이다.

아란은 루시드를 찌르는 손을 망설이지 말라고 했지만, 클레어는 망설이게 될 것 같아서 두려웠다.

그에게 닿는 순간, 레드가 떠오르면 어쩌지? 저 푸른 눈동자가 앞을 막아서면 어쩌지? 따뜻한 목소리와 유쾌한 웃음소리와 뜨거운 체온이 떠오르면, 난 어떻게 해야 하지?

"클레어."

그때, 양쪽 볼에 레드의 손길이 느껴졌다.

레드는 그녀의 볼을 두 손으로 감싸고 그녀와 눈을 맞췄다. 그의 눈동자는 늘 그렇듯 하늘을 담고 있었다. 새파란 하늘 속에, 클레어가 오도카니 서 있었다.

"사랑해."

얇고 붉은 입술 사이로 흘러나온 나직하고도 담담한 음성이, 결국 클레어를 무너뜨렸다.

"아…… 아아…… 레드…… 레오나드……!"

눈물은 흐르지 않았지만, 그녀의 온몸이 슬픔을 토해 냈다. 그녀는 바들바들 떨면서 레드를 끌어안았다.

"레오나드, 나는…… 나는 널 정말 사랑해. 나는…… 나는 널 놔두고 가는 게 너무나 힘들어서…… 그래서 어떻게 해야 할지 모르겠어."

레드는 가슴에 얼굴을 묻은 클레어의 머리를 다정하게 쓰다듬었다.

"놔두고 가는 게 아니야, 클레어."

레드가 그녀의 정수리에 입을 맞췄다.

"먼저 가는 거지."

레드는 떨리는 그녀의 어깨를 잡아 자신에게서 떼어 냈다. 그리고 그녀의 흔들리는 눈동자를 물끄러미 응시했다.

"클레어. 가서 기다려. 나는 내가 할 일을 다 하고 갈 테니까."

클레어는 신음을 삼키며 고개를 끄덕였다.

레드의 붉은 입술이 그녀의 눈길을 사로잡았다. 저 입술에 딱 한 번만 입을 맞출 수 있으면 얼마나 좋을까. 평범한 연인들이 그러하듯 체온을 나누며 마음껏 키스할 수 있다면, 사라지기 직전 단 한 번이라도 그럴 수 있다면 얼마나 좋을까.

그러나 레드가 아혈귀로 변할지도 모르는 그 일을, 순간의 욕망에 사로잡혀 해버릴 수는 없었다. 클레어는 그에게 마지막으로 입을 맞추는 대신, 손가락으로 그의 입술을 가볍게 쓸었다.

레드는 그것을 느끼려는 듯 눈을 감았고, 클레어는 또다시 입 맞추고 싶어졌지만 간신히 참았다.

"그래, 레드. 기다릴게."

클레어는 그의 입술 대신 가슴에 가볍게 입을 맞춘 후 그에게서 떨어졌다. 두 손을 앞으로 모아 쥔 클레어는 단단히 각오한 눈으로 일행을 응시했다.

정혈귀가 되어 1,200년이 넘는 시간을 살아왔다. 그 시간 속에서 이들과 함께한 시기는 일 년 남짓. 그 일 년은 무척이나 황홀하고 즐거웠다.

한 가지 아쉬움이 남는다면, 조금 더 일찍 이들에게 마음을 열고 표현할걸, 하는 후회. 그러나 이제는 그것조차 무의미했다.

루시드는 황실 안에서 클레어를 기다리고 있을 것이다. 이 검으로 그를 찌를 수 있는가, 없는가. 그것도 중요한 문제가 아니었다. 클레어는 태양의 검을 손에 넣었고, 안식을 찾을 수 있는 마지막 기회를 놓치지 않을 생각이었다.

레드 일행이 목숨을 걸고 도와주는 일이니까, 반드시 해내야만 했다.

"아마도 루시드 주위에 정혈귀가 많이 있을 거야."

레드가 말했다.

"클레어, 넌 정혈귀들을 상대하지 말고 곧바로 루시드에게 가. 정혈귀는 우리가 상대한다."

클레어가 묵직하게 고개를 끄덕였다. 레드는 씩 웃으며 활을 꺼내 손에 들었다.

"자, 그럼 가 볼까?"

루시드는 클레어가 가까이 왔다는 것을 느꼈다. 조소가 흘러나오는 것을, 그는 막을 수가 없었다. 어째서일까. 왜 이리도 비참한 웃음이 튀어나오려는 걸까?

"라탄, 응? 어떻게 하면 좋은가?"

황제가 칭얼거렸다.

제국의 수도는 정혈귀의 손에 들어갔다. 루시드가 만들어 내고 불러 모은 정혈귀들이었다. 루시드는 조만간 레드 일행이 들이닥칠 것을 예상했었다. 그들에게 아무리 발버둥 쳐도 이길 수 없는 힘의 차이를 알려 줄 생각이었다.

하지만 이젠 그것조차 기대가 되지 않았다.

이기면 어떠하고, 지면 또 어떠하단 말인가.

긴긴 삶은 끝나질 않고, 샬롯은 다른 남자를 가슴에 품었는데.

무엇이 잘못된 것인지, 루시드는 알 수 없었다. 그녀를 얻기 위해 무엇이든 해 주었고, 그녀가 떠났을 땐 잡지도 않았다. 그녀가 원 없이 헤매다가 돌아오도록 기다리고, 또 기다렸다. 그런데도 그녀는 루시드가 아닌 레오나르드를 제 가슴에 집어넣었다.

"라탄, 제발 말 좀 해 다오. 저 거리를 휘젓는 정혈귀들이 곧 황실까지 들이닥칠 것이야!"

할 줄 아는 것도 없는 주제에, 혈통이라는 이유만으로 황제의 자리에 오른 그가, 루시드는 우스웠다.

왜 이 배신자의 핏줄들은 시간이 넘치도록 흘렀는데도 변함이 없을까.

차라리 오르데안 공작의 마지막은 아름다웠다. 그는 루시드조차 감탄할 정도로 꼿꼿하고 기품 있게 끝을 받아들였다. 자신을 배신한 자들을 미워하지도 않고, 저주하지도 않았다.

'그래, 아름다운 사람이었지.'

"라탄! 왜 말이 없는 것이냐?"

황제가 루시드의 상념을 깨뜨렸다. 루시드는 울컥 짜증이 치솟았다.

긴 세월을 살며 감정의 다스림을 누구보다도 잘해 왔는데, 최근에는 넘치는 짜증을 다스리기가 힘들었다. 그것은 아마도 샬롯이 돌아오지 않으리란 확신 때문일 것이다.

루시드는 황제의 목을 움켜쥐고 들어 올렸다.

생각지도 못한 그의 행동에, 황제의 눈이 공포로 크게 뜨였다.

"훈투루. 네 조상이 무슨 짓을 했는지 아는가?"

"라, 라탄. 대체 이게 무슨……."

"들어라, 훈투루. 이 제국의 시작이었던 네 조상은 사실 오르데안 공작이 아끼는 부하였지. 황제의 핏줄? 그런 건 웃기는 소리. 작위도 없는데 실력만 보고 오르데안 공작이 거둬 준 평민일 뿐이었다."

"큭……."

황제가 숨이 막히는지 발버둥을 쳤다. 하지만 루시드의 손에서 힘이 빠지진 않았다. 오히려 그의 손끝이 황제의 두꺼운 목에 파고들었다.

"감사함을 모르고 배신한 놈들이 땅덩어리를 한 조각씩 나눠 갖고, 배신의 증거를 감춘 채 제 자식들에게 땅을 물려 줬지. 재미있는 게 뭔지 아나?"

황제는 이제 제정신이 아니었다. 그의 얼굴에 푸른 핏줄이 툭툭 불거져 나왔고, 벌어진 입술로 침이 질질 흘렀다. 듣지 못하는 황제에게, 루시드는 계속해서 말했다.

"그럼에도 샬롯은 인간을 미워하지 않더군. 어떻게 그것이 가능할까? 나조차도 너희들이 몹시 짜증 나고 성가신데 말이야."

푸욱—

길어진 손톱이 황제의 목을 찔렀다. 다시 손톱을 빼내자 황제의 목에서 분수처럼 피가 흘러나왔다. 황제는 비명을 지르고 싶은 듯했지만, 목이 졸린 터라 괴상한 신음만 흘릴 따름이었다.

"크…… 게게엑……."

대륙에서 가장 거대한 땅을 지배하는 황제라기엔 너무도 추한 모습이었다. 황제의 피가 바닥에 떨어지기도 전에 루시드의 몸으로 흡수되었다.

"너 같은 놈들은 정혈귀로 만들기도 싫군. 아혈귀로도 만들어 주고 싶지 않아."

피가 빠져나갈수록 황제의 얼굴이 점점 하얗게 변해 갔다. 황제의 눈동자가 희끄무레하게 변했고, 결국 뒤로 넘어갔다. 그의 가슴에서 울리던 미약한 심장 소리조차 사라졌을 때, 루시드는 쓰레기를 버리듯 황제를 던져 버렸다.

"제길."

루시드는 작게 욕설을 내뱉으며 황금으로 만든 화려한 의자에 앉았다. 황제의 자리였다.

루시드는 지그시 눈을 감았다. 긴 속눈썹이 그의 눈가에 그늘을 드리웠다. 그는 호흡을 하지 않는 몸인데도, 처음으로 숨이 막히는 느낌을 받았다. 도저히 치울 수 없는 거대한 바윗돌이 온몸을 짓누르고 있는 기분이었다.

'샬롯⋯⋯.'

성장한 그녀를 마주했던 순간의 일이 또렷하게 떠올랐다. 1,200년 전의 일인데도 마치 지금 이 순간 벌어지는 일처럼, 루시드는 그녀의 눈동자를 그릴 수 있었다. 맑디맑은 검붉은 색 눈동자. 햇빛을 받으면 붉게 빛나는 그 오묘하고도 아름다운 눈동자.

그 안에 담기고 싶었다. 그 눈이 카르제나를 바라보듯 자신을 바라보기를 바랐다.

샬롯에게 바라는 것은 딱 하나, 그것뿐이었다.

'어째서 레오나드 따위를!'

이해할 수가 없었다.

그래, 카르제나는 샬롯이 인간일 때에, 감정이 풍부할 때 만난 남자였다. 아무것도 모르는 순수한 어린 시절의 동경과 애정이 있기에 그를 사랑했다는 것은 이해할 수 있었다.

그러나 레오나드는 샬롯이 정혈귀인 상태에서 만난 남자였다. 만난 기간 역시 짧은데, 어째서 그녀는 그를 마음에 품은 걸까?

심장은 분명 가슴 안에 존재하는데, 루시드는 심장이 사라진 듯한 기분을 느꼈다. 심장이 있던 자리에 공허한 바람만 가득했다.

"하아……."

아주 오랜만에, 그는 한숨을 내쉬었다.

황실 밖이 소란스러웠다.

기껍지 않은 힘이 느껴진다. 붉은 사자 일행이 다가오고 있다. 아마 몇 시간 후면 황실에 당도할 테지.

"정말……."

루시드는 한숨 섞인 음성을 내뱉으며 머리를 쓸어 넘겼다.

"지치는군……."

고르돈 왕국 수도에 도착한 테로스는, 굳게 닫힌 관문을 보며 씩 웃었다. 수도는 얼마 전부터 통행을 제한하고 있었다. 하지만 정혈귀에게 닫힌 문 따위는 조금도 문제가 되지 않았다.

관문 앞에 긴장한 표정의 경비병들 몇 명이 오가고 있었다. 언제 정혈귀가 나타날지 몰라 겁에 질린 것이다.

"멍청한 놈들."

테로스는 자기 뒤에 서 있는 정혈귀들을 돌아봤다.

오늘 이 자리에 모인 정혈귀의 수는 41명.

타니하르가 부하들에게 성력을 담은 무기를 나눠 줘서 성가시기는 했지만, 정혈귀 41명이면 수도를 지배하고도 남았다. 오늘 밤이면 수도에서 멀쩡히 숨 쉬는 인간은 한 명도 남지 않을 것이다.

'아니지, 에녹이랑 잔느는 살려 둬야지.'

"테로스, 인간들을 다 베어 죽이면 되는 건가요?"

뒤에 있던 정혈귀가 긴 금발을 휙 넘기며 물었다.

"베어 죽여도 좋고, 피를 빨아도 좋고, 심장을 끄집어내도 좋아. 힘이 닿는다면 정혈귀로 만들어도 되고, 아혈귀로 만들어도 되고."

"기간은?"

"오늘, 해가 지기 전까지."

"재미있겠네요."

"왕실은 내가 처리할 테니, 너희는 거리를 책임져."

"혼자 가능하겠어요?"

별로 걱정스러운 질문은 아니었다. 테로스는 웃으며 손톱을 길게 빼내고 땅을 박찼다.

"날 뭐로 보는 거야? 당연히 가능하지."

황실로 향하며 레드 일행은 눈에 띄는 정혈귀 몇 마리를 죽였다. 거리를 누비는 정혈귀는 생각보다 적었기에, 황실 안에 대부분의 정혈귀가 있을지도 모르겠다고 짐작했다.

"루시드는 우리가 이 근처까지 온 걸 알고 있을 겁니다."

탕—

라울이 덤비는 정혈귀의 머리에 총을 쏘며 말했다. 카인이 만들어 준 총은 라울의 권능을 최대한으로 담아냈기 때문에, 총에 맞은 정혈귀는 고통스러운 듯 몸을 배배 꼬았다. 라울은 부서진 정혈귀의 머리에 치유의 권능을 쏟아 부었다.

인간에게는 약이 되는 치유의 권능이 정혈귀에게는 독이었다. 권능이 혈관을 타고 돌아 정혈귀의 심장을 깨부수었고, 정혈귀는 산산조각이 나 흩어졌다.

"황실 내에 정혈귀들을 모아 뒀을지도 모르겠군."

아란이 말했다.

"황궁은 넓어요. 루시드를 바로 찾아내야 할 텐데…… 클레어 님, 찾을 수 있겠어요?"

"그래, 델리. 찾을 수 있어."

클레어가 고개를 끄덕였다.

"그럼 우린 한 번에 길을 뚫어야 하네. 정혈귀들이 클레어를 방해하게 둘 수는 없어. 어떡할까, 레드?"

정면에서 달려오는 정혈귀를 발견한 유키가 대검을 빼 들며 물었다. 레드는 유키가 검을 휘두를 수 있도록 한 발 뒤로 물러서며 말했다.

"황실 내에 인간이 남아 있을 수도 있지. 내가 인간에게는 영향이 없는 화염을 만들어 낼게. 아란, 네가 바람을 일으켜서 화염의 폭풍이 황실을 한 번 쓸게 만들어줘."

"알겠다."

"그다음에는 유키, 네가 황실에 폭우를 내려라. 동시에 라울이 치유의 권능을 바닥에 낮게 깔아서 정혈귀들의 종아리를 잘라내."

휘익— 퍼억—

유키가 대검을 세로로 내리 갈랐다. 빠른 속도로 달려들던 정혈귀가 세로로 쪼개졌다. 유키 또래의 소녀 정혈귀였다.

유키는 무표정하게 물의 권능을 사용해, 정혈귀의 몸을 적셨다. 정혈귀는 잘린 채로 팔을 휘적거리다가 사라졌다.

"그래도 멀쩡한 놈들은 델리, 네가 발을 묶어. 그동안 나는 길을 뚫으면서 클레어를 데리고 루시드에게 갈게."

레드가 말을 마쳤을 때, 그들의 눈앞에 황궁 입구가 보였다. 거대한 성벽과 커다란 문, 앞을 지키는 정혈귀 기사들.

레드 일행을 알아보고 달려오는 정혈귀 기사들을 확인한 레드는, 클레어를 향해 고개를 끄덕였다.

"가자, 클레어."

붉은 사자가 황궁 안으로 들어왔다.

루시드는 느릿하게 일어나 황제의 집무실을 나섰다. 문 앞을 지키는 기사들은 인간이었다. 루시드는 그들이 깨달을 새도 없이 기사들의 목을 베어 버렸다. 흘러내린 피가 자연스럽게 루시드에게 흡수되었다.

햇살이 복도를 밝게 비추고 있었다. 그 여느 때보다 찬란했다. 루시드는 복도를 걸어가며, 눈에 띄는 인간들을 모두 죽였다. 인간의 목을 베는 그의 손톱은 빠르고 정확했다.

'어쩔까?'

아직도 루시드는 답을 내리지 못했다.

마음만 먹으면 붉은 사자 일행을 단숨에 죽일 수 있다.

샬롯의 눈앞에서 그들을 베어 버리면, 샬롯은 어떻게 행동할까? 카르제나의 시신을 앞에 두었을 때처럼 담담하고 기품 있게, 감정을 안으로 감추고 루시드를 노려볼까? 아니면 그때와 달리 절규하고 아파할까?

'내가 어찌해야 하는 걸까?'

붉은 사자 일행을 죽여도, 샬롯은 루시드의 곁에 돌아오지 않을 것이다. 그것을 확신했기에, 루시드는 레드를 죽이는 것이 망설여졌다.

'난 뭘 원하는 거지?'

그 어떤 행동을 하든, 루시드에게 남은 것은 기다림뿐이었다. 끝없는 기다림.

붉은 사자 일행을 죽이면, 샬롯은 또다시 루시드에게서 멀리 떨어진 곳으로 떠날 것이다. 그리고 루시드는 지금까지처럼 샬롯이 와 주기를 기다려야 한다. 천 년, 2천 년, 혹은 3천 년…… 그렇게 끝없는 기다림.

그것이 너무나 지쳤다.

결코 돌아봐 주지 않을 여인을, 아주 작은 희망 하나 간직한 채 기다리고 또 기다려야만 하는 것은 무척이나 지루하고 지치는 일이었다. 게다가 루시드를 짓누르고 있는 바윗돌은 점점 날카롭게 변해, 이제는 심장에 환상통마저 안겨 주었다. 보이지 않는 바윗돌 따위에 상처를 입을 리 없는데, 루시드는 온몸에 칼이 박힌 것과 같은 통증을 느꼈다.

　루시드는 알고 있었다. 이 통증이 사라지지 않으리라는 것을. 붉은 사자 일행을 죽여도 이 고통이 가시지 않으리라는 것을.

　'기다림도 모자라, 고통까지 지닌 채 또 천 년을 보내야 하는 것인가?'

　실소가 터져 나왔다.

　'아아, 신이여. 당신은 날 이렇게나 증오했는가?'

　그저 호기심이었다. 신이 하는 것을 자신도 해낼 수 있을까, 하는 호기심. 그 호기심이 이렇게 긴 시간을 지옥 속에서 살아가게 할 줄은 몰랐다.

　어리석은 인간의 작은 호기심을 용서하지 못한 신이 원망스러웠다.

　복도를 나오자 커다란 연못이 보였다. 잔잔한 연못 위엔 붉은 연꽃이 가득 피어 있었고, 몇 마리의 개구리가 폴짝폴짝 뛰어다녔다. 황실에서 일어나는 전투와 무관한, 평화로운 광경이었다.

　루시드는 커다란 바위에 걸터앉아 눈을 감았다. 아모른의 태양은 그가 인간일 때와 똑같은 온도로 루시드를 감쌌다.

　거대한 파동이 일었고, 한 차례 화염의 폭풍이 황실을 쓸고 지나갔다. 루시드조차 따가움을 느낄 정도로 강력한 화염이었다.

　정혈귀들의 비명 소리가 들려왔지만, 루시드는 눈을 뜨지 않았다. 그들의 비명 소리는 루시드에게 그 어떤 감정도 불러일으키지 않았다.

다가온다.

루시드는 느꼈다.

샬롯이 오고 있다.

그녀가 스스로 루시드에게 찾아오는 것을, 그는 기뻐해야 할지 슬퍼해야 할지 알 수 없었다.

수많은 감정의 격돌은 루시드가 인간일 때도 느껴 보지 못한 것이었다. 샬롯이라는 한 여자가, 이토록 많은 감정을 끌어낼 줄은 몰랐다.

심장이 뛰는 것 같다는 착각이 들었다. 그녀의 존재감이 가까워질수록 심장이 요동치는 것만 같았다.

"루시드."

듣고 들어도 가슴이 저리는 낮고 허스키한 음성이, 정면에서 들려왔다. 루시드는 비로소 눈을 뜨고, 자신의 앞에 서 있는 샬롯을 눈동자에 담았다.

그녀는 천 년 전과 똑같이 기품 있고 우아한 자태로 그의 앞에 서 있었다. 그녀의 오른손엔 투박한 느낌의 검이 들려 있었다. 루시드는 그것을 보며 1,200년 전, 그녀를 정혈귀로 만들었던 순간을 떠올렸다.

그때도 샬롯은 루시드에게 검을 겨눴었다.

"날 죽일 수 없다는 걸 알고 있을 텐데."

루시드가 말했다. 샬롯은 대답 없이 고요한 시선을 던졌다. 그녀의 깊고 잔잔한 눈동자를 확인한 루시드는, 그녀가 자신을 죽일 수 있다는 것을 깨달았다.

루시드의 입가에 희미한 미소가 떠올랐다.

"이런 몸이 된 후, 나는 늘 죽음을 기다려왔지."

샬롯은 조용히 그를 바라봤다. 그녀의 뒤엔 레드가 서 있었다. 그 어떤 순간에도 그녀를 지키겠다는 듯, 그의 푸른 눈동자는 형형히 빛나고 있었다.

루시드는 그 눈동자를 똑바로 볼 수가 없어서, 시선을 위로 향했다.

"너를 만난 후, 나는 늘 너를 기다려왔다. 죽음도, 너도 오지 않는 길고 긴 시간을 보냈는데, 이제야 네가 내게 와주었군."

루시드는 천천히 일어나 그녀와 마주 보고 섰다. 그와 그녀의 사이에 거리는 3미터 남짓. 조금만 다가가 손을 뻗으면 그녀의 어깨를 잡을 수 있는 거리였다.

루시드는 소망했다.

단 한 번이라도 좋으니, 한 팔로 그녀의 등을 감싸 안고 그녀에게 키스할 수 있기를. 단 한 순간이라도 좋으니, 그녀가 애정 섞인 눈으로 그를 바라봐주기를.

루시드는 소망했고, 자신을 버린 신에게 기도까지 했다. 그러나 루시드는 알고 있었다. 절대로 그런 일이 생기지 않으리라는 것을.

신이 내린 지독한 형벌은, 영원을 살아가는 루시드가 한 여인을 마음 깊이 사랑하고, 그 사랑을 보답 받지 못하는 것이었다.

신이 루시드를 사랑하고 아꼈지만, 결국 루시드가 신을 배신했던 것처럼.

루시드는 그제야 신이 내린 이 가혹한 시간의 의미를 알 수 있었다.

"샬롯."

이번에도 샬롯은 대답하지 않았다.

"너를 갖고 싶었다."

"……."

"인간일 때도, 신의 형벌을 받은 후에도, 내가 갖고 싶은 것은 단 하나. 너뿐이었다, 샬롯."

"……."

"나는 단지 너 하나만을 바랐을 뿐이다."

진심이었다.

그녀가 단 한 번이라도 애정 섞인 눈빛을 보내 주었다면, 루시드는 그녀가 원하는 것을 뭐든 다 들어 주었을 것이다. 인간의 피를 마시지 말라면 마시지 않았을 것이고, 세상의 혈귀를 모조리 없애라면 그리했을 것이다.

이 가슴에 담긴 애절한 소망을, 그녀에게 보여 주고 싶었다.

하지만 간절히 말하는 루시드를 보는 샬롯의 눈동자엔, 그 어떤 온기도 담겨 있지 않았다. 샬롯은 인형처럼 감정 없는 눈으로 루시드를 묵묵히 응시했다.

"내가 무엇이 부족했던 거지, 샬롯? 왜 너의 새로운 사랑이 내가 아니라 레오나드여야 했지?"

그의 간절한 질문에 샬롯의 도톰한 입술이 벌어졌다.

"당신은 날 가지려고 했어, 루시드."

"그래, 널 사랑했으니까. 사랑하면 갖고 싶어지는 것이 당연하지 않은가!"

"루시드, 나는 물건이 아니야. 그 누구도 나를 소유할 수는 없어. 카르제나도, 레오나드도 날 가지려고 한 적 없었지. 그래서 당신이 아니었던 거야."

샬롯이 검을 들어 올렸다. 은색의 투박한 검이 햇빛을 받아 반짝거렸다.

"왜 가만히 있는 거지, 루시드? 나는 당신을 죽이러 왔는데."

루시드가 쓰게 웃었다.

"기다리고 기다려도 내가 갖고 싶은 걸 갖지 못하는 삶이, 이제는 지쳤거든."

"그래?"

"그래, 샬롯."

사실은 샬롯의 뒤에 조용히 서 있는 레오나드를 죽이고 싶었다. 샬롯의 마음을 차지한 그의 목을 베어내고 싶어서 견딜 수 없었다.

그러나 루시드는 참았다.

이 순간이 좋았다. 그녀를 앞에 두고, 그녀와 대화할 수 있는 이 시간이, 루시드는 기뻤다. 지금 이 순간, 샬롯의 눈동자 안에는 오롯이 루시드만이 담겨 있었다. 루시드가 원하는 애정은 없지만, 그래도 샬롯은 루시드를 똑바로 바라보고 있었다.

그것이 참으로 행복해서, 루시드는 이 시간을 깨고 싶지 않았다. 그녀가 들고 있는 검이 자신의 심장을 찌른대도, 그는 그녀의 눈동자 안에 담겨 있고 싶었다.

"당신을 죽일 수 있는 방법은 두 가지야, 루시드."

그녀의 음성이 좋았다. 그녀가 불러 주는 이름 또한 좋았다. 그래서 루시드는, 조금 울 것 같은 기분이 들었다. 왈칵 눈물을 쏟아내고 싶은 그 기분은, 루시드가 처음으로 느껴보는 감정이었다.

"하나는 내가 당신을 용서하는 거고, 또 하나는 이 검으로 당신의 심장을 찌르는 거야."

루시드는 느릿하게 눈을 감았다가 떴다.

기억이 났다. 샬롯을 만나기 전, 죽음을 기다리며 밤을 걷던 그때의 고통이. 오아시스조차 없는 끝없는 사막을, 혼자서 걸어가야만 했던 그 고독이.

샬롯을 만난 후, 여전히 루시드는 사막을 걸어야만 했다. 그러나 그 사막엔 오아시스가 있었다. 샬롯이라는 이름의 오아시스.

그리하여 마지막 천 년은 그다지 고독하지 않았다는 것을, 루시드는 죽음을 앞에 둔 순간에 깨달았다.

그의 얼굴에 번지는 희미한 미소는 순수했다.

그 미소가 그를 인간으로 보이게 했다. 그는 사심 없는 미소를 띠고, 애정 넘치는 눈으로 샬롯을 바라보며 물었다.

"샬롯, 나를 용서하는가?"

루시드의 질문을 받은 클레어는 느릿하게 눈을 감았다.

용서?

어쩌면 용서야말로 이 지친 삶을 끝낼 수 있는 방법일지도 몰랐다. 잔혹한 아모른이 첫 번째 정혈귀에게 안겨준 시련. 자신을 고통 속에 밀어 넣은 자를 용서하는 것. 그것일지도 모른다는 생각이 강하게 들었다.

태양의 검을 쥐고 황궁으로 걸어오는 내내, 클레어는 갈등했다. 이 검으로 루시드를 찌를 것인지, 아니면 그를 용서할 것인지.

그를 눈앞에 둘 때까지 답을 내릴 수 없었다.

하지만 지친 듯한 루시드를 마주하는 순간, 클레어는 마음을 정했다.

그를 용서할 수 없다.

1,200여 년 전, 사랑하는 가족과 연인의 죽음이 여전히 생생하다. 피로 물들었던 그 밤, 모든 것이 시작된 저주의 밤. 소중한 이들이 한 명, 한 명 떠나갔다. 단지 샬롯을 곁에 두고 싶다는, 루시드의 욕심 때문에.

그래, 그것은 오만한 자의 욕심이었다.

원하는 것을 모두 손에 넣고 말겠다는 욕심, 인간의 마음마저 자신의 마음대로 휘두를 수 있다는 오만.

마음을 다잡으려 노력했지만, 그를 용서할 수가 없었다. 입술로만 달싹이는 용서는, 아무 의미가 없을 것이다.

유독 부서질 듯 위태로운 그녀의 뒷모습을, 레드는 물끄러미 응시했다.

이제 곧 그녀가 사라진다.

레드는 주먹을 꽉 움켜쥐었다.

이제 곧 클레어가 없는 삶이 시작된다.

비명이 터져 나올 뻔했다. 하지만 루시드의 앞에서만큼은 허물어지는 모습을 보이고 싶지 않았다.

얼마나 긴 세월을 살아왔는지 알 수 없는 혈귀의 왕은, 레드의 눈에도 무척 지쳐 보였다.

그래, 그렇겠지. 지칠 만도 하지. 사랑하는 여자를 기다리고 기다렸는데, 결국 나 같은 놈팡이한테 빼앗겼으니.

불쌍하다는 생각은 들지 않았다.

그는 몇 개의 길 중에 잘못된 길을 들어섰다.

사랑하는 이를 갖기 위해 모든 것을 빼앗다니, 이 얼마나 어린 아이 같은 생각이란 말인가.

'아모른, 당신은 잔인해.'

아모른은 루시드의 배신에도 불구하고 그를 사랑한 것이 분명했다. 신이 루시드에게 내린 형벌은, 그의 깨달음을 위한 것이었다. 긴긴 세월을 살며, 오지 않는 샬롯을 기다리며, 루시드는 자신이 노력해도 손에 넣을 수 없는 것이 존재한다는 걸 깨달았을 것이다.

'사랑하는 아이 한 명을 위해 수많은 인간들을 고통 속에 빠뜨

린 건가? 특히 클레어는…….'

레드는 이를 악물고 클레어에게 한 걸음 다가갔다.

'그래, 당신은 클레어를 모르는 척했어. 하지만 난 안 그래. 나는 클레어를 이 고통에서 벗어나게 해 줄 거야. 당신이 날 벌한다고 해도, 나는 클레어의 편이야.'

레드는 각오했다.

긴 세월 고통을 받은 그녀는 잔인한 신과 이기적인 남자로부터 자유로워져야만 했다.

'클레어를 잃는 고통은 내가 감당해야 할 문제야. 내가 무섭다고, 나까지 클레어의 발목을 잡을 순 없어.'

레드의 손이 클레어의 어깨에 올라갔다. 그제야 비로소 클레어가 눈을 떴다. 그녀는 고개를 살며시 돌려 레드를 바라봤고, 레드는 클레어가 그리도 사랑하는 하늘 같은 눈동자를 빛내며 옅게 미소 지었다.

"네가 하고 싶은 대로 해, 클레어. 이제 그래도 돼."

레드의 말이 신의 뜻이라도 된다는 듯, 샬롯은 한결 자유로워진 표정으로 루시드를 응시했다. 루시드는 말 한마디로 그녀를 자유롭게 만든 레드에게 큰 질투를 느꼈지만, 이제는 그조차 부질없었다.

샬롯이 옅은 미소를 지으며 루시드를 바라보았다.

"아니, 난 널 용서하지 않아."

태양의 검 끝이 루시드의 심장을 향했다. 루시드는 그 뭉뚝한

검 끝이 순식간에 자신의 가슴에 닿는 것을 느꼈다. 그 어떤 것
도 뚫을 수 없을 것 같은 투박한 검은, 루시드의 가슴을 가볍게
뚫고 들어갔다.

콰직—

몇 천 년 전 멎은 채 존재하기만 했던 딱딱한 심장이, 두 개로
쪼개졌다. 고통이 있을 거라 생각했지만, 조금도 아프지 않았다.
무언가 아주 강하고 진한 힘이 루시드의 혈관을 통해 온몸으로
퍼져갔다.

"샬롯……."

루시드는 자신의 육체가 조금씩 흩어지는 것을 느꼈다.

"나는 진심으로……."

오르데안 공작의 죽음을 지켜보던 샬롯의 표정이 떠올랐다.
아랫입술을 악물고 울음을 참던 그녀의 모습.

그때는 느끼지 못했던 아픔이, 루시드의 쪼개진 심장에 내려
앉았다.

"네게……."

오래전 슬픔을 참아내던 그녀의 모습이 생생하게 루시드의
뇌를 지배했다. 그 슬픔은 루시드의 슬픔으로 변했다. 말라 있
던 그의 검은 눈동자가 눈물로 크게 부풀었다. 차올랐던 눈물이
부서지는 볼을 타고 흘러내렸다.

"미안하게 생각한다……."

루시드가 마지막으로 본 것은, 울 것 같은 샬롯의 미소였다.

루시드는 그것이 자신을 향한 것인지, 아니면 다른 누군가를 향한 것인지 알 수 없었다.

하지만 자신을 향한 것이라 믿기로 했다. 어차피 죽는 거, 단 하나의 행복한 망상은 가지고 가도 되지 않겠는가.

사아아아아―

혈귀의 왕이 사라졌다.

기다리던 순간이었지만, 클레어는 조금도 기쁘지 않았다. 그녀는 자신의 몸에서도 힘이 빠져나가는 것을 느꼈다.

"클레어!"

허물어지는 클레어를, 레드가 끌어안았다. 클레어는 눈을 크게 뜨고 레드의 얼굴을 응시했다. 마지막 순간, 그의 얼굴을 가득 담아가고 싶었다.

"클레어, 클레어!"

레드는 울지 않으려고 애썼지만, 그의 음성은 저릿할 만큼 떨리고 있었다.

"아아, 클레어!"

레드는 클레어를 세게 안지도 못했다. 그녀의 육체가 조금씩 부서지고 있었기 때문이었다.

"레오나드……."

입술을 움직이자, 입술도 부서졌다.

"남은 생을 반드시 행복하게 보내야 해. 네가 있어 내가 행복했으니, 너도…….”

그녀는 말을 끝맺지 못했다. 신의 섭리는 무척이나 가혹해서, 사랑하는 연인에게 마지막 말을 남길 새도 없이 그녀의 육체를 부수었다.

부서진 흔적이 먼지가 되어 공중을 떠돌았다. 레드는 손을 뻗어 그것을 잡으려 했지만, 움켜쥐기도 전에 그 흔적마저 사라졌다.

남은 것은 그녀가 입고 있던 드레스뿐이었다. 레드는 그녀의 향기조차 묻어 있지 않은 드레스를 끌어안았다. 체온도, 체취도 없는 드레스는, 클레어라는 여인 자체가 이 세상에 있을 수 없고, 있어서도 안 되는 존재였다는 것을 알려주는 듯했다.

“으…… 으아…….”

각오했다. 이 순간을 각오하고 끊임없이 상상했다. 그러나 실제로 닥친 이별의 순간은, 레드를 강렬하게 집어삼켰다.

“으아으아아아…….”

레드는 어떻게 해야 터질 것 같은 심장을 진정시킬 수 있을지 알 수 없었다.

“으아아…….”

신음도 제대로 흘러나오지 않았다.

“아아으으으아…….”

입술을 떨며 고통을 토해내려 했지만, 그조차도 쉽지 않았다.

덜덜 떨리는 손으로 끌어안은 드레스조차 사라질까 봐, 레드는 무서웠다.

"아아아아아아아아아……."

레드는 드레스에 얼굴을 묻었다.

클레어가 죽었다. 그녀는 원하던 안식을 되찾았다. 레드도 그녀가 원하는 것을 이룰 수 있기를 바랐다. 하지만, 하지만……

"아아아아아아아! 클레어어어어어어!!"

사실은 붙잡고 싶었다. 가지 말라고, 더 옆에 있어 달라고 애원하고 싶었다. 표현하지 못했던 소망이 폭발해, 레드는 절규했다.

그녀에게 말해 주고 싶었다.

클레어. 나는 행복하지 못할 거야.

정혈귀들이 동시에 먼지로 흩어지는 것을 보며, 일행은 모든 것이 마무리되었음을 깨달았다.

끝났다.

그들은 안도하기보다 심장이 떨어져 나가는 슬픔을 느끼며 주저앉았다. 하나, 둘 비슷한 표정으로 하늘을 올려다봤고, 비슷한 눈빛으로 서로를 바라봤고 결국 고개를 숙였다.

"클레어……."

아란의 비통한 음성이 신호라도 되듯, 일행의 눈에 고여 있던 눈물이 툭툭 떨어져 내렸다.

대륙에 내려졌던 아모른의 저주가 거둬졌다.

그것은 곧 클레어의 소멸이기도 했다.

타니하르의 배에 손톱을 박아 넣었던 테로스는, 자신의 손이 부서지는 것을 깨닫고는 웃음을 터뜨렸다.

"으하하하하. 뭐야, 아버지? 죽은 거야? 응? 결국 죽어 버린 거야?"

테로스의 붉은 눈동자와 타니하르의 잿빛 눈동자가 허공에서 마주쳤다. 테로스는 그를 향해 씩 웃고는 손톱을 뽑아냈다. 테로스의 팔이 부서졌다.

"아, 뭐. 이렇게 됐으니까 별수 없네. 아버지 없이는 나도 없거든."

타니하르는 말없이 그를 응시했다.

"와, 그래도 이건 너무 허무……."

파사아아아아—

테로스가 먼지가 되어 사라졌다. 타니하르는 피가 흐르는 배를 움켜잡고 바닥에 주저앉았다. 고통 때문이 아니었다. 아니, 고통 때문인가?

타니하르의 다른 쪽 손이 가슴 위로 올라갔다.

그는 천 년이라는 긴 시간 동안 기품을 잃지 않았던 공작의 딸을 떠올렸다. 검붉은 머리카락과 눈동자가 몹시도 신비로웠던 클레어. 고독과 아픔을 고요히 가슴 안에 담고 걸어온 존경스러운 여인.

"클레어……."

타니하르는 이를 악물고 뒤로 드러누웠다.

"그래, 가버린 건가?"

그의 감은 눈꺼풀 사이로 뜨거운 눈물이 흘러내렸다.

"그래, 가버린 거군."

타니하르는 가슴을 꽉 움켜쥐고 중얼거렸다.

"클레어, 널 정말 존경했어. 앞으로도 내 인생에서 가장 존경하는 사람일 테지."

*　　*　　*

유란 대륙의 역사상 가장 끔찍한 혈귀 대란은 피탄력 1,241년 가을에 끝이 났다.

가장 짧은 시간 동안, 인간들을 가장 끔찍한 공포에 몰아넣었던 혈귀들이 갑자기 사라진 이유를, 인간들은 제대로 알지 못했다.

수많은 인간이 죽었다. 아예 폐허가 된 도시도 있었다.

제국의 황제가 죽고, 교황이 미치는 바람에 대륙은 혼란기에 접어들었다. 각지에서 전쟁이 일어났고, 숨어 지내던 타종족이 들끓기 시작했다.

혈귀로 인한 손실이 클 때에 다시 불어온 전쟁의 바람이, 대륙을 더욱 어지러이 만들었다. 혈귀에게 죽은 것만큼의 인간들이, 전쟁으로 죽어나갔다.

대륙의 소동이 하늘에도 닿은 듯, 비가 내리지 않았다. 긴 가뭄은 인간들을 지치게 했고, 식량이 부족해지자 전쟁도 잦아들었다.

그때에 고르돈 왕국이 대해적 타니하르와 어둠의 기사 모히틀을 등에 업고 피폐해진 각 나라에 손을 뻗기 시작했다.

고르돈의 왕 에녹은 손에 넣은 나라들에 자신이 신뢰하는 이들을 지배자로 앉혔고, 고르돈 왕국의 이름을 오르데안 제국이라고 바꿨다.

연호가 오르데안력 1년으로 바뀌던 날은, 루시드의 죽음으로부터 4년이 지났을 때였다.

그날, 긴 가뭄이 끝나고 큰 비가 대륙을 적셨다.

18장
시작되는 날

"라파엘 님!"

고기를 사러 나왔던 라울은 뒤에서 부르는 활기찬 목소리에 걸음을 멈췄다. 어느새 숙녀가 된 로타가 긴 머리를 흩날리며 달려오고 있었다. 혈귀 대란 때 어머니를 잃은 로타는, 혼자서 찻집을 운영하며 꿋꿋하게 살아가고 있었다. 성인이 된 로타는 콧등에 주근깨가 있는 귀여운 미인으로 성장해서, 많은 남자들의 구애를 받고 있었다.

"로타."

"고기 사러 가시는 길이에요?"

"네, 로타는요?"

"전 쿠키를 만들 밀가루가 부족해서요."

펠타 시는 거의 복구가 되었다. 혈귀 때문에 두려움에 떨던 사람들도, 이제는 안전해졌다는 것을 믿기 시작했다. 펠타 항은 다시 활기를 띠었고, 시장도 새로 뽑았다.

"요새 상단이 다시 활발해져서 가게에 손님이 많아요. 이러다가 부자가 될 것 같아요."

"부자가 되면 뭘 하고 싶어요?"

"음. 잘생겼지만 무능력한 남자랑 결혼해서 아이를 낳고 알콩달콩 행복하게 살아볼까요?"

로타가 장난스럽게 말하며 생긋 웃었다.

"유키는 어떻습니까? 무능력하지만 잘생긴 배우자로."

"에이, 유키랑은 너무 어릴 적부터 친구였잖아요. 유키랑 키스하는 걸 상상만 해도 소름이 돋는 걸요."

"그거 아쉽네요. 유키는 돈 많고 능력 있는 여자에게 장가보내고 싶었는데."

"아하하하. 꼭 제가 아니어도, 유키 옆엔 늘 여자들이 있잖아요. 누구였더라? 그, 어떤 백작님의 딸이 유키를 그렇게 따라다닌다면서요?"

유키도 성인이 되었다. 라울과 비슷한 키로 자란 유키는, 소년일 때의 앳된 모습이 사라지고 근사한 청년으로 변모했다. 갸름한 턱 선과 흰 피부, 곱슬곱슬한 황금빛 머리카락을 가진 유키는 근처 도시에 소문이 날 만큼 아름다웠다.

"아, 저는 이 가게에 들러야 해요. 라파엘 님, 조만간 한번 저

희 가게에 오세요. 새로운 케이크를 개발했거든요."

"그래요, 로타. 델리랑 아란도 데리고 갈게요."

로타가 손을 크게 흔들고 가게로 들어갔다. 라울은 미소 띤 얼굴로 천천히 걸었다.

상점가까지 불어오는 바닷바람엔 추억이 실려 있었다. 벌써 5년이 넘는 시간이 흘렀는데도, 라울은 여전히 그때의 일이 생생했다.

'클레어……'

그녀를 떠올릴 때마다 심장 한편이 묵지근하게 아파왔다. 라울의 얼굴에서 잠시 미소가 사라졌다.

"라울."

맞은편에서 들려오는 아란의 음성에, 라울은 반사적으로 다시 미소를 지었다.

"아란, 순찰 중입니까?"

"그래. 고기는 돼지로 부탁한다."

"말 안 해도 그러려고 했습니다."

"오늘 돼지 다섯 마리를 잡았다더군."

"설마 다섯 마리 전부를 사라는 건 아니겠죠?"

"왜 아니라고 생각하지?"

라울은 아란을 한 대 때려줄까 하다가 관뒀다.

"그 배때기에 뭐가 들어 있는 겁니까? 그 안에 뭐 키웁니까?"

"그럴지도. 난 비밀이 많은 남자거든."

바람이 불어와 아란의 은빛 머리카락을 흐트러뜨렸다. 아란은 잠시 시선을 움직여 먼 어딘가를 응시했다. 라울은 그가 클레어를 생각하고 있음을 눈치챘다.

라울은 아직까지도 궁금한 것이 있었다.

그 당시, 아란은 정말 클레어를 '동생'으로만 사랑했던 것일까? 그녀를 향한 애틋한 시선, 레드를 향한 미미한 질투가 과연 텔스민의 기억에서 파생된 '오빠'로서의 감정뿐이었을까? 어쩌면 아란 역시 클레어를 레드와 같은 마음으로 사랑했던 것이 아니었을까?

만약 그렇다면 아란이 너무나 안쓰러웠다. 아란은 단 한 번도 클레어에게 자신의 감정을 말하지 못했다. 사랑하는 여인에게 사랑한다는 고백 한번 하지 못하고, 그녀를 떠나보낸 것이다.

'아니, 이제 와서는 그런 것들도 무의미하지. 클레어는 없으니까.'

라울은 쓴웃음을 지으며 아란의 어깨를 툭 쳤다.

"돼지 뺏기기 전에 가 보겠습니다."

"레드는?"

"여전하죠, 뭐."

"큰일이군."

"죽지는 않겠죠."

건성으로 대답했지만 사실은 불안했다. 레드는 언제 죽어도 이상하지 않을 상태로, 생명을 간신히 이어가고 있었다.

그날, 레드는 절규와 함께 부서졌다.

시체처럼 쓰러져 있는 레드를 발견한 건 델리였다. 델리는 축 늘어진 레드를 안아 들고 연신 울었다.

레드는 1년 동안 깨어나지 않았고, 라울은 그를 살리기 위해 치유의 능력을 쏟아 부어야만 했다. 델리가 만들어 준 약초로 탕을 끓여 지속적으로 먹이지 않았다면, 레드는 그대로 죽었을 것이다.

1년 만에 정신을 차린 레드는, 인형 같은 상태가 되었다. 먹지도, 웃지도, 움직이지도 않고 멍하니 창밖을 내다보는 인형. 그는 요 몇 년간 침대에서 나오지 않았고, 한마디의 말도 하지 않았다.

그의 새파란 눈동자는 창밖에 있는 무언가를 찾아 헤맸다. 라울은 그가 클레어의 잔상을 찾고 있다는 것을 알고 있었다.

화도 내보고 설득도 해 보고 달래도 봤지만, 레드는 아무 반응도 보이지 않았다. 라울은 레드가 평생 그렇게 지낼까 봐 걱정스러워서, 최근엔 매일 같이 악몽에 시달렸다. 인형처럼 앉아 있던 레드가 혈귀가 죽을 때처럼 산산조각이 나서 흩어지는 악몽이었다.

망상과도 같은 꿈이었지만, 최근 레드의 상태로 봐서는 아주 없을 일도 아니었다. 그만큼 레드는 위태로웠다.

라울은 크게 심호흡을 하며 기분을 전환시키기 위해 노력했다.

시간이 약이라는 말은 다 거짓말이다.

악몽 같았던 그날로부터 5년이 지났다. 5년이라는 시간은 일행의 육체를 나이 들게 했을 뿐, 그들의 감정을 치료해 주지는 못했다.

"잊기 위해서는 함께 지낸 만큼의 시간이 흘러야 한대요."

그 말을 누가 했더라.

그래, 델리가 했다.

어느 날 새벽, 악몽에 시달리다가 깨어났을 때 주방에서 홀짝거리는 소리가 들려왔다. 발소리를 죽이고 가봤더니, 델리가 식탁에 엎드려 홀짝홀짝 울고 있었다.

그때, 델리가 했던 말이다.

"그런데 벌써 5년이 지났잖아요. 저는 클레어 님과 함께
한 시간이 몇 개월도 안 되는데…… 왜 잊히지 않을까요?"

발개진 눈으로 라울을 보며, 델리는 그렇게 말했다.

"왜 클레어 님과의 이별을 받아들일 수가 없는 걸까요?"

델리는 또 울었고, 라울은 그녀를 달래줄 수가 없었다. 라울역시 그 질문에 대한 대답을 찾을 수가 없었기 때문이었다.

클레어와 함께한 기간이 그리 길지도 않은데, 그녀는 일행의 '삶'이 되어 버렸다. 어쩌면 오르데안 혈통의 기억 때문일지도 모르겠지만, 단지 그 이유 때문만은 아닐 것이다.

그녀는 고고하고 아름다웠고, 그 누구보다도 기품이 있었다. 그녀가 천 년 이상 지켜 온 고귀한 혈통과 정신, 꼿꼿한 신념과 의지. 그것은 무척이나 깊고 넓어서, 거기에 빠진 일행은 도무지 헤어 나올 수가 없게 되어 버린 것이다. 깊고 넓은 호수 한복판에 빠진 사람들처럼.

"인생의 목적을 잃은 기분이야."

커다란 고기가 든 묵직한 자루를 어깨에 메고 걸어가는데, 뒤에서 쉰 목소리가 들려왔다. 라울은 돌아보지 않고 계속 걸었다.

"예전에 우리는 말이야, 혈귀를 잡기 위해 살았잖아. 그걸 위해 돈을 벌었고, 그걸 위해 단련했고. 그런데 지금 우리는…… 왜 사는 걸까, 라울?"

라울만큼 키가 큰 유키가 그의 옆에 와서 섰다. 그의 황금빛 머리카락은 여전히 찬란하게 반짝거렸지만, 호박색 눈동자는 전과 달리 어둠을 지니고 있었다. 오동통하고 발그레 상기되었던 볼살이 사라진 유키는, 조금 수척해 보였다.

"그런 의문을 가지고 있는 것치고는, 술집을 열심히 드나들고 있는 것 같은데요, 유키."

라울의 지적에 유키가 힘없이 웃었다.

"술집은 여러 가지 정보가 들어오잖아. 레드 같은 상태에서 벗어나려면 어떻게 해야 하는지 알아보려고 그러는 거지."

"정보 좀 있습니까?"

"아니, 전혀. 갑자기 연인이 죽으면 영혼 빠진 사람처럼 넋을 잃는 경우가 있긴 하지만, 길어야 한, 두 달이래. 게다가 레드는 자기 의지로 뭔가를 먹지도 않잖아. 그거 알아, 라울? 레드 배에서는 꼬르륵 소리도 안 나."

알고 있었다.

레드의 육체는 영혼과 마찬가지로 삶을 잃은 것 같았다.

"레드가 걱정돼. 난 자꾸 악몽을 꿔."

"혹시 레드가 혈귀처럼 산산조각 나는 악몽입니까?"

우뚝―

유키가 걸음을 멈췄다. 라울도 멈춰 서 유키를 돌아봤다. 유키의 커다란 눈이 겁에 질린 듯 커졌다.

"어떻게 알았어, 라울?"

라울은 쓰게 웃으며 다시 걸음을 옮겼다.

"나도 그런 꿈을 꾸니까요."

"설마…… 그 일이 실제로 벌어지는 건 아니겠지?"

"글쎄요. 지금 레드 상태로 봐서는, 언제 부스러기가 되어도 이상하지 않네요."

"매정한 말 하지 마, 라울. 그러다가 진짜로 부스러기가 되면 어떡해?"

"뭘 어떡합니까? 클레어 앞에서는 그렇게 잘난 척 잘 살 거라고 한 주제에, 머저리처럼 저렇게 넋을 놓고 있는 남자. 죽을 테면 죽고, 먼지가 될 테면 되라지요!"

"그야 그렇지만…… 그래도……."

몸은 자랐어도 여린 마음은 어릴 때와 같았다. 유키는 촉촉이 젖은 눈을 감추기 위해 고개를 숙였다.

"클레어 앞에서 아무렇지도 않은 척하는 레드도 정말 힘들었을 거야. 죽을힘을 다해서 괜찮은 척했을 거야."

"……그렇겠죠."

"레드를 어떻게 해야 움직이게 할 수 있을지 생각해 봤는데, 라울. 얼음을 부은 욕조에 집어넣는 건 어때?"

"유키, 당신이 나보다 더 잔인하네요."

"아니, 그래도 갑자기 너무 차가우면 깜짝 놀라서 움직일 수도 있잖아!"

"흐음. 그럼 이따가 한 번 해 볼까요?"

레드를 걱정하는 건지, 괴롭히고 싶은 건지 모를 소리를 하며, 두 사람은 나란히 걸었다.

"일주일 후가 클레어가 죽은 지 5년째 되는 날이지?"

"벌써 그렇게 됐군요."

"보텔로 산에서 처음 클레어를 만난 게 엊그제 일 같은데."

"그러게요. 레드가 웬 여자한테 쩔쩔매는 모습을 보이는 바람에, 저는 그날 숨이 넘어가는 줄 알았습니다."

"응, 나도 그랬어. 사람이 너무 큰 충격을 받으면 죽기도 하겠더라."

그들은 잠시 말을 멈췄다. 장난처럼 이야기를 하지만 심장은 끊임없이 아팠고, 간헐적으로 터져 나오려는 울음을 삼킬 시간이 필요했다.

　말 그대로 엊그제 일 같았다.

　서점으로 돌아가면, 고즈넉한 가게 구석에 클레어가 조용히 서 있을 것 같은 기분이 들었다. 허리를 꼿꼿하게 펴고 두 손을 가지런히 모은 자세로, 그렇게 기품 있게 그들을 기다리고 있을 것 같았다.

　그럴 리 없다는 것을 알기에, 이토록 가슴이 쓰린 것이리라.

　"카인이랑 타니하르랑 에녹, 잔느, 댄. 전부 오겠다고 하더군요. 레드 상태도 살필 겸."

　카인은 에녹이 황실에 마련해 준 근사한 연구실에서, 국민을 위한 여러 가지 물건들을 만들어 내고 있었다.

　"테드는?"

　"상단 일 때문에 라볼르에 가 있기는 한데, 맞춰서 돌아오겠다는 연락은 받았습니다. 배에 아무 문제없으면 도착하겠죠."

　"에녹이 오면 난리 나겠다. 펠타 시가 시끄러워지겠는데?"

　"그럴까 봐 단단히 변장하고 오라고 일러 뒀습니다."

　이야기를 하다 보니 〈책 파는 가게〉에 도착했다. 서점은 델리가 지키고 있었다. 델리는 책을 읽고 있다가 문이 열리는 소리에 발딱 일어났다.

　"라울 님, 유키 님. 오늘은 손님이 한 명도 없네요."

　"오늘'도'겠죠."

　라울이 싱긋 웃으며 고기가 든 자루를 내려놨다.

대륙의 혼란이 끝나고 얼마 안 된 터라, 독서라는 느긋한 취미를 즐기는 사람들이 줄었다. 안 그래도 레드의 얼굴을 보려는 아가씨 손님들만 찾던 가게였기에, 문을 연 이후 드나든 손님의 수는 손에 꼽았다.

　"레드는 여전합니까?"

　"네, 여전히…… 그러네요."

　델리의 표정이 어두워졌다. 라울은 작게 한숨을 쉬고 레드의 방으로 올라갔다.

　가구가 별로 없던 레드의 방에 장식품이며, 꽃병 같은 것이 하나둘씩 늘어난 것은 유키 때문이었다. 유키는 방에만 있는 레드에게 시각적인 자극이라도 줘야 할 것 같다며, 매일 같이 무언가를 가져다가 진열해 두었다.

　하지만 그것들이 레드의 시선을 잡아끄는 일은 없었다. 레드의 시선은 언제나 창밖, 어딘가를 응시하고 있으니까.

　오늘 레드는 침대에 누워 눈을 감고 있었다. 시체처럼 창백한 얼굴로, 두 손을 배 위에 얹고 가만히 누워 있는 레드를 보니, 울컥 화가 치밀었다.

　이제 작작 좀 해!

　레드의 마음을 모르는 건 아니지만, 그의 어깨를 붙잡고 흔들어대며 소리치고 싶은 심정이었다.

　이제 그만할 때도 됐잖아! 이제 곧 5년이야! 극복해야지! 당신이 이러고 있는 걸 보면, 클레어 마음이 어떻겠어? 당신을 두고 떠난 클레어 마음은 어떻겠느냔 말이야!

라울은 속에서 몰아치는 감정을 내뱉는 대신 그의 침대 옆으로 다가갔다. 엉망으로 헝클어진 그의 붉은 머리칼을 가지런히 빗겨줄 생각이었다.

번쩍―

그때, 레드가 눈을 떴다.

형형한 푸른 눈동자는 천장을 향하고 있다가 천천히 움직여 라울에게서 멈췄다.

"레드?"

라울의 눈이 커졌다.

이런 반응은 처음 있는 일이다.

"라울."

그의 입술이 벌어지며 잔뜩 가라앉은 목소리가 흘러나왔다. 몹시도 오랜만에 듣는 그의 음성이 반갑고, 한편으로는 불안했다.

설마 죽기 직전 마지막 타오르는 불꽃, 그런 건 아니겠지?

"레드, 당신……."

"이제 그만 일어나야겠다."

라고 말하며, 레드는 상체를 일으켜 세웠다.

"서점도 정리 좀 하고, 앞으로의 계획을 세워야지."

5년 동안 일행을 걱정시킨 레드는, 아무 일도 없었다는 듯 흐트러진 머리를 쓸어 넘겼다.

"서점은 좀 어때? 손님은 있고?"

뻔뻔한 얼굴로 묻는 레드의 모습에, 라울은 결국 참지 못하고 손을 올렸다.

　퍼억—

　"으악! 아프잖아! 왜 때리는 건데?"

　"5년입니다, 5년!"

　그렇게 말하며, 라울은 다시 한 번 레드의 뒤통수를 후려쳤다.

　"5년이라고요, 레드! 당신 5년 동안 시체처럼 지낸 거 압니까?"

　"오, 벌써 그렇게 됐나?"

　"그래요! 그동안 우리가 얼마나 걱정했는지 알아요? 그런데 이제 와서 뻔뻔한 얼굴로 일어나서는, 뭐? 서점은 잘 되냐고요? 잔뜩 걱정시켜놓고 할 말이 그것밖에 없습니까?"

　"아아, 미안하게 됐다."

　퍼억—

　"야! 진짜 너 때문에 죽겠다!"

　"당신은 좀 더 맞아야 돼요!"

　퍽— 퍽퍽—

　라울은 가차 없었다. 힘차게 두들겨 맞던 레드가 참지 못하고 침대에서 뛰어내려, 라울의 두 팔을 잡아챘다. 그동안 넋이 나간 사람답지 않게 강한 힘이었다.

　레드는 라울의 두 팔을 잡아 올린 채 그의 눈을 빤히 응시했다. 푸른 눈동자는, 클레어를 잃기 전처럼 고요하게 빛났다. 하지만 라울은 지난 5년간 그 눈동자 안에 차곡차곡 쌓인 슬픔과 고통을 발견했다. 그것은 무척이나 농밀하게 뭉쳐져, 푸른 눈동자 깊은 곳에 자리 잡고 있었다.

"미안하다, 라울. 시간이 필요했어."

"레드⋯⋯."

"아무리 나라도 그렇게 쉽게 털고 일어날 수는 없겠더라."

"⋯⋯그래요, 레드. 쉬운 일이 아니죠."

라울이 진정한 듯 보이자, 레드가 그의 손을 놔주었다. 두 손이 자유롭게 되자마자, 라울은 다시 레드를 때리기 시작했다.

퍽— 퍽—

"아악! 또 왜!"

"그래도 좀 맞아요! 5년 동안 걱정한 걸 생각하면 이걸로는 분이 안 풀립니다!"

"으악, 진짜 죽겠네!"

"레드?"

"레드 님!"

레드가 실컷 맞고 있을 때, 위층의 소동에 놀란 유키와 델리가 달려왔다. 조금 전까지만 해도 죽은 사람 같았던 레드가, 라울에게 뜨거운 손길을 받는 모습이 둘을 경악시켰다. 입을 벌린 채 말문이 막힌 두 사람에게, 라울이 말했다.

"이 인간이 일어나자마자 하는 소리가 '서점에 손님 있냐?'는 질문이었습니다."

그제야 라울의 분노를 납득한 유키와 델리도 그에게 가세했다. 동료들의 아낌없는 매타작을 한 몸에 받아들이던 레드가 갑자기 웃음을 터뜨리며 유키를 끌어안았다. 그는 자기만큼 커버린 유키의 머리칼에 얼굴을 묻고 키득거렸다.

"이야, 유키. 정말 많이 컸구나."

"그래, 레드 형. 나 정말 많이 컸어. 그동안 형은 침대에 틀어박혀서 움직이지도 않았고."

"그건 진짜 미안하다. 델리, 더 예뻐졌는데?"

"아, 아녜요. 저따위가 무슨……."

"그 성격은 변함이 없구만."

레드가 혀를 차며 유키를 놔주었다. 유키는 커다란 눈으로 레드를 빤히 응시하다가 물었다.

"이제 안 그럴 거지?"

"그래, 유키. 이제 괜찮아."

"정말이야? 또 갑자기 인형처럼 굳어 버리는 거 아냐?"

"안 그래. 지난 5년, 나는 내 세계에서 클레어의 소멸을 받아들였어. 클레어는 먼저 갔고, 나는 여기에 남았지. 그러니까 살아가야겠지. 클레어가 원했던 평범한 삶."

"그럼 여자 만나서 결혼도 할 건가요?"

델리의 질문에 레드가 피식 웃었다.

"그럴 리가. 클레어가 내 심장을 가져갔는걸."

그날 저녁에 아란이 〈책 파는 가게〉에 저녁을 먹기 위해 찾아왔다. 그는 서점에서 책을 정리하고 있는 레드의 모습을 발견하고는 멈칫했다. 살짝 커졌던 눈이 가늘어졌고, 아란은 레드의 어깨를 툭 쳤다.

레드가 씩 웃자, 아란도 피식 웃으며 말했다.

"밥이나 먹자."

의식이 흘러가는 것을 느낀다. 의식인지, 아니면 영혼인지. 주위를 둘러싼 것은 빛이었다. 무척이나 따뜻해서 엄마의 뱃속에 들어가 있는 듯한 느낌이 들었다.

빛 속을 부유하다가 여러 가지 기억들과 마주했다. 단순히 1,200년의 기억만은 아니었다. 루시드의 기억도 섞여 있었다. 루시드의 의도인지, 신의 의도인지 알 수는 없지만, 그가 얼마나 고독한 밤을 걸어왔는지 알 수 있었다.

그러나 클레어는 그를 용서하지 않은 것을 후회하지 않았다. 다시 돌아간대도 클레어는 그를 용서할 수 없을 것 같았다.

여러 가지 기억들과 조우하다가 회오리바람에 휩쓸리듯 무언가에 붙잡혔다. 그것은 무척이나 강력한 힘으로 의식을 이끌었다.

아프지도, 어지럽지도 않았다. 그저 끌려갔을 뿐이다.

시간의 흐름을 느낄 수 없는 채로 한참을 끌려가다가, 그녀는 눈을 떴다.

번쩍―

가장 먼저 보인 것은 눈에 익은 동굴 천장이었다. 잿빛 천장을 물끄러미 응시하다가 느릿하게 눈동자를 움직였다. 그러자 낯

익은 공간이 시야에 들어왔다.

오래전, 한참을 머물렀던 곳. 앞으로 지속될 고독한 밤을 두려워하며, 떠난 가족들을 그리워하며 숨어 있었던 곳.

"깨어났구나."

그리운 음성은 반대쪽에서 들려왔다. 그녀는 다시 눈동자를 움직였고, 음성만큼이나 그리운 모습을 보게 되었다.

은빛의 긴 머리카락, 애정이 담긴 진회색 눈동자, 은은한 미소를 띤 입술.

켈트로디언이었다.

"이것도 기억인가요?"

입술을 움직여 흘려보낸 목소리가 제 것 같지 않게 낯설었다.

"기억인 것 같으냐?"

켈트로디언이 미소를 지으며 다가와 그녀의 이마에 손을 얹었다. 부유할 때와는 달리 체온이 느껴졌다.

"전 드디어 아모른 님의 곁에 도착한 건가요?"

"참으로 오래 떠돌았나 보구나."

"네, 로디언. 아주 많은 것을 보았고 느꼈어요. 저는 루시드의 기억도 마주할 수 있었어요."

"그렇구나."

"이제 제 영혼이 안식의 장소에 당도한 것인가요?"

켈트로디언은 그녀의 질문에 대답하지 않고, 그녀의 등을 부축해 일으켜 앉혔다. 그녀, 클레어는 죽음 끝에 이른 장소가 생각과 다른 것에 놀라워하며 주위를 둘러봤다. 역시 이곳은 오래전 머물렀던 은빛 호수 옆의 동굴이다.

"옛 기억이 나는 곳이네요. 안식의 장소는 추억을 보여주기도 하나 봐요."

이번에도 켈트로디언의 대답은 없었다. 클레어는 조금 초조해졌다.

설마 실패한 것은 아니겠지? 루시드를 제대로 죽이지 못해, 또다시 영원한 밤을 걸어가게 된 것은 아니겠지?

"그렇다면 저는 가족들과 카르제나의 추억도 보고 싶어요. 로디언, 제가 살던 그 저택의 장소로 옮겨갈 수는 없는 건가요? 아니면 레드의 책 파는 가게는요? 그 가게도 보고 싶어요."

초조한 불안은 질문과 애원으로 터져 나왔다. 현실인지 환각인지 알 수 없는 위대한 드래곤은, 그런 그녀를 물끄러미 바라보기만 했다.

클레어는 침묵을 견딜 수 없어져서 삐걱거리는 몸을 움직여 침대에서 내려왔다. 그녀는 연보라색 드레스를 입고 있었는데, 그걸 확인할 겨를도 없었다. 두 손을 가지런히 모은 클레어는 켈트로디언을 마주 보고 섰다.

묻고 싶지 않지만 물어봐야만 했다. 그녀의 검붉은 눈동자가 흔들렸다.

"로디언, 설마…… 제가 루시드를 제대로 죽이지 못한 건가요? 제발, 대답해 주세요."

이번에도 켈트로디언은 대답하지 않았다. 대신에 그는 손을 올려 클레어의 오뚝한 코를 한 번, 그리고 그녀의 왼쪽 가슴을 한 번 찔렀다. 클레어는 그의 행동을 이해할 수 없어서 멍하니 서 있었고, 드래곤 역시 가만히 서서 그녀가 깨닫기를 기다렸다.

클레어가 놀라운 사실을 깨달은 것은, 한 시간쯤 지난 후였다. 오만돈의 방망이에 뒤통수를 맞은 것보다 더 큰 충격이 클레어의 입술을 벌어지게 만들었다.

그녀는 고개를 숙였다가 다시 들었고, 떨리는 아랫입술을 지그시 베어 물었다. 그리고 고개를 휘저었다.

"안 돼요, 이런 망상은. 이런 헛된 소망은 안 돼요, 켈트로디언. 제발 절 가야 할 곳으로 보내주세요. 제가 안식을 찾을 수 있게, 미련 따위 남기지 않고 쉴 수 있게 도와주세요."

"아이야."

켈트로디언이 드디어 입을 열었다.

"망상도, 헛된 소망에서 비롯된 환각도 아니란다."

"하, 하지만…… 하지만 로디언."

클레어가 떨리는 손을 가슴 위에 얹었다.

"제가 숨을 쉬고 있는 걸요. 여기 이 심장이…… 뛰고 있는 걸요."

"그래, 아이야."

"숨을 쉬지 않은지 1,200년, 이 심장이 멎은 지도 1,200년이 지났어요. 이것이 헛된 소망이 아니라면 무엇이겠어요? 저는,

로디언. 이 소망이 무너져서 절망에 빠지고 싶지 않아요. 이제 그 고독과 절망의 길에 두 번 다시 들어가고 싶지 않아요. 전 이제 그만……."

절규하듯 소리치는 클레어를, 켈트로디언이 살며시 끌어안았다. 그는 클레어의 마른 등을 쓰다듬으며 나직한 목소리로 말했다.

"루시드가 죽은 지 5년이 지났단다. 그 아이가 죽었을 때, 나는 이곳에서 그 아이의 죽음을 보았지."

"……."

"내가 너희 앞에서 소멸했던 그날, 정신을 차렸을 때 나는 이곳에 있었단다. 나는 무슨 영문인지 알 수 없었지. 데라이드, 이 친구도 마찬가지였단다."

클레어는 켈트로디언에게서 떨어져 다시 한 번 동굴을 둘러봤다. 동굴 벽에 데라이드가 비스듬히 기대서 서 있었다. 데라이드는 클레어를 향해 싱긋 웃었다.

"5년 만이네, 클레어."

"데라이드……."

클레어는 그가 자신의 심장을 끄집어내던 순간을 똑똑히 기억하고 있었다.

클레어는 흔들리는 눈으로 켈트로디언에게 설명을 구했다.

"그래, 클레어. 너는 루시드가 죽었을 때에 그와 함께 소멸했단다. 밤의 저주를 받은 모든 혈귀들도 함께 소멸했지. 그들의 육체는 사라지고 속박되어 있던 그들의 영혼은 자유로워져 주인의 곁으로 돌아갔단다. 그런데 네 육체는…….”

“이곳에서 재생됐어, 클레어.”

데라이드가 켈트로디언의 말을 받았다.

“놀랍지 않아? 우리가 그런 것처럼, 네 육체 또한 이곳에서 재생하기 시작했어. 네 육체가 완전히 재생되기까지 1년이 걸렸지.”

“1년…….”

“우리는 걱정했어. 혹시나 네가 정혈귀인 상태로 재생되는 것일까 봐. 첫 번째 정혈귀에게 걸린 저주는 풀리지 않은 걸까 봐. 또, 용서가 아닌 죽임을 선택한 네게, 주인이 또 다른 형벌을 내린 것일까 봐.”

데라이드의 말에 클레어는 오싹함을 느꼈고, 팔뚝에 소름이 돋았다는 것을 깨달았다. 정혈귀일 때의 육체는 이런 반응을 보이지 않았었다.

“네가 숨을 쉬고, 네 심장이 뛰고 있다는 것을 알았을 때 우리는 안도했단다. 정혈귀의 육체가 아니라 인간의 육체로 재생한 것이었지.”

“인간의 육체……라고요? 제 이 몸이 인간의 육체라고요?”

클레어는 켈트로디언이 말릴 새도 없이 동굴 벽으로 달려가 손바닥을 문질렀다. 거칠한 돌이 여린 피부를 긁었고, 까진 부위에서 피가 흘러나왔다. 클레어는 고통도 느끼지 못한 채 피가 흐르는데도 저절로 치유되지 않는 손바닥을 응시했다.

"낫지 않네요."

"그래, 이제 예전처럼 마구잡이로 다치고 돌아다니면 안 돼. 그럼 진짜 죽는 거야."

데라이드가 유쾌한 목소리로 말했다.

"왜…… 어떻게 이런……?"

클레어는 도저히 믿을 수가 없었다. 영원한 안식을 얻을 수 있을 줄 알았는데 인간이 되었다. 꿈에서도 바랄 수 없는 일이었고, 그 때문에 믿는 순간 산산조각이 나서 깨져 버릴까 봐 두려웠다.

고통 속에서 너무 오랜 시간을 보낸 클레어였기에, 눈앞에 펼쳐진 행복을 쉽게 받아들이기 힘들었던 것이다.

"우리도 주인의 뜻을 잘은 모르겠구나. 다만, 우리는 생각했단다. 첫 번째 정혈귀가 긴 고통의 나날을 감내하고 루시드를 죽이리라 각오한 그 순간이야말로, 주인이 말한 '때'가 아닌가 하고. 때가 되어 움직였기에, 우리는 소멸하지 않았고, 너 역시 루시드를 죽일 수 있었던 게지."

"신의 뜻……이었다고요?"

"그래, 아이야. 그리고 이것은 주인이 네게 준 선물이 아닐까?"

"선물……?"

클레어는 핏기가 도는 자신의 손바닥을 내려다보았다.

"인간의 피를 마시지 않고, 인간의 마음을 잃지 않고, 영원의 밤을 걸어온 첫 번째 정혈귀에게 내려 준 선물. 다시 한 번 인간의 몸으로 돌아가, 사랑하는 사람들과 함께 평범한 나날을 보내도 된다는 허락."

레드가 떠올랐다.

마지막 순간, 부서지는 클레어의 육체처럼 공허하게 흩어지던 그의 눈동자도 기억났다.

"레드는, 레오나드는 무얼 하고 있나요?"

"그 아이는 한 번 부서졌지. 그리고 이제 정신을 차렸단다."

"그런가요? 혹시⋯⋯."

차마 물어볼 수 없었다.

'그 아이가 저를 잊지는 않았나요?'

클레어의 마음을 읽은 데라이드가 웃으며 말했다.

"잊기는커녕 평생 널 그리워하며 독신으로 살 것을 선포했지."

클레어는 얼굴을 붉혔고, 자신의 얼굴이 달아오르는 것을 느꼈다. 이것 역시 정혈귀일 때는 불가능한 반응이었다.

"모르겠어요. 전 정말 모르겠어요. 제가 인간이 된 것이 아모른 님의 선물인지, 축복인지⋯⋯ 이 육체가 얼마나 평범할지⋯⋯ 그런 건 정말 모르겠어요. 하지만⋯⋯."

클레어는 고개를 들고 울음이 묻어 나오는 미소를 지었다.

"그 아이들을 만나고 싶어요. 어쩌면 사라질지도 모르는 이 육체가 온전할 때에."

위대한 드래곤들은 그녀의 불안과 의심을 이해했다. 신은 너무도 오랫동안 클레어를 버려뒀었고, 그런 신이 내려 준 축복을 믿지 못하는 것이 당연했다.

'저주를 퍼붓지 않은 게 다행이지.'

라고 생각하며, 데라이드는 그녀의 머리에 손을 얹었다.

"클레어. 사랑스러운 아이야. 전에도 말했지만 우리 드래곤들은 너를 축복하고 있어."

그는 허리를 조금 굽혀 그녀와 눈높이를 맞춘 후, 검고 깊은 눈으로 클레어를 응시했다.

"네가 되돌려 받은 그 육체는, 우리가 지켜줄게. 주인의 뜻은 오묘하고 깊어서 우리가 전부 설명해 줄 수는 없지만…… 클레어."

켈트로디언도 그녀의 머리에 손을 얹었다.

"이제 그만 행복해도 된단다."

그와 동시에 은색 빛이 클레어를 에워쌌고, 빛이 가셨을 때 그녀는 동굴에서 사라지고 없었다.

　　　　　　*　　　*　　　*

"이히히히히. 바다 냄새는 오랜만인데? 이 비린내, 아주 좋아."

펠타 시에 들어선 카인이 두 팔을 벌리며 웃었다.

"취향 참 특이하군."

잔느가 중얼거렸다.

에녹과 잔느, 카인과 타니하르. 댄은 클레어가 사라진 지 딱 5년째 되는 오늘 펠타 시에 도착했다. 댄은 검은 두건을 쓰고 있었는데, 가장 친했던 얀디의 죽음을 기리는 두건이었다.

"레드는 괜찮아졌을까요, 대장?"

댄의 질문에 타니하르가 쓰게 웃었다.

"글쎄. 지난달에 연락을 받았을 땐 여전하다고 들었는데."

"히히히히. 멍청한 놈이라니까. 인간이라면 다 죽게 마련인 것을."

카인이 킬킬 웃었다. 타니하르는 천 년을 기다린 끝에 만난 주인을 잃고도 멀쩡한 카인이 신기했다.

다들 클레어의 소멸을 예상했지만, 진짜로 그녀가 소멸하는 순간에는 슬퍼하고 고통스러워했다. 그러나 카인은 그녀가 소멸했다는 것을 알았을 때, 웃었다. 그것도 정말 기쁘다는 듯이.

언젠가 그 부분에 대해 물었을 때, 카인은 고개를 비스듬히 기울이고 대답했다.

"나는 내 주인이 바라는 것을 내 소망으로 삼았을 뿐이야, 탄. 샬롯 님은 안식을 바랐고, 그것을 얻었지. 천 년 만에 내 주인의 소망이 이루어졌는데, 슬퍼할 이유가 없잖아."

그렇게 말하는 카인은 드물게도 정상적으로 보였다. 타니하르는 미치기 전의 카인을 만날 수 있었더라면 좋았겠다고 생각했다.

마중을 나온 유키와 시청 앞에서 만났다. 훤칠한 유키는 근처를 지나가는 여인들의 시선을 한 몸에 받으며, 어두운 표정으로

서 있었다. 타니하르는 그가 클레어를 추억하고 있다는 것을 알 수 있었다. 타니하르 역시 그녀를 떠올릴 때는, 지금의 유키와 비슷한 표정을 짓기 때문이었다.

"이야, 유키 공. 해가 갈수록 멋있어지는군!"

타니하르는 일부러 유쾌한 목소리로 유키에게 아는 척을 했다. 유키가 눈을 크게 뜨더니 씩 웃었다.

"탄."

유키는 소년일 때처럼 달려와 타니하르를 끌어안았다.

"오랜만이야. 하나도 안 늙었네, 탄. 카인이 늙지 않는 약이라도 만들어 준 거야?"

"에이, 끔찍한 소리 마. 난 두 번 다시는 저 미치광이가 만든 약을 마시지 않을 거니까!"

"왜요, 대장? 그거 진짜 보기 좋았는데."

두 팔로 자기 가슴에 커다란 반원을 그리던 댄이, 타니하르에게 두들겨 맞는 것을 보며 유키는 소리 내서 웃었다.

"아하하하하하. 댄은 여전해."

"잘 지냈어, 유키? 정말 몰라보겠는데?"

에녹과 유키는 5년 만에 만나는 것이었다. 유키는 황제가 되었는데도 여전히 장난스러운 눈빛을 지닌 에녹을 보며 고개를 숙였다.

"황제 폐하."

"에이, 그러지 마. 내가 이 자리에 있는 건 너희 덕분이잖아.

은인이 고개를 숙이는 모습은 보고 싶지 않아."

"하지만……."

"그러지 마, 유키. 정말로."

에녹이 진지하게 말하자 유키는 가볍게 고개를 끄덕이고 잔느에게 시선을 돌렸다.

"잔느, 팔이 생겼네?"

혈귀와의 싸움에서, 잔느는 혈귀의 손톱에 왼쪽 팔을 잃었었다.

"그래, 이 인간이 만들어 줬다. 진짜 같지?"

잔느가 왼쪽 팔로 카인을 가리켰다. 소매 밖으로 드러난 그녀의 손과 손목은 진짜와 똑같아서, 의수처럼 보이지 않았다. 모르는 사람이 보면 잔느가 의수를 착용했다는 것을 모를 것이다.

"응, 정말 진짜 같다. 손가락에 주름까지 있네."

"사용하기도 편리해."

"이히히히. 고맙지?"

"그 거슬리는 웃음소리만 아니라면 네 앞에 무릎이라도 꿇을 정도로 고맙다."

누구에게나 까칠한 잔느지만, 잃어버린 왼쪽 팔을 되찾아준 카인에게는 그다지 차갑게 굴지 않았다. 유키는 오랜만에 만나는 그리운 면면들을 쭉 돌아본 후, 몸을 돌렸다.

"가자, 다들 기다리고 있어. 테드는 어제 도착했고."

유키와 나란히 걸어가며 카인이 물었다.

"유키, 레드 놈은 어때? 여전히 멍청하게 굴고 있나?"

"일주일 전에 정신을 차리긴 했어. 멍청한 건 여전하지만."

"이제야 정신을 차렸다고? 이히히히. 정말 미련한 놈이구만. 샬롯 님이 천 년 만에 사랑하게 된 놈이 그런 멍청이일 줄이야. 하긴, 그러고 보면 카르제나 님도 약간 바보 같은 구석이 있긴 했지."

"클레어가 좀 부족한 남자를 좋아하는 걸까? 원래 뛰어난 여자일수록 어디 하나 모자란 남자를 좋아하는 경향이 있다더라고."

"샬롯 님만큼은 다를 줄 알았는데, 결국 샬롯 님도 여자였어. 히히히히."

클레어가 살아 있다는 것처럼 말하는 카인 덕분에, 유키는 마음이 조금 편해졌다.

슬픔을 극복하지 못한 사람들과 함께 있으면, 슬픔이 점점 크고 진해진다. 그렇게 커진 슬픔은 어느덧 옥쇄가 되어 발목을 붙잡고, 끈적끈적한 늪에서 헤어 나오지 못하게 한다.

카인은 클레어의 소멸을 기쁘게 받아들였고, 안식을 찾은 것이 진심으로 다행이라 생각하고 있었다. 그의 그런 태도가 유키역시 클레어의 소멸을 다행이라 여길 수 있게 해 주었다.

'그래, 카인한테 당분간 머물러 달라고 해야겠어. 안 그러면 우린 평생 슬픔을 극복하지 못할 거야.'

그렇게 생각하며 〈책 파는 가게〉로 향하는 골목에 들어섰을 때, 맞은편에서 달려오던 델리와 마주쳤다. 델리는 당황한 표정으로 유키를 올려다봤다.

"유키 님, 레드 님 못 보셨어요?"

"레드? 못 봤는데…… 왜?"

"레드 님이…… 레드 님이 사라졌어요!"

"뭐?"

"어, 어떡하죠? 오늘 클레어 님의 5주기잖아요. 레드 님이 그걸 기념하면서 자살하기로 마음먹으셨다면…… 그럼 어떡해요?"

"그럴 리가…… 레드는 자살 같은 거 안 해."

"정말요? 확신하세요?"

확신할 수 없었다.

클레어를 잃은 후 부서진 레드. 간신히 정신을 차리기는 했지만, 원래대로 돌아온 것은 아니었다. 그는 웃어도 웃는 것 같지 않았고, 대화를 해도 대화를 하는 것 같지 않았다. 그저 삶이 주어졌기에 살아가는 존재. 그래, 가족을 잃었을 때의 테드 같았다. 그 무렵 테드는, 레드 일행이 매시간 지켜봐야 했을 정도로 위태로웠다.

"이히히히히. 그 멍청이가 자살까지 결심했단 말이야?"

카인이 속도 모르고 웃어 댔다. 유키는 이를 악물고 타니하르를 돌아봤다. 타니하르조차 당황스러운 표정을 짓고 있었고, 유키는 더욱 불안해졌다.

"라울이랑 아란이랑 테드는?"

"찾으러 나가셨어요. 전 혹시라도 레드 님이 다시 돌아올까 싶어서 기다리고 있었는데……."

"언제부터 없었는데?"

"유키 님이 나가고 얼마 안 있어서 부르러 갔는데, 안 계시더라고요. 침구도 가지런히 정리되어 있고."

"이런……!"

타니하르는 절대로 정리정돈을 하지 않는 레드의 습성을 알고 있었기에, 나직한 신음을 흘렸다. 사람이 하지 않던 일을 한다는 것은, 죽음을 각오했을 때였다.

"델리, 들어가 있어. 아, 에녹 너도. 넌 눈에 띄면 안 되니까. 잔느, 탄, 댄, 카인. 찾는 것 좀 도와줘."

유키가 말을 마치자마자 네 사람은 각각 다른 방향으로 흩어졌다. 유키는 펠타 항으로 달려가며 주먹을 꽉 움켜쥐었다.

그래, 사랑하는 이를 잃은 레드로선 죽는 게 낫다고 생각할지도 모르겠다. 실제로 죽음만이 그에게 평안을 줄 수 있을지도.

'하지만 레드. 난 형까지 잃고 싶지 않아. 형까지 죽으면, 나도 부서질 거야.'

일행이 불안한 마음을 안고 레드를 찾아 나섰을 때, 레드는 보텔로 산을 오르고 있었다.

클레어가 죽은 지 5년이 되는 날이다.

클레어가 죽은 후, 레드는 자신 안의 세계에 갇혀 있었다. 그 안에는 무수히 많은 클레어가 존재했고, 그만큼 많은 샬롯이 존재했다. 수많은 샬롯과 클레어가 웃기도 하고, 화내기도 하고, 울기도 하는 모습을 보며, 레드는 그녀의 죽음을 받아들였다.

"클레어."

선선한 바람이 불어왔다.

클레어를 처음 만났을 때보다는 조금 더 차가운 바람이었다.

그녀를 만났을 때의 일이 바로 어제의 일처럼 기억났다. 투덜거리며 산을 올랐고, 부스럭거리는 소리를 들었고, 수풀에서 나온 기묘한 분위기의 여자를 발견했다. 깜짝 놀랐고, 활시위를 놓쳤고, 그녀가 화살에 맞아 죽은 줄 알았었다.

"클레어."

레드의 얼굴에 미소가 번졌다.

"나 진짜 바보 같았지?"

그녀는 화살을 맞을 리도 없거니와, 맞아도 죽지 않는 정혈귀였다. 그런데도 레드는 사람을 죽인 줄 알고 놀라서 허둥지둥 그녀에게 달려갔었다.

그리고 마주한 그녀의 검붉은 눈동자.

눈앞에 있는 것도 아닌데, 마주 보고 있는 양 심장이 두근거렸다.

"넌 정말 아름다웠어, 클레어."

조금만 더 걸어가면, 클레어를 만났던 그 장소에 도착한다. 멀리서 찾아와준 친구들에게는 미안하지만, 레드는 그곳에서 클레어의 5주기를 기리고 싶었다. 그녀와의 첫 만남과 첫 감정을 떠올리며, 그녀의 떠남을 인정할 생각이었다.

바람이 불어왔다.

레드는 잠시 걸음을 멈추고 눈을 감았다.

겨울의 시작을 알리는 바람은 조금 건조했지만, 흙내음을 머금어 신선한 느낌이 들었다. 조만간 큰 비가 한 번 쏟아지고 나면 본격적인 겨울이 시작될 것이다.

레드는 다시 걸었다. 몇 걸음만 더 가면, 클레어를 처음 발견한 나무에 도착한다.

인간 세상은 큰 혼란을 겪었지만, 보텔로 산은 그때와 똑같았다. 아무렇게나 자란 풀숲과 커다란 나무들. 레드는 그 나무 앞에 멈춰 서 고개를 뒤로 젖혔다.

"원래 이렇게 높았나?"

그때는 귀찮다는 생각뿐이라서, 나무의 모양을 제대로 살필 겨를이 없었다. 새삼스레 나무를 살펴보다가, 레드는 그 위로 뛰어올랐다.

굵은 나뭇가지에 자리를 잡은 레드는, 두 다리를 아래로 늘어뜨리고 천천히 흔들었다. 하늘은 푸르고 햇빛은 따사로운 날이었다. 커다란 뭉게구름이 기묘한 모양으로 천천히 흘러가는 것이 보였다.

레드는 눈을 감고 얄미운 아모른 신에게 기도했다.

"한 번도 기도해본 적 없지만, 신이여. 만약 가능하다면 시간을 되돌려 그때로 돌아갈 수 없을까? 그게 안 되면 내 기억만 잠시 그때로 옮겨줄 수는 없을까? 한 번 더 클레어를 보고 싶어. 클레어를 한 번만 더 가까이에서 보고, 만질 수 있다면 내 남은 생을 다 바칠 수도 있어. 그러니까 제발……."

처음에는 가볍게 시작한 기도가 점점 간절해졌다.

"제발 부탁이야, 신이여. 단 몇 분이라도 좋으니까, 클레어를 만날 수 있게 해 줘. 부탁이야. 그래, 만지는 게 안 된다면 만지지 못해도 좋아. 그냥 멀리서라도 볼 수 있으면 좋겠어. 환상이나 꿈, 그런 게 아니라 실제로 존재하는 클레어를, 한 번만 더 보게 해 줘. 제발…… 부탁이야."

울지 않으려고 했는데.

흐르는 눈물을 막을 수 없었다. 레드는 손등으로 볼을 훑어내며 눈을 떴다. 당연하게도, 클레어는 보이지 않았다.

"제기랄."

실소한 사람처럼 웃다가 다시 울었다. 웃다가 울고, 또 웃다가 울기를 반복했다. 그러다가 생각이 나면 기도를 하고, 기도가 이루어지지 않았음에 절망하며 시간을 흘려보냈다.

서서히 해가 지기 시작했다.

파랗던 하늘이 서서히 오렌지 빛으로 변해 갔다. 레드는 긴 한숨을 내뱉으며 나무에서 뛰어내렸다.

"아, 됐다. 됐다고, 신! 들어줄 거라고 생각하지도 않았어! 클레어가 천 년 동안 고통 받는 걸 알면서도 모르는 척했잖아. 그러니까 내 소원 따위는 들어주지 않으리라는 거, 애초에 알고 있었어! 매달려보지도 않으면 안 될 것 같아서, 그래서 그냥 매달린 거야. 애초에 당신이 그렇게 너그러운 신이 아니라는 건 알고 있었다고!"

하늘을 향해 삿대질을 하며 버럭버럭 외친 레드는, 주위를 좀 거닐다가 돌아갈 요량으로 발을 떼었다. 눈앞에 은색 빛이 소용돌이치기 시작한 것은, 레드가 막 한 걸음을 옮겼을 때였다.

반사적으로 활을 꺼내기 위해 손을 들어 올린 레드는, 무기를 하나도 가지고 오지 않았음을 깨달았다. 레드는 훌쩍 뒤로 물러나 근처에 떨어진 나뭇가지를 집어 들었다.

화르르륵—

나뭇가지 주위를 레드의 화염이 둘러쌌다.

빛은 한참 동안 소용돌이쳤다.

'뭐야, 대체?'

평범한 빛은 아니었다. 언젠가 본 기억이 있는 빛이었다.

'설마…… 드래곤?'

레드는 도망을 쳐야 할지, 기다려야 할지 고민했다. 어쩌면 그 당시에 가만히 있던 드래곤 중 하나가, 신의 뜻을 따르지 않은 레드 일행을 벌주기 위해 나타난 것일지도 몰랐다.

어지간한 몬스터는 가볍게 상대할 수 있지만, 상대가 드래곤이 되면 도망치는 수밖에 없다. 레드는 경외심을 느낄 수밖에 없었던 켈트로디언의 위엄을 떠올리고는, 휙 돌아섰다.

'그래, 도망치자!'

그때, 빛이 사라졌다.

레드는 달리려 했다.

"레오나드."

뒤에서 들려온 목소리가 아니면, 망설이지 않고 달렸을 것이다.

"레오나드, 맞지?"

달리진 않았지만, 그렇다고 돌아볼 수도 없었다. 뒤에서 들려 오는 음성은, 이 세상에 존재할 리 없는 사람의 음성이었다.

'이건…… 꿈?'

어쩌면 나무 위에 앉아 있다가 잠들었는지도 모르겠다. 그렇 다면 깨고 싶지 않다. 이 목소리가 무척이나 현실감 있게 느껴졌 고, 목소리만이라도 마음껏 듣고 싶었다.

그래서 레드는 달리려던 자세 그대로 석상처럼 굳어 있었다.

"아아, 레드."

목소리가 가까워졌다. 목소리의 주인이 바로 뒤에 서 있다는 것을, 레드는 느꼈다.

'돌아볼까? 아니, 돌아보면 꿈에서 깰 거야.'

돌아보고 싶은 마음이 간절했지만, 레드는 주먹을 꽉 쥐고 참 아 냈다. 더 들어야 한다. 이 그리운 음성을. 죽는 순간까지 그리 울 음성을.

그러나 더 이상 목소리는 들려오지 않았다. 대신에 목소리의 주인이 레드를 끌어안았다. 그녀는 레드의 등에 얼굴을 묻고 숨 을 쉬었다.

레드는 고개를 숙였다. 허리를 감은 팔이 보였고, 손도 보였다. 작고 가늘고 흰 손은 레드의 기억 속에 있는 손이었다. 어찌 잊겠는가. 두 개의 금반지를 낀 아름다운 손을.

하지만 그녀의 손일 리는 없었다.

"넌 누구지?"

결국은 참지 못하고, 쉰 목소리로 물었다. 바로 대답이 들려왔다.

"나야, 레드."

"네가 누군데?"

"벌써 잊었어?"

"내 연인을 말하는 거라면, 넌 아니야."

레드는 조금 거칠게 말하며 휙 돌아섰다. 놀란 표정의 클레어가 보였다. 그녀의 얼굴을 보는 순간, 레드는 그녀가 아니라는 것을 알면서도 울음을 터뜨릴 뻔했다. 간신히 눈물을 삼키고, 레드는 한 걸음 뒤로 물러섰다.

"넌 클레어가 아니야."

왜 그렇게 생각해, 라는 듯이 클레어가 고개를 옆으로 기울였다. 레드는 또 한 걸음 물러섰다.

무슨 일이 벌어진 건지는 모르겠지만, 눈앞의 여자는 클레어가 아닌 게 분명했다. 이름 모를 몬스터 따위에게 휘둘리고 싶지 않았다.

"클레어는 체온이 없어."

"레드, 난……."

"클레어는 숨도 쉬지 않지."

"레드……."

"말하지 마. 날 홀리려고 하지 마. 네가 누군지는 모르겠지만, 이 방법은 너무해. 너무 잔인해."

"레오나드."

"그래, 넌 클레어와 똑같은 얼굴을 했고, 똑같은 목소리를 가졌어. 하지만 넌 아니야. 너는…… 빌어먹을! 넌 대체 누구지?"

"나야, 레오나드."

"거짓말하지 마! 대체 뭐야? 누가 보낸 거지? 신의 농간인가? 아니면 드래곤들의 장난이야? 신이 말한 때가 오지 않았는데 루시드를 죽여서, 나를 벌주려고 이런 짓을 벌이는 건가? 이건, 이건 너무 가혹하지 않나?"

"레오나드……."

클레어는 아랫입술을 잘근 깨물었다.

클레어가 인간의 몸으로 다시 살아난 것을 믿을 수 없었던 것처럼, 레드 또한 마찬가지였다. 혹시나 하는 마음에 믿었다가 그 희망이 허무하게 깨질까 봐, 레드는 두려워하고 있었다.

클레어는 어떻게 말해야 그를 이해시킬 수 있을지 알 수 없었다. 왜냐하면, 클레어 역시 지금 이 순간에 벌어지는 모든 일을 납득하기가 힘들었고, 믿기 어려웠기 때문이다.

"잘은 모르겠는데, 내가 인간이 됐대. 로디언과 데라이드의 말로는, 아마도 신의 선물일 거래. 오랜 시간 견뎌온 나를 위한 선물."

그래도 레드의 표정은 풀어지지 않았다. 그는 심장에 칼을 찔린 사람처럼 고통스러운 표정으로 고개를 휘저었다. 또 한 걸음, 그가 뒤로 물러났다.

"말했지? 날 유혹하지 말라고. 나는, 이 가슴으로 받아들였어. 클레어는 안식을 얻었고, 먼저 가서 기다리기로 했어. 그러니까 이게 신의 형벌이든, 드래곤의 장난이든, 관둬. 날 흔들지 마."

"휘적휘적 걷고 있었어, 이곳을."

클레어는 그에게서 시선을 떼고 무성한 풀숲을 돌아봤다. 바람이 불어와 그녀의 머리카락을 스치고 지나갔다. 그녀의 머리에는 오래전 레드가 사주었던 비녀가 꽂혀 있었다.

"내가 어디로 가는지도 모르는 채, 무엇을 찾는지도 잘 모르는 채로 걷고 있었어. 걷고 또 걸어서 얼마나 시간이 흘렀는지도 알 수 없었어. 나는 낮에도 걷고, 밤에도 걸었어. 하지만 내 눈에 보이는 것은 늘 어둠이었지. 햇빛은 내 눈동자를 자극하지 못했어. 나는 그저 달 하나 덩그마니 떠 있는 영원한 밤을, 끝도 모르는 채로 걷기만 했던 거야."

클레어가 다시 레드를 응시했다.

"그럴 때 내 눈앞에 처음으로 새파란 하늘이 펼쳐졌어."

클레어의 손이 느릿하게 위로 올라갔다. 레드는 움찔하며 피하려고 하다가, 그녀의 손이 닿기에는 거리가 있다는 것을 깨달고는 가만히 서 있었다. 클레어의 가느다란 손가락이 레드의 눈을 가리켰다.

"밤을 걷던 내가 처음으로 발견한 푸른 하늘이, 네 눈동자 안에 있었어, 레오나드."

"……."

"나는 손을 내밀었고, 너는 내 차가운 손을 잡아 줬지. 그래서 나는 너와 함께 있는 내내 따뜻했어. 얼마나 따뜻하고 다정한지, 화상을 입을지도 모르겠다는 생각이 들 정도였어."

레드는 눈을 감았다.

클레어일 리 없다.

그러나 클레어였다. 레드의 심장이 말하고 있었다.

클레어야. 따뜻하고 심장이 뛰고 숨을 쉬지만, 그녀는 클레어가 맞아. 클레어가 아니라면 이 심장이 이토록 거칠게 뛸 리 없잖아.

"그래서 레드."

레드는 눈을 떴다.

"행복했어. 아니, 지금도 행복해. 네 얼굴을 또다시 볼 수……."

클레어는 말을 끝내지 못했다. 달려온 레드가 그녀를 끌어안았기 때문이었다. 뜨거운 가슴에 클레어의 작은 얼굴이 폭 파묻혔다. 심장 소리가 들려왔다. 클레어는 그것이 자신의 것인지, 레드의 것인지 알 수 없었다. 아니, 어쩌면 두 사람의 심장 소리가 겹쳐진 것일지도 모르겠다.

비슷한 속도, 비슷한 크기로 두 개의 심장이 뛰고 있었다.

"클레어……."

레드는 떨리는 손으로 클레어의 머리카락 끝을 잡았다. 부드러운 머리카락이 그의 손가락 사이로 흘러내렸다.

"아아, 이럴 수가! 클레어."

레드의 입술이 클레어의 머리카락을 정신없이 더듬었다. 그의 뜨거운 입김이 닿아, 클레어는 심장이 녹아버릴 것만 같았다.

"아아, 클레어. 클레어, 정말이야? 이건 꿈인가? 아니면 환상? 아니면 내가 미친 건가?"

클레어는 대답 대신 그의 허리를 꽉 끌어안았다. 레드의 몸이 움찔 긴장하는 것이 느껴졌다.

"이럴 수가…… 클레어. 아아, 이럴 수가……!"

5년 만에 만난 연인은, 시간의 흐름도 잊은 채 그렇게 서로를 부둥켜안고 있었다.

어둠이 내려앉았지만, 둘은 떨어지지 않았다. 클레어의 저주받은 밤을 함께 했던 보름달이 둘을 내리비치고 있었다. 은은한 달빛에 휘감겨, 둘은 서로의 체온과 심장소리와 숨결을 느꼈다.

한참이 지난 후에, 저 달마저 조금씩 기울어져 갈 때에야 둘은 누가 먼저랄 것도 없이 서로에게서 떨어졌다. 레드는 여전히 믿을 수 없다는 표정으로 클레어를 내려다봤다. 클레어는 손을 올려 그의 볼을 만지려다가 도로 내리고, 두 손을 가지런히 모아 쥐었다.

"아이야."

클레어는 레드를 처음 만났을 때처럼, 한 톤 낮은 음성으로 그를 불렀다. 레드의 입가에 희미한 미소가 번졌다.

"손을 잡아도 되겠느냐?"

레드의 눈이 가늘어졌다. 레드는 웃음이 묻어 나오는 목소리로 답했다.

"얼마든지."

그가 손을 내밀었다. 레드의 손 위에 클레어의 작은 손이 살포시 얹어졌다. 레드는 조심스럽게 그녀의 손을 감싸 쥐고 한 걸음 다가섰다.

숨결이 얽힐 만큼 가까운 거리에서, 레드가 물었다.

"키스, 해도 돼?"

클레어가 웃었다. 그녀의 웃음소리는 맑고 경쾌해서, 레드의 심장에 남아 있던 작은 불안마저 앗아 갔다.

"그런 건 물어보고 하는 거 아니야."

말을 끝내기가 무섭게 레드의 얼굴이 가까이 다가왔다. 클레어는 눈을 감았고, 입술에 느껴지는 따뜻하고 부드러운 감촉을 느꼈다. 레드의 키스는 가슴이 아릴 정도로 조심스럽고 다정했다.

클레어의 볼에 따뜻한 물방울이 떨어졌다. 레드의 눈물이었다. 클레어는 그를 비웃을 수 없었는데, 그녀 역시 눈물을 흘리고 있었기 때문이었다.

레드와의 첫키스는 녹아내릴 정도로 달콤하고 조금 짭짤했다.

그녀의 도톰한 입술에 심취했던 그의 입술이 그녀의 콧등으로, 볼로, 귓불로 옮겨졌다. 클레어는 두 팔을 뻗어 레드의 목을 감싸 안았다. 이윽고 입맞춤을 끝낸 레드가, 목을 안긴 자세로 클레어를 내려다봤다.

그의 푸른 눈동자는 변함없이 하늘을 담고 있었다.

"결혼식은 아름다운 호숫가에서, 하늘이 맑고 바람이 좋은 날."

레드의 듣기 좋은 음성이 나른하게 울려 퍼졌다.

"아이는 널 닮은 딸 한 명, 날 닮은 아들 한 명."

레드는 클레어의 이마에 자신의 이마를 살며시 갖다 댔다. 클레어는 이마에 닿는 그의 체온이 자신과 비슷하다는 것을 느끼며, 그토록 바랐던 소망을 입에 담았다.

"우린 그렇게 행복하게 살다가 함께 늙고 함께 떠날 거야."

혈귀의 왕이 죽고, 신의 저주가 대륙에서 거둬진 지 5년째가 되는 날. 어느 험한 산속의 은은한 달빛 아래에서, 영원의 밤이 끝나고 새로운 날이 시작되었다.

그것은 단 몇 명밖에 모르는 이야기였지만, 그 몇 명에게 그날은 '시작되는 날'로 불리게 된다.

〈영원의 밤 완결〉

번외 I
그 후의 이야기

시간이 흐름을 잊었다. 아니, 시간이 멈췄다.

아란은 숨도 쉬지 못하고 멍하니 정면을 응시했다.

레드가 사라져서 일행은 그를 찾기 위해 서둘러 밖으로 나왔다. 아란이 향한 곳은 보텔로 산이었다.

레드가 스스로 목숨을 끊을 거라 생각하진 않았지만, 걱정이 되기는 했다. 5년이라는 시간, 인형처럼 넋을 놓고 지내던 레드는 정신을 차리자마자 이상할 정도로 열심히 생활했다. '열심히 생활하다.'라는 부분이 큰 문제였다. 레드는 '열심히'라는 단어와 연관이 없는 사내였다.

아란은 걱정스러운 마음을 안고 보텔로 산을 올라가며, 지독하게 진한 그리움을 느꼈다. 보텔로 산 곳곳에 묻어 있는 클레어와의 추억이 아란의 가슴을 서늘하게 만들었다.

아란 역시 클레어가 그리웠다.

그것이 텔스의 기억으로 인한 감정이든, 아란 본인의 것이든. 가능하다면 도망치고 싶을 정도로 강렬하고 아픈 그리움이었다.

천 년이 넘는 시간을 고통 속에서만 살다가 떠나버린 클레어가 안쓰러워서, 더 그리운지도 모르겠다. 더 많은 행복을 알게 해 주고, 더 많은 즐거움을 함께 누리고 싶었는데…….

그리움을 겉으로 드러내지 않은 이유는, 레드 때문이었다. 사랑하는 이를 잃고 무너져 버린 레드는, 아란에게도 충격으로 다가왔다.

레드와 오랜 시간 알고 지내며 그가 얼마나 강건한 사내인지 알고 있었기에, 클레어의 소멸을 잘 받아들일 수 있을 거라 예상했다. 그러나 레드는 그렇지 못했고, 아란은 그의 마음에 자리 잡은 클레어가, 자신의 예상보다 훨씬 컸다는 것을 깨달았다.

걱정스러운 마음을 품고 보텔로 산을 올랐다. 반의반쯤 올라갔을 때, 불꽃처럼 붉게 빛나는 레드의 머리카락을 발견했다.

그리고 시간이 멈췄다.

깊은 그리움으로 심장을 짓무르게 만든 존재가 눈앞에 나타났을 때, 시간이 멈춘다는 것을 처음으로 알게 되었다.

레드의 옆에서 함께 걸어 내려오는 작은 체구의 여자.

이제는 이 세상에 존재할 리 없는 검붉은 머리카락, 그 아래에 자리 잡은 작고 하얀 얼굴, 크고 둥글어 선량해 보이는 눈과 작고 오뚝한 코, 도톰하고 붉은 입술.

환각이라든가, 어떠한 마력이라든가. 그런 부분에 대해 생각할 겨를도 없었다. 그저 정신없이, 그리웠던 그 얼굴을 바라봤다. 혹여나 움직이면, 그것이 환각이든 마력이든 사라질 것만 같아서. 산산이 부서져, 이제 두 번 다시 볼 수 없을 것 같아서. 숨을 쉬는 것조차 잊고 그녀의 얼굴을 응시했다.

환각이어도, 어딘가 존재하는 '죽은 자를 살리는 금단의 주술'이어도 좋았다. 다시 한 번 그녀의 얼굴을 볼 수 있는 이 순간이 행복해서, 영원히 이렇게 시간이 멈춰 있었으면 좋겠다고 생각했다.

아란이 한발 늦게 자신이 멍청한 생각을 했다는 것을 깨닫고, 멈췄던 숨을 크게 들이마셨을 때. 레드가 말했다.

"클레어가 돌아왔어."

클레어가 돌아왔단다. 레드의 말이었다. 의심할 이유가 없다.

클레어를 잃은 순간부터 심장 주위를 둘러싸고 있던 날카로운 얼음 칼들이, 영원히 사라지지 않고 심장을 가격할 거라 생각했던 그 날카롭고도 매정한 칼들이, 순식간에 녹아내렸다.

아란은 걸어가 클레어의 앞에 섰다. 슬며시 눈을 감자 다른 감각이 예민해졌다. 뚜렷해진 청각과 촉각이, 클레어에게 없었던 것 두 개를 잡아냈다. 심장이 뛰는 소리, 그리고 온기.

눈가가 시큰하니 아려왔다. 바보처럼 울게 될 것 같아서, 아란은 황급히 눈을 뜨고 클레어를 내려다봤다. 그녀는 5년 전과 달라지지 않은 모습으로 아란을 올려다보고 있었다. 검붉은 눈동자는 여전히 깊고 아름다웠다.

"클레어……."

"아란."

클레어의 입가에 부드러운 미소가 맺혔다. 그녀에게 하고 싶은 수백 가지의 말들이 입안에서 맴돌았다. 정리가 되지 않아 입술만 달싹거리고 있는데, 클레어가 두 팔을 벌려 아란을 끌어안았다.

"보고 싶었어, 정말."

그래, 이거였다. 가장 하고 싶은 말.

맺혀 있던 눈물이 무게를 이기지 못하고 흘러내렸지만, 아란은 그것을 의식하지 못한 채 클레어의 머리를 쓰다듬었다.

"그래, 나도."

"항구 쪽에는 없어. 시장에도 없어?"

중간에서 마주친 라울에게, 유키가 다급히 물었다. 라울은 침잠한 눈으로 유키를 내려다보며 고개를 저었다.

"네, 없네요."

유키가 아랫입술을 잘근잘근 깨물며 바닥을 내려다보다가 말했다.

"보텔로 산에 있을 것 같아. 거기가 레드랑 클레어가 처음 만난 곳이잖아."

"아, 그렇겠네요. 보텔로 산으로 간 사람이……."

"아란이야."

"늦진 않았겠죠?"

"형도 레드가 무슨 짓을 하려고 한다고 생각하는 거야?"

"워낙 멍청한 인간이니 멍청한 짓을 할 거라고 생각하는 중이에요. 유키도 그렇게 생각해서 걱정하는 거 아닌가요?"

"그거야 그렇지만……."

"일단 산으로 가보죠. 그 멍청이가 날뛰면 아란 혼자서는……."

신랄하게 쏟아지던 라울의 말이, 갑자기 멈췄다. 유키는 미간을 살짝 좁히고 라울을 쳐다봤다. 그는 눈을 크게 부릅뜨고, 유키의 어깨너머를 노려보고 있었다.

'왜 이러지?'

의아하게 생각하며 뒤를 돌아본 유키는, 라울과 똑같은 표정을 지을 수밖에 없었다. 맞은편, 어둠 속에서 세 사람이 걸어오고 있었다. 아란과 레드, 그리고 그 사이에 끼어 있는 작은 체구의 여자.

믿을 수가 없었다. 점점 가까워지는 그 존재를, 도무지 믿을 수가 없었다. 아마 저것은 환각일 것이다. 어쩌면 이름 모를 종류의 마력일지도 모르겠다.

하지만 그래도 괜찮다고, 유키는 생각했다. 저것이 환각이라도, 마력으로 만들어 낸 허상이라도 괜찮다고, 그리운 그 얼굴을 한 번 더 볼 수만 있다면, 그것이 무엇이든 상관없다고 생각했다.

그때, 유키의 뒤에 서 있던 라울이 저벅저벅 걸어 그들에게로 향했다. 라울은 차가운 눈으로 클레어를 내려다보며 말했다.

"이건, 아모른의 농간입니까?"

나직한 음성 안에 분노가 스며있었다.

라울의 말을 듣고서야 유키는 그럴지도 모른다는 생각을 했다.

아모른의 농간.

아모른의 권능을 사용하지만, 정작 그 힘을 준 아모른이 어떤 신인지 아직도 모르겠다. 아모른은 루시드를, 그리고 클레어를 버렸다. 그 모든 슬픔의 시간은, 루시드를 향한 아모른의 그릇된 처벌로부터 시작된 것이었다.

그러니까 눈앞에 있는 저 클레어는, 아모른의 농간일지도 모른다.

"아모른이 다시 한 번 우리를 놀리기 위해 이런 짓을 벌인 겁니까? 이번엔 또 뭘 원하는 거죠? 인간의 피? 영원한 고통? 아니면 이번에도 권능을 가진 자들을 다 죽이고, 또 천 년을······."

울분에 찬 빈정거림을 쏟아 내는 라울을, 클레어는 말없이 끌어안았다. 라울은 말하는 것을 잊은 사람처럼 입을 벌린 채 가만히 서 있었다. 축 늘어져 떨리던 그의 손이 조심스레 올라와 클레어의 등에 닿았다. 질끈 감았다가 뜬 그의 눈에서 소리 없는 눈물이 흘러내렸다.

"아······ 이런······."

라울이 당황해서 고개를 숙였다. 툭— 눈물이 클레어의 머리 위로 떨어졌다.

"아…… 아아, 이런……."

라울은 더 이상 견딜 수 없다는 듯 클레어를 꽉 끌어안았다. 클레어를 안은 그의 팔이 떨리고 있었다.

라울은 상관없다, 고 생각했다. 그녀가 무엇이든, 이제는 아무래도 좋다. 클레어와 똑 닮은 그 존재가 옆에 있어주기만 하면 된다. 설령 그것이 인간의 생기를 빨아먹는 존재라서, 그것으로 인해 죽게 되더라도 상관없다. 이 지독한 그리움과 어둠에서 벗어날 수만 있다면, 그녀와 닮은 그것을 클레어라 생각하며 살아가는 것이 낫다.

라울의 그러한 마음을 짐작한 듯, 클레어가 그의 품에 안긴 채 느릿하게 말했다.

"나는 기억하고 있어, 라울. 늘 드레스를 챙겨 주던 너를. 혹여 내가 심심할까 걱정돼서, 내가 먹을 음식도 주문하던 너를. 내가 잠들지 못한다는 것을 알게 된 후, 쓰러질 듯 지쳤으면서도 밤을 새워 나랑 대화를 했던 너를. 하필이면 레오나드 같은 사내에게 사랑을 받게 된 나를 안쓰러이 여기던 너를. 나는 전부 다 기억하고 있어, 라울."

"클레어……."

"그리고 너도 기억해, 나의 사랑스러운 금빛의 유키. 내 존재를 알고 나서도, 그 어떤 의심도 품지 않고 따스하게 바라봤던 네 금빛 눈동자. 그 누구보다도 깊게, 내 기나긴 세월을 짐작해 주었던 너의 마음 씀씀이. 그리고…… 나를 놓아주는 것이 괴로울 텐데도, 끝까지 우는소리 한 번 하지 않고 보내 주었던 네 심정. 나는, 유키…….”

석상처럼 굳어 있던 유키가 마력에서 풀린 듯 달려와 클레어를 끌어안았다. 두 남자 사이에 끼인 클레어는, 힘들 것이 분명한데도 그런 기색이 전혀 없었다. 오히려 이 세상에서 가장 아름다운 보석을 손에 넣은 여인처럼, 해사한 미소를 지었다.

보고 싶었다든가, 그리웠다든가, 그런 말이 얼마나 의미 없는 말인지 그들은 알고 있었다. 자신이 상대를 그리워한 만큼, 상대 역시 똑같았다는 것을 느꼈던 것이다.

클레어에게는 체온이 있었다. 그녀에게서 전해지는 온기를 받으며, 그들은 깨달았다.

전과는 다르리라는 것을. 이제 함께 살아가고, 함께 늙어 가리라는 것을. 그래서 지금 이 재회는 새로운 날을 알리는 신호라는 것을.

일행이 레드를 찾아 가게를 빠져나갔을 때, 카인은 펠타 시에서 머무르기로 한 숙소로 향했다. 레드를 찾는 그들에게 동참하고 싶은 기분이 아니었다.

‘어리석어, 레드.’

샬롯의 삶은 19살에서 끝났다. 그녀는 천 년이 넘는 시간을 죽지도, 살지도 못하며 그저 동경해 왔을 것이다. 행복하게 늙어 가다가, 사랑하는 가족들 사이에서 죽는 것을. 그 때문에 레드를 두고 가며, 레드가 그러한 삶을 살아가기를 간절히 바랐을 것이다. 그러나 레드는 그러지 못했다. 몇 년이나 숨만 쉬는 인형으로 살았고, 이제 막 깨어났나 싶었더니 어디론가 사라졌다.

'바보 같은 녀석. 샬롯 님도 참 남자 보는 눈이 없어.'

카인은 쓴웃음을 지으며 눈을 감았다.

카르제나를 기억한다. 그는 참으로 햇살 같은 남자였다. 함께 있으면, 그 유쾌함으로 주위를 따스하게 만드는 남자. 그러나 때로는 조금 가볍게 행동해서, '바보'가 아니냐는 의심을 받았던 남자.

레드가 싫은 건 아니었다. 카르제나보다 못하다는 생각도 하지 않았다. 레드는 얼어붙은 샬롯의 시간을 녹여 주었고, 마지막 짧은 순간이나마 샬롯을 행복하게 해 주었다. 그렇기에 카인은, 레드가 행복하기를 바랐다. 샬롯이 원하는 그것을, 카인 역시 원했다.

'힘이 들겠지. 고통스러운 것도 당연하고. 하지만 말이야, 레오나드. 인간의 삶은 짧잖아. 그 짧은 기간 즐겁게 살다가 가야, 나중에 샬롯 님을 만났을 때 할 얘기가 생길 거 아냐.'

그러나 때때로 카인도 가슴이 옥죄는 고통을 느끼긴 했다. 샬롯의 부재 때문이 아니었다. 무척이나 원했던 광경을 볼 수 없음이 한탄스러워서였다.

보고 싶었다. 샬롯이, 사랑하는 남편과 아이의 손을 꼭 잡고 웃는 모습을. 샬롯을 똑 닮은 아이가, 카인이 만든 장난감을 가지고 노는 모습을. 비슷한 분위기로 나이 들어가는 샬롯과 남편이, 서로를 마주 보며 미소 짓는 모습을.

행복하지만, 바랄 수 없는 그 광경을 볼 수 없어서 가슴이 미어졌다.

'이제 슬슬 내 시간도 다해가는군.'

숙소에 들어와 불편한 침대에 누운 카인은, 한 손을 올려 손등을 응시했다. 심장이 뛰는 속도가 점점 느려지고, 손발을 움직이는 것이 예전처럼 쉽지 않다. 이제 슬슬 죽을 때가 되었다는 것을, 그리하여 주인들의 곁으로 돌아갈 때가 되었다는 것을 카인은 그 어느 때보다도 확실하게 느끼고 있었다.

어차피 주인과의 약속을 지키기 위해 연장한 삶이었다. 샬롯이 없는 지금, 더는 삶의 의미가 없었다. 지금 당장 죽어도 여한이 없다. 샬롯의 마지막을 지켜봤으니까.

'약속은 지킨 거지요, 라펠 님?'

눈을 감자, 라펠의 얼굴이 또렷하게 그려졌다. 길고 검붉은 생머리와 강한 눈빛, 그리고 웃을 때면 부드럽게 휘어지는 눈초리. 그가 바로 앞에서 잘했다고 웃어주는 듯하여, 카인도 미소를 지었다.

카인의 차가운 손등에 따스한 손바닥이 닿은 것은, 심장의 속도가 눈에 띄게 느려지다가 멈추기 직전이었다. 누군가 들어오는 것을 깨닫지 못했다.

"카인, 미안해."

낮고 허스키하지만, 그 어떤 음악보다도 아름다운 음성이 카인의 청각을 울렸다. 천 년이 지나도 잊지 않았던 목소리가, 카인의 심장 위에 내려앉았다.

"쉬고 싶은 마음 알겠는데…… 조금만 더 내 옆에 있어줘."

눈을 뜨자, 그립고 그리웠던 얼굴이 보였다. 체온을 되찾은 그녀는, 볼에 홍조를 띠고 미안한 듯 웃고 있었다.

"이기적인 주인이라 미안한데…… 나는 네가 필요해."

멈추기 직전의 심장이 다시 뛰기 시작했다. 카인은 누운 채로 손을 뻗어, 샬롯의 긴 머리카락 끝을 살짝 붙잡았다.

세상에서 가장 아름다운, 그래서 더욱 사랑할 수밖에 없는 나의 주인.

대답 대신 그 머리카락 끝에 입을 맞추며, 카인은 생각했다.

'볼 수 있겠구나. 내가 무척이나 원했던 그 광경을.'

*　　　*　　　*

"너희들에게 진지하게 할 이야기가 있다."

라고, 레드가 말했다. 전에 없이 심각한 표정이었다.

통신용 마력석으로 레드의 연락이 닿았을 때, 아란은 보텔로 산에서 몬스터를 잡는 중이었고, 라울은 귀족 가에 책 배달을, 유키는 서점 청소를, 델리는 테드의 저택에서 정원 가꾸기를, 테드는 상가를 돌아보는 중이었다. 마침 근처에 와 있던 타니하르와 연구실에 틀어박혀 있던 카인까지 회의실 겸 식당에 모였다.

"클레어 님은?"

카인은 이제 '샬롯'을 '클레어'라고 부르게 되었다. 그것은 자신도 '레드 일행'에 속하겠다는, 소리 없는 승낙이었다.

"클레어 있는 데서는 말할 수가 없어."

레드가 클레어에게 비밀을 갖다니!

천지가 개벽할 일이었다.

그래서 다들 심각하게 레드를 쳐다봤다. 모두가 진지하게 이 사안을 받아들인다는 걸 확인한 레드는, 천천히 입을 열었다.

"아이가 안 생겨."

빠악—

말이 끝나기가 무섭게, 라울의 손에 들려 있던 책이 날아가 레드의 머리를 정확하게 가격했다.

"아프잖아!"

"이 빌어먹을 백수 같으니! 지금 그따위 일 때문에 우리를 여기까지 부른 겁니까? 집에서 뒹굴 거리면서 놀고먹는 당신과 달리, 우리는 각자 할 일이 있다고요!"

"레드 님, 진짜 안 되겠네요. 응징해야겠어요."

델리는 성질이 더러워졌다.

델리가 만들어 낸 덩굴이 레드를 꽁꽁 묶었다. 레드는 불을 만들어 내 가볍게 덩굴을 태워버리려 했지만, 유키의 물이 빨랐다.

쏴아아아아—

레드의 머리 위로 비 오듯 물이 쏟아졌다.

"이히히히히. 그럼 이제 내 차롄가?"

카인이 품에서 뭔가를 꺼내 들려 하자, 레드가 황급히 외쳤다.

"잠깐, 잠깐, 잠깐. 카인, 넌 스톱! 넌 진짜로 날 죽일 거잖아!"

"알아주니 고맙군, 레오나드."

"아악, 그거 집어넣어! 그거 폭탄이지? 폭탄 맞지?"

"으하하하하. 보아하니 산 하나는 그냥 날려 버릴 것 같은데?"

타니하르가 웃으며 말하자, 일행의 안색이 변했다.

"그럼 우리도 위험하잖아요, 탄!"

"저 멍청이는 죽어도 되지만, 난 안 돼. 난 살아남을 거다. 그 래서 동쪽 대륙의 '만투'라는 음식을 반드시 먹어볼 거야."

"당신은 닥치고 죽어 버려요, 아란."

티격태격하며, 간신히 카인을 말렸다. 카인이 폭탄을 집어넣는 걸 확인한 후에야, 아란이 입을 열었다.

"레드, 나가 죽어."

"한 박자 늦었어요, 아란. 대체 뭔 생각을 하고 있었던 겁니까?"

"얼마 전에 델리가 만들어 낸 나무의 황금색 열매. 그 맛을 뭐 라고 표현해야 하지?"

"그런 건 아무래도 좋잖습니까? 제발 그 대가리에, 먹을 거 말 고 다른 생각을 집어넣을 수는 없는 겁니까?"

"그런 거야말로 아무래도 좋다. 다 먹고 살자고 하는 짓이잖나."

"형, 그만해. 이제 형도 받아들일 때가 됐어. 아란이 더욱 바보가 되었다는 걸."

유키가 어른스럽게 라울을 말렸다. 라울은 크게 한숨을 내쉬며 레드를 노려봤다.

"그런 부부관계에 대한 이야기는, 클레어랑 단둘이 있을 때 나누세요."

"문제는 말이야. 우리가 아주 열심히 하고 있다는 거야."

빠악—

이번의 타격은 아란의 검집이었다. 사정없이 검집을 휘두른 아란이 중얼거렸다.

"이런, 깜빡하고 검을 안 뺐군."

"아니, 참아라, 아란. 검을 빼서 휘두르면 내가 진짜로 죽지 않겠냐?"

레드가 말렸다.

"참지 않아도 돼, 아란. 이번만큼은 내 온 마음과 정성을 다해서 형을 응원할게."

"저도요, 아란 님."

유키와 델리의 열렬한 응원이 이어졌다.

"아니, 아니. 제발 내 얘기 좀 끝까지 들어보라고."

"그따위 이야기, 끝까지 들어 보고 싶지도 않습니다!"

"으하하하하하. 난 궁금한데?"

"닥쳐요, 타니하르. 제발 좀."

"탄이 생각하는 그런 얘기를 하려는 게 아니라고. 니들, 원래 이렇게 성질이 급했냐?"

레드가 황당해하며 물었다.

"당신한테 배운 겁니다."

"아니, 뭐…… 하하하하."

"쑥스러워하지 마세요! 좋은 걸 가르친 것도 아니면서."

"이히히히히. 일단 이야기를 좀 들어볼까?"

"오오, 카인. 네가 내 편을 들어 주다니."

"명심해, 레오나드. 우리 클레어 님과의 은밀한 이야기를, 한 마디라도 더 뱉었다가는…… 다 죽일 테니까."

"우리들도?"

유키가 눈을 크게 뜨고 물었다. 카인이 씩 웃었다.

"당연한 거 아냐? 말한 놈도, 들은 놈도 죽일 거다."

"한 번 미치광이는 영원한 미치광이란 명언이 떠오른다."

레드가 중얼거리자 라울이 으르렁거렸다.

"지금 여기서 가장 미치광이는 당신인 것 같습니다만."

한바탕의 소란이 끝난 후, 분위기가 안정됐다. 주위를 둘러본 레드가 심각하게 말했다.

"하여간 나랑 클레어 사이는 아무 문제가 없다. 그런데 말이야. 아이가 안 생겨."

"아이가 안 생긴다라……."

아란이 의미 없이 레드의 말을 따라했다.

"클레어가 우리 곁으로 돌아온 지, 벌써 2년이 지났다. 우리가 마지막 싸움을 하기 직전에, 클레어가 내게 자기 소망에 대해 이야기했었어. 나는, 그걸 꼭 들어 주고 싶어."

"그중 하나가 결혼식이었죠. 호숫가에서의 결혼식. 클레어님, 정말 아름다웠는데."

델리가 그때의 일을 떠올리는 듯 황홀한 표정으로 말했다. 유키가 고개를 끄덕였다.

"응, 정말이지…… 너무 예뻐서 레드한테 주기 싫을 정도였어. 클레어가 너무 아까워."

"그런 건 됐고."

"됐다니, 레드. 그날 다들 이구동성으로 외쳤던 말 못 들었어? '신부가 아까워!'라고."

"몰라, 그런 거."

"그렇겠죠. 당신은 자기한테 불리한 말은 절대 안 들으니까."

라울이 빈정거렸다. 레드는 손을 휘휘 저으며 말했다.

"아무튼 그게 중요한 게 아니라고. 클레어의 소원, 그중 하나가 아이를 낳는 거였어. 아들 하나, 딸 하나. 난 그 소원을 들어 주고 싶어서, 매일매일매일매일 아주 열심히 노력해 왔다. 정말 최선을 다해서, 힘껏!"

"그냥 당신의 욕망을 채우기 위한 거였겠죠, 레드."

"뭐, 그런 것도 있긴 하지만. 하여간 그래. 계획대로라면, 지금쯤 아이를 열 명은 낳았어야 돼."

"이히히히히. 정말이지, 멍청한 놈이로구만. 아이를 낳는 건 빨라야 일 년에 한 번이야. 네놈이 죽자고 노력한다고 해서 한 달에 하나씩 쑥쑥 낳을 수 있는 게 아니라고.”

“클레어에겐 문제가 없을 거라고 보네, 레드. 자네에게 문제가 있는 거 아니겠는가?”

테드의 질문에 레드가 벌떡 일어나, 자신의 탄탄한 가슴을 두드렸다.

“이 몸에 문제가 있을 거라고? 감기 한 번 안 걸린, 이 건강한 몸에?”

“의외의 부분에서 문제가 있을 수도 있지. 난 말이야, 라오네랑 결혼을 하고 두 달도 안 돼서 리나를 가졌었네.”

테드는 이제 아내와 딸의 이야기를 꺼내도, 슬픈 표정을 짓지 않게 되었다. 레드는 테드를 조용히 노려보다가 고개를 저었다.

“내가 네놈보다 못하다는 건 믿을 수 없다. 난 문제 없어.”

“문제가 너무 많아서 일일이 지적할 수가 없으니까, 오히려 문제가 없는 것처럼 보이는 것이 아닐까요?”

“델리, 너 많이 컸다?”

“그러믄요, 레드 님. 벌써 몇 년이 지났는데요.”

델리가 생글생글 웃었다.

레드는 답답했다. 일행은 레드의 고민을 심각하게 받아들여주지 않고 있었다. 그럴 법도 했다. 다들 연인이 없으니까 이게 얼마나 큰 문제인지 모르는 거다.

레드는 클레어의 소원을 이루어주고 싶었다. 오래전, 그 호숫가에서 클레어가 말했던 그 소망이 레드의 소망과 같았다. 아이를 낳고, 그 아이들이 자라는 것을 바라보고, 또 함께 늙어가는 것.

일행에게는 말하지 않았지만, 임신에 좋다고 하는 것들을 전부 시도해 봤다. 무슨무슨 열매도 따와서 먹어보고, 무슨무슨 미신도 따라 해 보고. 하지만 아무 효과가 없었다.

이 이야기를 클레어에게 할 수 없는 이유는, 어쩌면 클레어의 몸에 문제가 있을지도 모른다는 생각 때문이었다. 클레어는 한번 부서졌다가 재생되었다. 그 과정에서, 어떠한 변화가 일어났는지도 모른다.

일행이 유독 레드만을 비난하는 이유도, 다들 클레어에게 문제가 있을 거라고 생각하기 때문일 것이다.

"카인, 네놈이 만드는 약 중에 그런 쪽으로 효과가 있는 약은 없나?"

타니하르가 카인에게 물었다. 비스듬히 앉아 있던 카인이 고개를 저었다.

"없어. 난 모든 것들을 만들어 내지만, 생명의 잉태와 관련된 연구는 안 해. 루시드처럼 되고 싶지 않거든."

"아, 그건 그렇겠군. 네놈이 혈귀가 되면 정말 끔찍할 거야."

혈귀가 된 미치광이를 상상한 타니하르가 몸을 부르르 떨었다. 카인이 킬킬 웃으며 레드를 돌아봤다.

"이봐, 레오나드. 너무 성급한 거 아냐? 아이는 때가 되면 생기는 법이라고."

"물론 그렇겠지. 그렇다는 건 알겠는데……."

"이히히히히. 레오나드, 너…… 무서운 거냐? 클레어 님이 또 사라질까 봐?"

"……그런 거 아니야."

"아니긴. 겁에 질린 사자는 정말 형편없어 보이는데? 여우도, 늑대도, 고양이도, 강아지도. 다들 형편없이 겁에 질려 있어. 바보 같은 녀석들."

카인은 레드를 사자, 라울을 여우, 유키를 고양이, 아란을 늑대, 델리를 강아지라고 부르곤 했다.

"무섭다기보다는 걱정스러운 겁니다, 카인. 당신은 걱정스럽지 않습니까?"

라울의 질문에 카인이 어깨를 으쓱했다.

"별로."

"어떻게 그럴 수 있어? 넌 누구보다도 오랫동안 클레어 옆에 있었잖아. 그리고…… 천 년을…… 그랬었고."

유키가 물었다.

클레어를 지키기 위한 카인의 희생을, 다들 알고 있었다. 그 지옥 같은 천 년. 어쩌면 클레어보다 고통스러웠을 천 년을, 카인은 이겨냈다.

"전에 말한 적 있지 않나? 나를 향한 주인의 명령은 딱 하나. 클레어 님 곁에 있어 주는 것. 그리고 내 소망은 딱 하나. 클레어 님이 진심으로 행복해서 웃는 얼굴을 보는 것. 클레어 님은 지금 웃고 계시지. 진심으로 행복해서."

카인의 입가에 아련한 미소가 번졌다. 아마도 그는 과거를 떠올리고 있을 것이다. 과거를 떠올릴 때의 그는, 미치광이처럼 보이지 않았다.

"그때의 미소를 또다시 짓게 되셨어. 클레어 님이 언제 사라지시든, 내게 중요한 건 그거야. 클레어 님이, 한 번 더 행복한 삶을 살게 되셨다는 거."

카인이 걸어온 시간을 알기에, 일행은 카인에게만큼은 약해질 수밖에 없었다. 조용히 카인을 바라보고 있을 때였다.

"다들 여기서 뭐 해?"

로타에게 쿠키 굽는 법을 배우러 갔던 클레어가 돌아왔다. 나누고 있던 주제가 주제인지라, 다들 얼굴을 붉히고 당황하며 일어났다.

"아니, 뭐……."

"생각을 좀……."

"그냥 이것저것……."

"일을 하려고……."

누가 봐도 의심스러운 태도에, 클레어가 미간을 좁히고 레드를 응시했다. 하지만 레드는 입을 꾹 다물고 시선을 피했다. 이번에는 라울과 유키에게로 시선을 돌렸지만, 두 사람도 레드와 마찬가지였다. 마지막으로 카인을 돌아보려는데, 카인이 눈도 마주치기 전에 이실직고했다.

"레드가 클레어 님과의 잠자리에 대해 떠들어 대는 것을 들어 주고 있었습니다."

퍼억—

어느새 카인의 옆으로 다가온 레드가 그의 뒤통수를 후려쳤고,

빠악—

클레어가 던진 쿠키 담긴 주머니가 레드의 이마를 가격했다. 레드가 두 손으로 이마를 감싸 쥐었다.

"아프잖아! 대체 이 안에 뭐가 들어 있는 거냐, 클레어?"

"쿠키."

"아니, 대체 뭘 어떻게 만들었기에 쿠키가 흉기가 돼? 이거 먹을 순 있는 거야?"

"먹어야 될걸."

클레어의 눈이 차갑게 빛나자, 레드는 어색하게 웃으며 떨어진 주머니를 집어 들었다. 그리고 그 안에 들어 있는, 무엇인지 알 수 없는 형태의 딱딱한 것을 입안에 넣었다.

와드드득—

이 부러지는 소리가 흘러나왔고, 일행은 레드를 향해 안쓰럽다는 시선을 보냈다. 그리고 레드는 문제없다는 듯, 클레어를 향해 엄지를 들어 보였다.

"최고."

일행은 레드의 눈물겨운 노력을 향해 소리 없는 찬사를 보냈다.

클레어는 모든 것을 잘했다. 하지만 요리만큼은 최악이었다.

클레어는 여전히 아름다웠다. 하지만 샬롯일 때의 성격을 되찾았다.

최악의 요리 실력을 가진, 말괄량이 클레어. 그런 그녀와 함께 사는 레드는, 조금씩 말라가고 있었다.

아란은 와드득 와드득 쿠키를 씹어 먹는 레드를 보며, 클레어가 처음으로 요리했던 날을 떠올렸다.

'지옥……이었지.'

혈귀와의 싸움과 클레어의 요리 중 하나를 선택하라고 한다면, 아란은 두말없이 혈귀와의 싸움을 선택할 수 있었다. 클레어의 요리에 비해, 혈귀는 사랑스러울 정도였다.

'클레어에 대한 감정 정리를 빨리하길 잘했어. 난 현명했다.'

샬롯의 오빠 텔스민의 기억 때문에 클레어를 향한 감정을 사랑이라고 오해한 적이 있었다. 사실 그 마음이 쉬이 사라지지는 않았다. 친구의 연인인 클레어를 보면, 때때로 아릿한 고통이 찾아오곤 했었다.

그러나 그것도 클레어의 요리를 맛보던 날, 깨끗이 사라졌다. 정말로 언제 있었냐는 듯 말끔하게.

클레어의 요리 실력은 나아지지 않았지만, 그녀는 늘 요리를 하려고 들었다. 그래서 아란은 식사 시간을 피해 레드와 클레어의 집을 방문하게 되었다.

'내가 평생 레오나드를 동정하는 날이 올 거라고는 생각하지 못했는데…… 살다 보니 이런 날도 오는군. 레드, 난 널 진심으

로 동정한다.'

하지만 이 말을 입 밖에 냈다가는 클레어에게 맞을 것 같아서, 마음으로만 응원을 보냈다. 원래의 성격을 되찾은 클레어는, 조금 무서웠다.

어쨌든 레드는 쿠키를 다 먹음으로써, 클레어를 향한 자신의 무한한 사랑을 증명해냈다. 유키는 그 모습을 보며, 저런 조용한 희생이야말로 크고 진실된 사랑이라는 것을 깨달았다. 그리고,

'난 별로 사랑 같은 거 하고 싶지 않아.'

라는 생각도 했다.

"화났어?"

클레어의 뒤를 따라 걸어가며 레드가 조심스레 물었다. 클레어가 우뚝 걸음을 멈추고 레드를 돌아봤다. 찔끔하는 레드에게 다가간 클레어가, 그의 볼에 살며시 손을 얹었다.

"왜 우리의 잠자리에 대해 떠벌리고 다니는 거지?"

부드러운 음성과 달리 눈빛은 서늘했다. 레드는 어색하게 웃으며 변명했다.

"그러니까…… 걱정이 돼서……."

"걱정? 무엇이 걱정되는 거지?"

"아니, 그러니까…… 음…… 내가 널 사랑하잖아."

"으흠?"

"알지? 내가 널 사랑하는 건."

"안다고 생각했는데, 이젠 좀 의심이 생기네. 우리의 은밀한 이야기를 떠벌리고 다닌다는 걸 알게 됐으니까."

"에이, 은밀한 이야기까지는 말하지도 않았어. 겉만 살짝 얘기했을 뿐이야."

"……."

"미안. 내가 잘못했어. 내가 많이 부족해."

"응, 맞아."

"하지만 널 사랑하는 마음은 부족하지 않아!"

클레어는 자기 가슴을 팡팡 두드리며 주장하는 레드를 물끄러미 응시하다가 돌아섰다.

"클레어, 어디 가는 거야?"

"항구에."

"하, 항구는 왜? 날 버리고 떠날 셈이야?"

"바보 같은 소리 하지 마, 레오나드. 밤바다를 보고 싶은 것뿐이야."

클레어는 두 손을 가지런히 모은 자세로 느릿하게 걸어갔다. 레드는 충성스러운 강아지처럼 그 뒤를 졸졸 따라갔다. 클레어는 피식 웃으며 한 손을 살짝 옆으로 내밀었다. 기다렸다는 듯, 레드가 그 손을 잡았다.

항구에서 조금 벗어난 곳. 둥근 바위 위에 둘은 나란히 앉았다.

밤바다는 달빛을 받아 진청색으로 빛나고 있었다. 물결 위에 떨어지는 달빛과 별빛이 마치 보석 같았다.

"어릴 때, 내가 살던 곳은 바다와 멀리 떨어져 있었어."

클레어가 바다를 응시하며 말했다. 서늘한 바람이 클레어의 머리카락을 스치고 지나갔다. 레드는 그녀의 하얀 얼굴에 붙은 머리카락을, 조심스레 떼어 내 주었다.

"어릴 때부터 대륙 각지에 돌아다니면서 혈귀들과 싸워야 했던 오라버니들이, 바다에 한 번 다녀오더니 얼마나 자랑을 해댔는지 몰라. 정말 가보고 싶었지. 아버지를 조르고 졸라서, 바쁜 아버지의 손을 잡고 바다에 갔던 게 7살 때의 일이야."

클레어는 크게 숨을 들이마셨다가 내뱉었다. 바람에 실린 비릿한 냄새가 무척이나 달콤하다는 듯, 클레어의 입가에 옅은 미소가 번졌다.

"바다를 처음 보는 순간 생각한 건 세 가지. 가장 처음에는 우와, 넓다. 두 번째로는 이상한 냄새가 나. 그리고 마지막으로, 이런 데서 살면 재미있겠다. 그런 생각을 했었어."

"……."

"그거 알아, 레드? 널 만난 후, 내가 품어온 소망들이 하나, 하나 이루어지고 있어. 호숫가에서 결혼식을 올렸고, 넓은 바다가 펼쳐진 곳에서 살고 있고, 그리고…… 아란, 라울, 유키, 테드, 탄, 카인…… 나와 피가 통하진 않았지만, 가족들과 함께 살고 있잖아."

클레어가 레드의 손 위에 자신의 손을 올렸다. 그리고 레드를 돌아봤다. 클레어의 검붉은 눈동자는 언제나 그렇듯 맑게 빛나고 있었다. 레드는 충동적으로 그녀의 오뚝한 코에 살며시 입을 맞췄다. 그리고 보드라운 볼과 눈꺼풀과 입술에서 한 번씩 가볍게 키스를 했다.

클레어가 간지럼을 당하는 아이처럼 까르르 웃었다. 그 웃음소리를, 레드는 사랑했다. 어떤 순간에 들어도 레드를 행복하게 해 줄 웃음소리.

"레오나드."

클레어가 레드의 어깨에 살포시 머리를 기댔다. 레드도 그녀의 머리 위에 자신의 머리를 살짝 가져다 댔다. 그 상태로, 클레어가 말했다.

"나, 아이를 가졌어."

〈그 후의 이야기 끝〉

번외 II
새로운 이야기

"실키."

어둠 속에서 들려오는 음성에, 담을 넘으려던 실키는 움직임을 멈췄다.

어쩔까? 그냥 이대로 튀어버릴까? 잡히려나?

아니, 잡히지 않을 자신이 있었다. 목소리의 주인공은 남자고, 실키는 여자였다. 하지만 실키는 육체적으로 그를 능가할 자신이 있었다. 그는 실키의 속도를 따라잡지 못한다.

그렇게 판단한 실키는 다리에 힘을 실었다. 하지만 늦었다. 머뭇거린 것이 잘못이었다.

부드럽고 따뜻한 바람이 고체화되면서 실키의 발목을 옭아맸다. 펄쩍 뛰었던 실키는 발목을 잡아끄는 힘을 이기지 못했다.

이대로라면 멋없이 철푸덕 엎어지고 말 것이다.

'위험해!'

라고 생각하는데, 단단한 팔이 실키의 허리를 감았다. 그 팔은 그녀의 잘록한 허리를 단단히 고정시키고, 자기 쪽으로 끌어들였다. 덕분에 실키는, 상대의 넓은 가슴에 폭 안기는 꼴이 되었다.

얼굴을 확인하지 않아도, 누군지 알 수 있었다.

"바스?"

고개를 들려고 했는데, 바스는 실키를 안은 팔에서 힘을 빼지 않았다. 오히려 다른 쪽 손으로 실키의 머리를 쓰다듬었다. 큼지막하고 따뜻한 손이 조심스레 실키의 붉은 머리카락을 헤집었다. 실키는 그 느낌이 좋았다.

"바스. 실키를 놔줘. 형이 그렇게 오냐오냐하니까 실키가 제멋대로 행동하는 거야."

바람을 고체화시켜서 실키의 발목을 붙잡은, 목소리의 주인공이 뒤로 다가왔다.

"어이구, 무서워라."

바스가 장난기 어린 목소리로 중얼거리며 팔에서 힘을 뺐다. 실키는 볼을 한껏 부풀리고 뒤를 돌아봤다.

검붉은 머리카락, 검붉은 눈동자. 하얀 얼굴과 고양이 같은 눈매, 오뚝한 코, 붉은 입술. 언뜻 보면 여자라고 착각할 법한 요염한 얼굴이, 눈앞에 있었다. 실키의 쌍둥이 오빠인 라츠였다.

"입 내밀지 마, 실키. 너 또 죽음의 숲에 가려고 했지?"

"아니거든?"

"아니긴. 그럼 어딜 가려고 한 건데?"

"탄 아저씨를 만나러 가려고 했을 뿐이야."

"거짓말 마. 어젯밤에도 아카데미를 빠져나갔던 거 다 알아. 탄 아저씨는 널 만난 적 없다고 했고."

"에이씨. 탄 아저씨는 진짜 센스가 없어."

"실키……."

"보호자처럼 굴지 마, 라츠. 나보다 몇 분 빨리 태어났을 뿐이면서."

"보호자처럼 구는 게 아냐. 네가 사고를 칠 때마다 수습해야 하는 건 나야. 난 나에게 귀찮은 일이 생기는 게 싫기 때문에, 네 행동을 주시할 수밖에 없는 거고."

"누가 수습해 달랬나?"

"그러게. 라츠가 안 해 주면 내가 해 줄 텐데."

"바스, 형은 끼어들지 마."

"어이구, 무서워."

바스가 싱글싱글 웃으며 양손을 살짝 들어 보이는 시늉을 했다. 그 모습을 보며 라츠는 작게 한숨을 내쉬었다.

한 살 많은 바스는, 장난이 많고 어른스러웠다. 어른스러운 장난꾸러기는 정말이지 상대하기 힘들다. 무슨 말을 해도 여유롭게 받아넘기는데다가, 도리어 상대를 아이 취급하기 때문이다.

"실키, 네가 걱정이 돼서 그래. 넌 아직 영술을 제대로 익히지 못했잖아."

죽은 사람이 남긴 기억과 공명하는 힘을 영력이라고 부른다. 유독 영력이 강한 자가 태어나는데, 실키가 그런 사람들 중 한 명이었다.

영력이 강한 자들은 죽은 자의 기억에 씌는 경우가 많기 때문에, 정신을 날카롭게 가다듬는 영술을 익혔다. 하지만 영술사가 될 생각이 없는 실키는, 제대로 된 영술을 익히지 못했다. 아카데미 졸업을 위한 필수과목인 '영술의 기초' 강의만 간신히 수료했을 뿐이었다.

그래서 라츠는 실키가 걱정이었다.

실키는 강한 영력을 가지고 있었고, 제대로 영술을 익히지 않았는데도 죽은 자의 기억과 대화를 나눌 수 있었다. 문제는 단련되지 못한 정신으로 죽은 자의 기억과 마주할 경우, 그것에 씌일 가능성이 높다는 점이었다.

"라츠 말이 맞아, 실키."

바스가 실키의 어깨를 감싸며 말했다.

"죽음의 숲은 죽은 자의 기억이 모여드는 곳이야. 너에게 그런 장소는 너무 위험해."

"하지만 바스. 요새 좀 이상하단 말이야."

"뭐가 이상하다는 거지?"

낮고 차가운 음성은, 바스와 실키의 뒤에서 들려왔다. 둘은 죽은 자의 목소리를 들은 것처럼 딱딱하게 굳었다. 두 사람 뒤에서 있는 인물을 발견한 라츠의 얼굴에서 핏기가 가셨다.

"지금은 다들 기숙사 침대 위에 누워 있어야 할 시간일 텐데."

"아란 삼촌."

라츠가 어색하게 웃었지만 아란의 표정은 변하지 않았다.

"아카데미에선 교수님이겠지."

"네, 교수님."

"삼촌."

실키가 애교스럽게 아란을 부르며 휙 돌아섰다. 아란의 눈썹이 살짝 일그러졌지만, 실키는 못 본 척 아란에게 달려가서 안겼다. 아주 잠깐, 아란의 표정이 부드럽게 변했다.

"죄송해요, 삼촌. 잠이 안 와서 잠깐 나와 있었어요."

"그래?"

"응. 탄 아저씨네 가게라도 가 볼까 했어요. 아저씨가 맛있는 벌꿀주스를 만들어 주신 댔거든요. 그거 마시면 잠도 잘 온다고."

"흐음. 벌꿀주스라."

"우유를 조금 섞어서 마시면 정말 맛있어요."

아란은 아카데미에서 가장 무서운 교수로 알려져 있었다. 아란의 그림자를 밟으면 목이 베인다는, 무시무시한 소문까지 돌았다. 하지만 실키는 아란이 생긴 것 답지 않게 음식 이야기를 좋아한다는 걸 알고 있었다.

실키가 벌꿀주스 이야기로 아란의 마음을 녹이는 동안, 바스는 슬금슬금 도망칠 준비를 하고 있었다. 그때, 아란이 검집 채로 바스의 가슴 앞을 막았다.

"바스."

"아, 아버지……."

바스가 하얗게 질린 얼굴로 아란을 돌아봤다.

"교수님, 이겠지."

"실키가 삼촌이라고 부르는 건 용서해 주시면서."

"넌 실키가 아니니까."

"음흉한 아저씨 같으니라고."

"잘 못 들었는데, 다시 한 번 말해 봐라."

"세상에서 가장 강한 검사 중의 검사라고 중얼거렸습니다, 교수님."

바스의 넉살에 아란이 피식 미소를 지으며, 실키의 머리를 쓰다듬었다. 실키의 붉은 머리카락은, 어둠 속에서도 불타는 듯 하늘하늘 흔들렸다.

"셋 다 기숙사로 돌아가는 게 좋겠다."

"네, 교수님."

"한 번 더 이 시간에 기숙사를 벗어난 것이 내 눈에 띄면……."

아란의 눈동자가 번뜩였다.

"돌돌 말아서 예쁘게 포장한 후에 레드에게 보내버릴 테다."

"그건 좀 심한 처사 아닙니까?"

바스와 라츠가 동시에 투덜거렸다. 아란은 말없이 기숙사 방향을 가리켰다. '당장 들어가지 않으면 아예 레드를 여기로 불러들이겠어.'라는 협박이 담긴 눈빛이었기에, 그들은 묵묵히 기숙사로 돌아가는 수밖에 없었다.

기숙사는 2인실이었다. 바스와 라츠는 한방을 쓰고 있었는데, 그 방은 3인실이나 마찬가지였다. 수시로 들락거리는 윈드 때문이었다. 넬리의 아들인 윈드는 연녹색 머리카락에 연갈색 눈동자를 가졌다. 전체적으로 색이 옅은 그는 남자임에도 불구하고 바스러질 듯 청초한 분위기를 풍겼다.

"라츠, 바스. 실키는 잘 붙잡았어?"

라츠의 침대에 앉아 책을 읽던 윈드가 고개도 돌리지 않고 물었다. 라츠는 윈드를 피해 침대에 누웠다.

"실키 때문에 걱정이야."

한숨 섞인 목소리로 말하는 라츠의 머리를, 윈드가 쓰다듬었다.

"또 죽음의 숲에 가려고 했대?"

"응. 왜 그렇게 거기를 좋아하는지 모르겠어."

"실키는 남들이 모르는 것들을 알아내는 걸 좋아하니까."

"하지만 죽은 자의 기억을 상대하는 건 위험한 일이야. 실키는 그걸 상대할 만큼 강하지 않아."

"정말 그렇게 생각해? 실키는 탄 아저씨도 인정한……."

"말괄량이지."

바스가 윈드의 말을 받으며, 책상 서랍을 열었다. 그 안에는 점심으로 나왔던 샌드위치가 들어 있었다. 바스는 샌드위치를 입에 밀어 넣으며 자신의 침대에 책상다리를 하고 앉았다.

"탄 아저씨가 생각이 짧았어. 실키 성격을 알면서 그렇게 섣불리 칭찬을 하다니."

"바스, 입안의 음식은 삼키고 얘기해."

라츠가 지적했지만 바스는 씩 웃으며 입을 쩍 벌렸다. 덕분에 씹다 만 샌드위치를 본 라츠와 윈드의 얼굴이 일그러졌다.

아란이 입양해서 키운 바스는, 피가 통했다고 생각될 만큼 아란과 비슷했다. 먹을 것에 대한 집착도, 검술을 향한 욕심도, 재능도. 그러나 성격만큼은 아란과 전혀 달랐다. 이런 모습을 아란에게 보였다면 호되게 혼났을 것이다. 아마도,

"너, 레드처럼 되고 싶은 건가?"

라는 소리를 들었겠지.

"신경이 쓰이긴 해."

라츠가 옆으로 돌아누우며 말했다. 흰색 베개 위에 검붉은 머리카락이 문신처럼 흩어졌다.

"실키가 막무가내이기는 해도, 영술사에게 죽음의 숲이 얼마나 위험한 곳인지는 알고 있어. 그런데 요새 들어서 유독 거기엘 가려고 하거든."

"재미있는 기억이라도 남아 있나?"

"아까 실키가 그랬잖아. 요새 좀 이상하다고."

"아아, 맞아. 그러다가 아버지가 끼어드는 바람에 얘길 못 들었지."

"실키한테 가 봐야겠어."

벌떡 일어난 라츠의 팔을, 윈드가 잡았다.

"관둬, 라츠. 넌 실키 일에 너무 예민하게 반응해. 내일 얘기해도 되잖아."

"하지만 이상하다고 했어. 마음에 걸려."

"아무리 마음에 걸려도 그렇지, 여자 기숙사에 숨어들어 갈 셈이냐? 동생을 과보호하는 것도 좋지만, 실키가 엄청 화낼걸?"

바스의 말에, 라츠는 화났을 때의 실키를 떠올렸다. 아버지를 능가하는 다혈질 실키.

실키가 다섯 살 때였던가? 간이 배 밖으로 튀어나온 마을 꼬마가 실키에게,

"너네 엄마, 요리 더럽게 못 하더라."

라는 망발을 했었다. 실키는 그야말로 무시무시하게 화를 냈고, 그 모습을 목격한 라울은 비통한 표정으로 중얼거렸었다.

"이럴 수가. 레드가 둘이라니."

쌍둥이 동생의 격렬함을 누구보다도 잘 아는 라츠는, 결국 한숨을 내쉬며 드러누웠다. 이 시간에 찾아가 봐야 실키의 불호령만 떨어질 것이다.

양쪽 허리에 손을 대고 고함을 치는 실키는, 그 누구보다도 위풍당당했다. 아버지인 레드조차 누굴 닮아서 저러는지 모르겠다고 혀를 내두를 정도였다.(물론 옆에서 듣고 있던 아란과 라울이 '네놈을 닮아서다.'라고 콕 집어 이야기해 주긴 했었다.)

'하지만…….'

쌍둥이이기에 더 잘 알 수 있는 부분들이 있었다. 실키는 생각 없이 제멋대로 행동하는 것처럼 보이지만(실제로 그런 일이 대부분 이지만), 때때로 예리한 통찰력을 보이기도 했다. 그런 실키가 '이상하다.'라고 말했다.

'대체 뭐가 이상한 거지?'

* * *

"이상하다고? 이히히히히. 이상한 건 네놈 면상이야."

카인이 킬킬 웃으며 심각한 표정의 타니하르를 타박했다.

"처음 만나고 20년이 흘렀는데 얼굴이 하나도 안 변했다니. 뭐가 어떻게 된 몸뚱이야? 그 몸뚱이, 나한테 주면 내가 잘 연구해 주지. 이히히히히."

"……그 말, 고스란히 네놈에게 돌려주고 싶은데, 카인."

카인이나 타니하르나 변하지 않은 건 마찬가지였다.

"흥. 내 몸뚱이가 이래도 속은 썩어가고 있어. 클레어 님이 돌아가시면 나도 죽게 되겠지."

"주인을 위해 간신히 생을 붙들고 있는 건가?"

"이래 봬도 충신이거든."

"얄미운 놈이지만 그 말에는 반박할 수가 없군."

타니하르는 담배 파이프를 꺼내 입에 물었다. 아카데미에서 마련해 준 카인의 연구실은, 음험한 카인과 어울리지 않게 밝고 깨끗했다. 카인이 어떤 곳에서 연구해 왔는지 아는 타니하르는, 이 연구실을 방문할 때마다 깜짝깜짝 놀라곤 했다.

이렇게 정상적인 공간이라니! 이래서야 누가 봐도 평범한 발명가처럼 보이지 않는가!

카인이 아카데미의 초청을 받아들였을 때는 다들 놀랐었다. 사람 많은 걸 싫어하는 카인이 사람 많은, 그것도 어린아이들이 잔뜩 있는 아카데미의 교수 자리를 수락하다니!

하지만 그 아카데미에 레드와 클레어의 자식인 라츠와 실키가 입학하기로 했다는 것을 알고는, 다들 납득했다. 아아, 천 년을 넘어온 충심은 그녀의 자식에게까지도 이어지고 있구나.

비록 음침한 미치광이지만, 카인을 좋아할 수밖에 없는 것은 그 변함없는 충심 때문이었다. 제 몸을, 정신을 깎아 먹으면서도 주인의 곁에 있으려는, 믿기 힘들 정도로 견고한 충심.

"그나저나 이 늦은 시간에 찾아와서 이상하다는 소리를 지껄이는 이유가 뭐지? 난 바쁜 사람이야, 타니하르."

"며칠 전에 댄이 파미르 시에 가다가 되돌아왔어."

"그 멍청이가 길을 잃은 거랑 나랑은 관계가 없잖아. 이히히히히. 바보를 고치는 약이라도 만들어달라는 거냐?"

"남의 이야기를 끝까지 들어 봐야겠다는 생각은, 그 미쳐 버린 머리통 속에 안 들어 있는 거냐?"

"타인에 대한 배려는 미치면서 다 갖다 버렸지. 이히히히히."

"쯧."

타니하르는 가볍게 혀를 차며 다리를 꼬았다.

"하여간 말이야. 댄 녀석이 시체를 짊어지고 돌아왔어."

"시체?"

그제야 카인이 관심을 보였다. 한쪽 눈썹을 올리며 돌아본 카인의 입가에 미미한 미소가 떠올랐다.

"자, 얼마나 재미있는 시체인지 좀 볼까?"

그러면서 한 손을 내미는 카인. 타니하르가 한숨을 내쉬었다.

"이봐, 아무리 나라도 시체를 아카데미에 가지고 들어올 수는 없다고."

"그래?"

카인이 연구복을 펄럭거리며 일어났다.

"그럼 가보지. 그 재미있는 시체를 보러."

*　　　*　　　*

아란의 감시를 받으며 기숙사로 돌아온 실키는, 조용히 방문을 열었다. 룸메이트인 이리나는 피부 관리를 하는 중이었다.

"또 나갔다가 오니?"

외모에 관심이 많은 이리나는, 실키와 상극이었다. 게다가 이리나가 짝사랑하는 상대가 라츠였기에, 실키와 부딪치는 일이 더 많았다. 이리나는, 라츠의 관심을 한 몸에 받는 실키를 무척이나 질투했다.

실키는 가시 돋친 질문을 무시하고 옷을 갈아입었다. 이리나는 푸슈리를 넣어 만든 크림을 얼굴에 바르며 말했다.

"행동 좀 조심해, 실키. 눈에 띄는 걸 좋아하는 건 알지만, 네가 제멋대로 행동하니까 라츠만 수습하느라 고생을 하잖아."

"신경 꺼. 라츠는 내가 친 사고를 수습하기 위해 존재하는 거니까."

"라츠가 네 쌍둥이 오빠라고 해서, 네가 라츠를 부려 먹을 권리는 없어."

"글쎄. 그런 권리는 잘 모르겠지만, 이거 하난 확실해. 네가 나랑 라츠 사이에 끼어들 권리가 없다는 거."

실키의 단호한 말에 이리나가 얼굴을 붉혔다.

"내가 언제 끼어들었다고 그래?"

"지금 그러고 있잖아. 싸워도 나랑 라츠가 싸우고, 사이가 좋아도 나랑 라츠가 좋을 거야. 우리 사이에 네가 끼어들 틈은 없어."

"흥. 라츠도 같은 생각일까?"

"당연하지. 라츠는 나보다 더 심할걸? 너도 봐서 알잖아."

이리나는 말문이 막혔다. 그도 그럴 법했다. 라츠와 실키 사이에서, 붙어 다니는 걸 귀찮아하는 쪽은 실키였다. 실키가 혼자 다니고 싶어 해도 늘 라츠가 뒤를 따라다닌다는 걸, 아카데미 내에서 모르는 사람이 없었다.

이리나가 조용해지자, 실키는 침대에 누웠다.

라츠의 걱정스러운 마음을 모르는 건 아니었다. 실키도 영술을 제대로 익히지 못한 채, 죽은 자의 기억과 마주하는 것이 얼마나 위험한 일인지는 인지하고 있었다. 그래서 위험한 기억이다 싶으면, 아무리 그 기억의 과거가 궁금해도 알아서 피했다. 하지만 얼마 전 죽음의 숲에서 만난 기억은, 도저히 무시할 수가 없었다.

젊은 여자의 기억이었다. 실키의 추측이 맞다면, 그 여자는 아마도 한 달 전 실종된 루바느 백작의 딸일 것이다. 죽는 순간의 충격이 너무 강해서, 그 기억과 소통을 할 수가 없었다. 한참 시도한 끝에, 간신히 하나를 읽어냈다.

　　"피를…… 마셔……."

흐릿하지만 분명 그렇게 말했다.

　　"피를…… 마셔……."

그리고 기억이 흩어졌다. 완전히 사라진 것은 아닐 것이다. 기억은 오랜 시간 머물러 있지 못한다. 흩어졌다가 재생하기를 반복하고, 그러다가 완전히 사라지게 된다. 백작 딸의 기억은 아직 사라질 것 같진 않았다.

'피를 마셔……라니.'

팔뚝에 소름이 돋았다. '피를 마신다.'는 행위에 대해, 실키는 아주 잘 알고 있었다. 왜냐하면, 실키의 엄마인 클레어가 바로 그러한 존재였던 적이 있기 때문이었다.

'설마…… 이 땅에 혈귀가 다시 나타난 건 아니겠지?'

*   *   *

"여어, 미치광이. 오랜만인데?"

댄이 환하게 웃으며 다가왔다. 카인은 댄에게 눈길도 주지 않고, 시체가 놓여 있는 거적때기 옆으로 다가갔다.

"저놈은 여전하네요, 대장."

"그래, 네놈도 여전히 바보잖냐."

"대장, 이래봬도 두 아들과 세 딸의 아버지인데, 말씀이 심하신 거 아닙니까?"

"그런 얼간이처럼 굴지를 마!"

"역시 대장은 여자일 때가 좋았어. 여자일 땐 볼거리라도 풍부했는…… 아파욧!"

"그때의 일은 잊어라, 댄. 네 머리를 똑 잘라내기 전에."

"잘라 내는 건 나한테 맡기라고. 이히히히히. 잘라 낸 상태에서도 말은 할 수 있게 만들어 주지."

시체를 살펴보며, 카인이 말했다. 카인이라면 정말로 그런 일을 해낼 수 있다는 걸 알기에, 댄은 하얗게 질린 얼굴로 그 장소를 떠났다.

여자의 시체였다. 죽은 지 일주일 정도 된 듯 썩어가고 있어서
냄새가 지독했고, 구더기가 들끓었다. 허물어진 피부 안쪽으로
누런 뼈가 보였다.

"이상하군."

카인이 중얼거렸다. 그 옆에 선 타니하르가 팔짱을 끼고 고개
를 끄덕였다.

"그래, 상당히 이상하지."

"저 바보가 잘도 발견했는데?"

"의외의 부분에선 날카로운 녀석이니까."

"이런 상처 흔적을 발견하다니."

카인은 더럽지도 않은지, 반쯤 썩은 시체의 목덜미를 거침없
이 만졌다. 목에는 자세히 살펴봐도 발견하기 힘든 작은 상처가
있었다. 이빨 자국이었다.

"피를 빨아 마신 흔적인가?"

"시체가 너무 오래됐어. 이것만 가지고는 확실하게 판단하기
가 힘들어. 어디서 발견한 거지?"

"파미르로 향하는 숲. 큰 나무 아래에 묻혀 있었다더군. 짐승
이 파먹고 있는 걸 발견했대."

"흐음. 묻어놨단 말인가?"

"잇자국은 인간의 것이지?"

"그래."

"그럼 혹시······."

타니하르는 기억에서도 지우고 싶은 그 단어를 어렵게 입에 올렸다.

"혈귀인가?"

카인이 피식 웃었다.

"그럴 리가. 이건 인간의 이빨 자국이야. 혈귀의 잇자국은 인간의 것과 달라. 오히려 짐승에 가깝지."

"하아. 그렇군."

타니하르가 눈에 띄게 안도했다.

혈귀 전쟁으로 인해 많은 희생이 있었다. 벌써 20년이 넘게 지났지만, 타니하르는 아직도 그때의 악몽을 꾸곤 했다. 그 싸움으로 너무 많은 것을 잃었다. 아끼는 부하 안디도, 그 싸움에서 죽었다.

이 시체를 가지고 돌아온 댄의 얼굴도 하얗게 질려 있었다.

만약 혈귀가 아직 남아 있다면? 루시드가 그때 진짜로 죽은 게 아니라면? 루시드가 사라졌어도, 남아 있는 혈귀들이 있다면? 왕을 잃고 조용히 숨어서, 다시 세상에 나타날 시점을 노리고 있는 거라면?

그런 의심과 두려움에서 자유로울 수가 없었다.

"일단 이 시체의 정체를 알아내야겠군. 옷을 보니 꽤나 높으신 신분인 것 같은데. 이 근처 귀족가에 실종된 여자가 있던가?"

"한 달 전에 루바느 백작의 딸이 실종됐다는 얘기를 들었네.

사귀는 남자가 평민이라서 둘이 같이 라볼르로 도망쳤다는 소
문이 돌았었는데. 아무래도 그게 아니었던 것 같군."

"연인이라는 평민 남자는? 누군지 알고?"

"어둠의 거리에서 일하던 녀석이야. 그 녀석도 같이 사라졌지."

"아직 못 찾았나?"

"그래. 그 녀석이 한 짓인가?"

"그럴지도. 아니면 그 녀석도 이런 결말을 맞이했겠지."

"그럼 이 시체가 묻혀 있던 부근에, 그 녀석의 시체가 있을 수
도 있다는 건가?"

"글쎄."

카인은 허리를 펴고 일어났다. 턱을 문지르며 시체를 내려다
보던 카인이 말했다.

"좋아, 재미있겠어. 내일 수업이 끝나고 이 시체를 발견한 숲
으로 가 봐야겠어. 아발란체도 같이."

"난 빠져도 되겠지?"

"무슨 소리야, 타니하르. 넌 내 파트너잖아. 내 옆에 꼭 붙어
있으라고."

"……지독한 소리 하지 마, 카인. 네놈이랑 어울리다가 이상한
약품 들이마시는 건 이제 지긋지긋하니까."

*   *   *

아카데미의 아침은 늘 바빴다. 공용 욕실에서 차례를 기다렸다가 씻고, 모두 식당에 모여 식사를 해야만 했다. 아침을 거르면 집으로 연락이 가기 때문에, 엄한 가정에서 자란 아이들은 조금 더 자고 싶어도 일어날 수밖에 없었다.

실키와 라츠는 집으로 연락이 간다고 해도 상관없었지만, 늘 바스에게 이끌려 아침을 먹곤 했다.

'오늘은 더 자고 싶어.'

실키는 이불을 턱 위까지 끌어올렸다. 간밤에 여자의 기억에 대해 생각하느라 잠을 제대로 자지 못했다.

"밥 안 먹을 거야?"

이리나가 물었다. 실키는 자는 척 대답하지 않았고, 이리나는 콧방귀를 뀌며 혼자 방에서 나갔다. 다시 눈을 감고 자려는데, 까득까득, 이상한 소리가 들려왔다. 그리고 창문이 열렸다.

반사적으로 침대 옆에 놔둔 검을 집어 들었다. 상대가 공격해 오면 언제든 반격할 수 있게, 누운 채로 자세를 잡았다.

끼릭끼릭—

"아, 바스!"

하지만 창문을 열고 들어온 그것이 움직이는 소리에 맥이 빠졌다. 벌떡 일어난 실키는 바닥을 기어 다니는 토끼 모양의 기계를 집어 들었다. 그와 동시에, 기계가 시끄러운 소리를 내기 시작했다.

빰빠라바라밤— 빰빰빰—

일어나세요! 일어나세요! 세상에서 가장 아름답고 고귀한 실라이크! 부디 그 고귀한 눈동자를 보여 주세요!

기숙사, 아니, 아카데미 전체에 울려 퍼질 만큼 커다란 소리였다. 기계를 끄려 했지만 끄는 버튼을 찾을 수가 없었다. 결국 실키는 그것을 바닥에 내팽개쳤다. 하지만 어찌나 튼튼하게 만들어졌는지 부서지지 않았다.

"바스…… 가만 안 둬."

실키는 이를 아득 갈며, 검으로 그것을 후려쳤다. 공기를 매섭게 가른 검날이 기계를 반으로 쪼갰다. 그제야 시끄러운 소리가 멈췄다.

드르륵—

부서진 기계를 들고 창문을 열자, 저쪽 아래에 바스가 보였다. 바스는 싱글싱글 웃으며 한 손을 흔들고 있었다.

"잘 잤어, 실키?"

햇빛에 반짝거리는 검은 머리카락, 멀리서도 잘 보이는 청록색 눈동자, 파란 하늘보다 싱그러운 미소. 바스의 얼굴을 보자마자 화가 누그러졌다. 하지만 실키는 표정을 풀지 않고, 바스를 향해 부서진 기계를 던졌다. 바스는 능숙하게 몸을 틀어, 그것을 피했다.

"바스티언! 너 진짜 죽고 싶어? 내 손에 한 번 죽어 볼래?"

"네 손에 죽는 거야 늘 바라던 바지. 하지만 아침은 먹고 죽자."

"난 더 자고 싶었다고!"

"응, 하지만 난 1분이라도 빨리 네 얼굴을 보고 싶었어."

"그건 네 사정이고!"

"얼른 내려와, 실키. 날씨가 진짜 좋아."

바스와는 대화가 안 통했다. 아무리 화를 내도 싱글싱글 웃으며 말을 돌려버린다. 결국 이쪽이 화를 누그러뜨리는 수밖에 없다.

"난 더 잘 거야!"

"기다릴게."

실키는 대답하지 않고 창문을 닫았다.

더 자겠다고는 했지만, 실키는 자신이 그러지 않으리라는 것을 잘 알고 있었다. 바스는 기다린다고 하면 기다리는 남자였다. 몇 시간이고, 저 자리에 서 있을 것이다. 비가 오거나 눈이 와도.

"바스, 진짜 싫어."

투덜거리면서도, 실키는 나갈 준비를 했다. 귀찮으니까 씻는 건 패스. 옷이나 갈아입자.

아카데미에서 입는 교복을 꺼내 입고, 길고 붉은 머리카락을 쓱쓱 빗었다. 밖으로 나가자, 윈드도 와 있었다.

"라츠는?"

"아버지한테 불려갔어."

"삼촌한테? 왜?"

"글쎄. 어젯밤 일 때문에 혼나나?"

"하지만 어젯밤 일은 내 잘못이잖아."

"잘못인 줄은 아나 보지?"

"……그런 뜻이 아니거든. 굳이 따지자면 내 탓이라는 거지. 굳이."

"별일 아니겠지."

윈드가 걱정하는 실키를 달랬지만, 실키의 시선은 교수실이 있는 건물을 향하고 있었다. 그녀의 시선이 심상치 않음을 깨달은 윈드가 얼른 실키의 팔에 팔짱을 끼었다.

"가자, 실키."

"안 되겠어. 내가 가 봐야겠어."

"아발란체 교수님이 부른 건 라페로츠만이야."

윈드가 일부러 딱딱한 호칭을 사용했지만, 실키에게는 통하지 않았다.

"라츠 혼자 혼나게 둘 순 없어."

"오, 실키. 제발 관둬. 꼭 혼나는 게 아닐 수도 있잖아."

바스가 애원하듯 말했지만, 실키는 윈드의 팔을 뿌리치고 교수 건물을 향해 달리기 시작했다. 팔락거리는 실키의 치마를 바라보던 바스와 윈드가, 서로 눈을 맞추고 한숨을 내쉬었다.

'하여간 저 남매는 못 말리겠다.'

둘은 같은 생각을 하며, 실키를 뒤쫓았다.

*　　*　　*

아발란체의 교수실에 들어가자, 근사한 아침상이 차려져 있었다. 이른 시간부터 호출을 받고 황급히 찾아온 라츠는, 저녁 만찬을 연상케 하는 요리들을 보고 미간을 좁혔다. 아란은 이미 식탁에 앉아, 요리를 음미하고 있었다.

"저, 교수님?"

"거기 앉아라, 라츠."

"네, 그런데……."

"일단 먹으면서 이야기하자."

먹지 않으면 아무 말도 않겠다는 기세였기에, 라츠는 어쩔 수 없이 포크를 들었다. 갓 구운 빵과 고급 버터가 입에서 살살 녹았다. 하지만 실키에 대한 걱정으로 머릿속이 꽉 찬 라츠는, 음식 맛을 즐길 여유가 없었다. 고무를 씹듯 우물우물 빵을 씹는데, 아란이 말했다.

"카인이 오늘 학교 끝나고 만나자더군."

"데이트입니까? 축하드립니다, 교수님. 드디어 교수님께도 찬란한 나날이 펼쳐지겠군요."

"클레어랑 똑같이 생긴 얼굴로 비아냥거리지 마라, 라츠. 진심인 것 같으니까."

"진심으로 축하드리는 건데요. 교수님도 슬슬 연애를 하실 때가 되지 않았습니까? 이젠 상대의 성별을 가릴 때가 아닙니다."

"내 연애 같은 건 됐고. 카인이 내게 개인적으로 만나자고 했다는 것은, 혼자서 판단할 수 없는 '이상한 일'이 생겼다는 뜻이야. 너도 알겠지만 카인은 미치광이이기는 해도, 어지간한 문제는 혼자서 해결할 수 있는 사람이고."

"그렇죠. 카인 교수님은 아마도 대륙에서 가장 머리가 좋은 사람일 테니까요."

"그래. 그런데 나한테 만나자고 했으니, 무슨 문제가 생긴 게 분명하다. 어젯밤엔 별일 아닐 거라고 넘어갔지만, 실키가 했던 말이 걱정되는군."

"아……."

역시 아란이라고, 라츠는 생각했다. 실키의 작은 중얼거림을, 아란은 놓치지 않고 들었던 것이다. 게다가 카인의 데이트 신청을 받는 순간, 실키의 '이상한 일'을 바로 떠올릴 만큼, 아란의 판단력은 빨랐다.

"실키가 이유 없이 죽음의 숲에 드나들진 않을 거야. 물론 이유 없이 드나드는 녀석이긴 하지만, 너희들이 말리는데도 기어코 나가려고 했다는 것은, 거기서 무언가를 발견했다는 뜻이겠지."

"네."

"바스도, 윈드도 자신의 힘을 과신하고 있어. 실키는 말할 것도 없고. 믿을 만한 사람은 너뿐이다, 라츠. 실키가 쓸데없는 행동을 하지 않도록 잘 지켜봐라. 말려들지 말고."

"네, 교수님. 하지만…… 제가 실키를 이길 수 있을지……."

거기까지 말했을 때였다.

콰앙―

교수실 문이 거칠게 열리며, 실키가 뛰어들어 왔다. 얼마나 뛰어왔는지 머리가 엉망이었다.

"실키······?"

"아······."

라츠가 혼나고 있을 거라고 생각했던 실키는, 라츠와 아란이 오붓하게 식사를 하는 모습에 놀라 움직임을 멈췄다. 뻣뻣한 목이 아란에게로 향했다.

"실키, 무슨 일이지?"

묻는 아란을 무시하고, 실키는 라츠에게 다가갔다. 그리고 라츠를 뒤에서 꽉 끌어안으며 외쳤다.

"아무리 외로워도 라츠를 꼬시는 건 안 돼요, 이 흰 머리 늙으니 같으니!"

쿠웅!

한때 은빛 매라 불리며 대륙 여성들의 가슴을 설레게 했던 아란이 큰 충격을 받아,

쨍그랑—

포크를 떨어뜨렸다. 하지만 실키는 라츠의 팔을 잡아 일으키고, 쌩하니 교수실을 나가 버렸다. 아란은 뒤늦게 정신을 차리고, 손가락으로 미간을 문질렀다.

'레오나드, 네 딸은 정말······ 너랑 너무 닮았어. 이건 루시드의 저주인가!'

"라츠, 괜찮아? 삼촌한테 혼났어?"

실키가 걱정스럽게 물었다. 라츠는 제멋대로이기는 해도 쓸데없는 부분에서 라츠를 먼저 챙기는 여동생이 사랑스러웠다.

"안 혼났어. 아란 삼촌이 괜히 혼내는 사람은 아니잖아."

"하지만 어젯밤에 내가 몰래 나가려고 해서……."

"그게 잘못한 일인 줄은 아는 거야?"

"아니, 꼭 잘못했다는 게 아니라……! 아란 삼촌은 융통성이 없는 사람이니까, 라츠를 혼냈을 줄 알았지."

"남의 아버지에 대해 몰래 욕하는 건 못 들어 주겠는데?"

뒤늦게 다가온 바스의 말에 실키가 씩 웃었다.

"아란 삼촌 욕은 네가 제일 많이 하잖아. 네가 하는 욕에 비하면 내 욕은 사랑의 속삭임 수준이지."

"삼촌이 무슨 일로 부른 거야?"

윈드가 커다란 눈을 더 크게 뜨며 물었다. 라츠는 고개를 갸우뚱하며 아란과의 대화를 되새겼다. 그리고 간단하게 정리해서 말했다.

"카인한테 데이트 신청을 받으셨대."

*   *   *

"이히히히히. 아발란체, 대체 무슨 짓을 하고 다니는 거야?"

카인이 싱글싱글 웃었다.

"미안하다. 라츠도 결국은 레드의 핏줄이라는 걸 깜빡했다."

"이히히히. 나야 상관없지만, 이걸로 은빛 매의 명성도 한풀 가겠는데?"

점심시간도 지나지 않아, 아카데미 내에는 '카인 교수와 아발란체 교수가 데이트를 한다!'는 소문이 쫙 퍼졌다. 많은 교수들이 와서 축하를 해 주었고, 몇몇 학생들은 아란을 잃을 수 없다며 울부짖었다. 그중 일부는,

"아란 교수님의 취향이 미치광이였던 건가요? 그래서 제 고백을 거절하셨던 거예요?"

라며, 차라리 미치고 싶다고 절규했다.

라츠가 던진 폭탄 덕에 아비규환 속에서 수업을 마쳐야 했다. 끝나자마자 카인의 연구실로 향했는데, 지켜보는 눈들이 많았다. 아란은 난생처음으로 '진퇴양난'이라는 상황에 처했다.

"뭐가 좋을까나."

카인은 이 소문을 잠재워줄 생각이 없는지, 평소와 다르게 예쁜 옷을 고르고 있었다.

"너, 여장이라도 할 셈인가?"

"은빛 매에게 데이트 신청을 했는데, 아름다운 드레스를 입는 게 매너 아냐? 이히히히히."

채앵—

아란이 참지 못하고 검을 뽑아 카인의 목에 겨눴다.

"관둬라, 카인. 거기서 한마디만 더 하면 가차 없이 베겠다."

"충격인데? 이래봬도 예전엔 여성은 물론, 남성에게도 사랑을 받는 외모였다고."

"넌, 절대, 내 취향이, 아니야."

아란이 분노를 삭이며 한 자, 한 자 끊어 말했다. 카인은 킬킬 웃으며 연구복 주머니에 손을 찔러 넣었다.

"뭐, 좋아. 은빛 매의 취향은 나중에 연구하도록 하고…… 일단 나가지."

"같이…… 나가야 하나?"

"둘 다 안 나가면, 오히려 더 이상하게 볼걸?"

"따로따로 나가는 것은?"

"그게 더 이상하지. 의식하고 있다는 거잖아. 당당하게 행동하라고, 은빛 매. 혈귀와 싸울 때의 그 고고했던 기억을 떠올려봐."

그런 건 아무래도 좋다고, 아란은 생각했다. 그저 카인이라는 미치광이와 엮이기 싫을 뿐이다.

연구실을 나가자, 예상했던 대로 학생과 교수들이 모여 있었다. 저들 딴에는 숨는다고 숨어 있는 것 같지만, 예리한 아란이 그들의 매복을 눈치채지 못할 리 없었다. 아란은 작게 한숨을 내뱉으며, 카인과 나란히 걸었다. 카인은 무척 즐거워 보였고, 그게 더욱 구경꾼들의 오해를 불러일으켰다.

"왜 그렇게 신이 난 거지?"

"재미있는 일이 생길 것 같거든."

"재미있는 일?"

"그래. 이제부터 내 벌크를 타고 파미르랑 수도 사이에 있는 숲으로 갈 거야."

벌크는 카인이 발명한 바퀴 두 개짜리 마차였다. 마력을 원동력으로 움직이는 벌크는, 말보다 두 배는 빨랐다. 그리고 2인승이었는데, 뒷자리에 앉은 사람이 앞자리에 앉은 사람의 허리를 잡고 달리는 시스템이라 연인들 사이에서 인기가 많았다.

"벌크라. 난 말을 타고 가지."

빠른 만큼 흔들림이 심해서, 뒷자리에 앉으면 반드시 앞사람의 허리를 꽉 잡아야 했다. 아란은 여기서 더 이상 카인과의 사이를 부풀리고 싶지 않았다. 아니, 가능하다면 그냥 모르는 사이라고 알려지고 싶었다.

"급한 일이야, 아발란체. 해가 지기 전에 도착하려면 벌크밖에 없어."

"내 말은 대륙에서 가장 빠르거든."

"흐음, 아발란체. 내 주인의 친구는 고작 이 정도의 남자였나?"

카인의 도발에 아란의 미간이 좁아졌다.

"뭐라고?"

"공과 사를 구분하지 못하고, 자신의 보여지는 모습만 신경쓰는 그런 남자일 줄은 몰랐는데 말이야."

"······가지. 그 빌어먹을 벌크를 타러."

아란이 이를 악물고, 말했다. 카인은 싱긋 웃으며 아란의 어깨에 팔을 둘렀다. 그 모습은 숨어서 지켜보는 사람들로 하여금 탄

성을 자아낼 만큼 다정했다.

"좋아, 가자고. 사이좋게 벌크를 타러. 이히히히히."

"……."

아란은 벌크 뒷자리에 앉아 카인의 허리를 꼭 끌어안은 자세로, 아카데미를 빠져나갔다. 그리고 그 모습은, 누군가가 가진 저장 스크롤에 담겨 테일 아카데미 '베스트 커플'로 길이길이 남겨지게 된다.

오늘의 마력 수업은 마력 스크롤을 만드는 수업이었다. 스크롤을 만드는 것은, 종이나 양피지에 자신의 마력을 쏟아 부어야 하는 어려운 기술이었다. 자칫 잘못하면 종이가 마력을 흡수해서 다른 종류로 변하기도 하고, 엉뚱한 마력이 새겨지기도 했다. 때문에 상당한 기술을 가진 마력사가 정신을 집중 해야만, 제대로 된 스크롤을 완성시킬 수 있었다.

프레시온 교수가 칠판에 '스크롤 작성의 기초'를 적는 동안, 라츠가 옆에 앉아 있는 실키에게 속삭였다.

"실키, 네가 어제 말했던 이상한 일이 뭐야?"

"아, 그게 말이지…… 저번에 죽음의 숲에 갔을 때, 이상한 기억이랑 마주쳤어."

"어떤 기억인데?"

"라츠, 혹시 한 달 전에 백작 딸 실종사건 기억나?"

"루바느 백작의 딸을 말하는 거야?"

"응. 아무래도 그 여자, 죽은 것 같아. 난 그 여자의 기억이랑 마주친 것 같고."

"하지만…… 그 여자는 평민 남자랑 사랑의 도피를 한 거 아니었어?"

"그거야 사람들 추측이었잖아."

"그럼…… 살해를 당한 걸까?"

"그런 것 같아. 게다가…… 이상한 소리를 했어."

"무슨 말을 했는데?"

"무슨 말을 했을까?"

라는 대답은, 라츠의 옆에서 들려왔다. 라츠와 실키는 소스라치게 놀라 고개를 번쩍 들었다. 그들의 책상 옆에, 프레시온이 팔짱을 끼고 서서 웃고 있었다.

프레시온이 웃는 낯이라고 해서 안심할 수는 없었다. 프레시온은 진짜로 화가 났을 때야말로, 화사한 미소를 짓기 때문이었다. 라츠와 실키는 어색하게 웃으며(이란성 쌍둥이지만 이때만큼은 똑같은 표정이었다.) 공부하는 척 펜을 들었다. 하지만 프레시온은 둘을 용서하지 않았다.

"이것이……."

어디선가 불어온 바람이 둘의 양쪽 손목을 옭아매 위로 번쩍 들어 올렸다. 둘은 마치 푸줏간에 걸린 고기처럼 대롱대롱 공중에 매달렸다. 학생들이 키득키득 웃었다.

"결박 마력이지. 보통은 바람을 고체화시켜서 사용하지만, 근처에 물이 있다면 그걸 사용하는 게 더 편해. 게다가 물은 꽁꽁 얼릴 수가 있어서, 모멸감뿐 아니라 차디찬 고통까지 선사해 주거든. 그렇지, 라츠?"

"네, 교수님. 하지만 역시……."

화르륵—

강렬한 불꽃이 둘의 손목 주위를 감쌌다가 사라졌다.

탁—

팔목을 결박하고 있던 바람의 힘이 흩어졌다.

"불꽃은 물도, 바람도 완화시킬 수 있죠."

"호오. 불꽃 같은 남자 레오나드의 아들이라는 것을 주장하고 싶은 건가?"

"죄송합니다만 교수님. 저에게 아버지는 그다지 자랑거리가 아닙니다. 오히려 어머니야말로 제 자부심이죠."

"대륙 최고의 미인 클레어 님 말이지? 그래, 그렇지. 실키가 레드를 닮은 걸 보고, 황제 폐하께서 땅을 치며 비통해하던 모습이 아직도 생생해."

"저도 엄마 닮았거든요!"

실키가 버럭 성질을 냈다. 프레시온은 웃으며 실키와 라츠의 머리를 가볍게 때렸다.

"둘 다 복도에 나가서 바람의 양탄자를 만들고, 그 위에 무릎 꿇고 앉아 있어."

"전 그렇게 오랫동안 마력을 유지하지 못해요."

"그럼 네 오빠에게 도와 달라고 하든가."

둘은 교실에서 쫓겨났다. 이리나가,

"너 때문에 라츠까지 고생이야. 라츠가 무슨 죄가 있다고."

라고 중얼거리는 소리가 들리기에, 실키는 혀를 날름 내밀어 주다가 프레시온에게 한 대 더 맞았다. 라츠가 실키 몫의 바람의 양탄자를 만들기 시작했다. 마력을 사용해, 주위의 바람을 응축 시켜 판판하게 만드는 기술이었다. 수준급의 마력사들은 진짜 양탄자처럼 포근한 느낌까지 들게 만들 수 있다고 했다.

라츠가 만들어 준 바람의 양탄자는 포근하진 않지만 울퉁불퉁 한 곳이 없었다. 둘은 바람의 양탄자 위에 무릎을 꿇고 앉았다.

라츠는 고개를 돌려, 자신의 쌍둥이 동생을 살펴봤다. 사람들 은 실키가 레드와 쏙 빼닮았다고 했고, 그 말이 옳았다.

하지만 때때로, 실키가 입을 다물고 허벅지 위에 두 손을 가지 런히 모으고 앉아 있을 때는 '과연 엄마의 딸이구나.'라는 생각이 든다. 실키는 또래의 소년들보다 장난기 많은 말괄량이지만, 가 끔은 클레어만큼의 고귀한 기품을 드러내곤 했다.

'좀 불안한데?'

실키가 조용한 것은 좋지만, 그 시간이 길어지자 불안감이 싹 텄다.

'얘가 뭔가를 꾸미는 건 아니겠지?'

이유 없이 입을 다물고 있는 건 아닐 것이다. 아니나 다를까. 실키가 팔짝, 양탄자에서 내려갔다.

"실키."

당황한 라츠가 실키의 팔뚝을 붙잡았다.

"어디 가?"

"프레시온 교수님 방에."

"뭐? 대체 왜?"

"프레시온 교수님 방엔 질 좋은 마력 스크롤이 많을 거야. 그치?"

"그야 그렇겠지. 하지만……."

"마력 스크롤 몇 개가 필요할 것 같아."

"너 지금, 도둑질을 하겠다는 거야?"

"응. 아무래도 오늘 밤에 죽음의 숲에 가 봐야 할 것 같아."

"그게 무슨……."

단단히 잡는다고 잡고 있었지만, 레드의 힘을 물려받은 실키를 이길 수는 없었다. 실키는 가볍게 라츠의 손을 떼어 내고 프레시온 교수실을 향해 달리기 시작했다. 라츠는 아랫입술을 잘근 깨물었다가, 고개를 절레절레 젓고는 실키의 뒤를 따라갔다.

프레시온 교수실은 깨끗하고 넓었다. 다른 교수실보다 넓은 것을 보면 마력을 사용해 공간을 넓게 만든 것 같았다.

"마력으로 여러 장치를 해 뒀을 거야. 난 그걸 간파할 능력이 없어, 실키."

라츠가 주의를 줬다. 실키는 상관없다는 듯 어깨를 으쓱하더니 주위를 둘러봤다. 뭔가를 발견한 듯, 실키가 눈을 감았다. 아마도 근처에 있는 죽은 자의 기억을 찾아낸 것이리라. 그것과 대화를 하고 있는 중이겠지.

다시 눈을 떴을 때, 실키의 새파란 눈동자가 반짝거렸다.

"함정은 없대, 라츠. 스크롤은 오른쪽 책장 두 번째 칸, 책들 뒤에 있는 비밀 금고에 감춰져 있고. 비밀 금고의 번호는 32415를 누르면 된대."

"다시 생각해, 실키. 이건 아닌 것 같아. 교수님이 알게 되면 엄청 혼날 거야."

"혼나면 되지, 뭐. 죽이기야 하겠어?"

"모를 일이지. 마력 스크롤은 비싼 거니까."

"그럼 나중에 네가 질 좋은 걸 만들어서 다시 채워 넣든가."

"그게 가능할 리가 없잖아."

"왜 해 보지도 않고 포기해? 라츠, 넌 그게 문제야."

"난 객관적으로 내 능력을 판단하고 있는 거야. 넌 주관적으로 네 능력을 과대평가하는 거고."

실키는 라츠의 말을 무시하고 교수실 안으로 성큼 들어갔다. 라츠는 크게 한숨을 내쉬고 그 뒤를 따랐다. 실키 혼자 사고를 치게 둘 수는 없었다.

비밀 금고에는, 라츠가 생전 처음 보는 마력 스크롤이 잔뜩 들어 있었다. 스크롤에 적힌 글을 보고 종류를 판단해야 하는데, 처음 보는 것들이 많아서 판독하기가 쉽지 않았다.

"일단 이건 순간이동이고, 이건 화염, 물보라, 얼음…… 이쪽이 공격용인 것 같아. 이건 방어용이고. 그리고 이건…… 뭔지 잘 모르겠는데."

"일단 다 챙겨."

"다 챙기라고? 이걸?"

"응. 다 챙겨. 쓰고 남은 건 도로 갖다놓으면 되니까."

"이거 100장이 넘어."

"잘됐네. 얼른, 라츠. 수업이 끝나기 전에 돌아가야 한다고."

"그런 생각이라도 하고 있다니, 정말 다행이다. 이걸 다행이라고 생각하는 내 자신이 불쌍하기도 하고."

"라츠, 혼잣말하지 마. 여자들은 혼잣말하는 남자 싫어해."

"그런 건 아무래도 좋잖아."

라츠는 투덜거리면서도, 공간 마력이 걸린 주머니에 스크롤을 전부 집어넣었다. 그러지 않으면 실키가 교수실에 뿌리를 내릴 것 같았기 때문이다.

황급히 복도를 달려가 다시 바람의 양탄자 위에 앉아 숨을 골랐을 때, 수업이 끝났다. 수업을 마치고 나온 프레시온 교수는 의심하는 기색 없이 두 사람을 가볍게 나무라고는, 내일까지 스크롤 열 장을 써오라는 숙제를 주고 떠났다. 프레시온 교수의 모습이 사라지자, 실키가 긴장한 라츠를 향해 엄지를 척 들었다.

"봤지?"

라츠는 생각했다.

'내 동생이지만, 이럴 땐 정말 한 대 때려주고 싶어…….'

파미르 시와 수도 사이에 있는 커다란 숲에 도착한 것은, 해가 뉘엿뉘엿 저물어가고 있을 때였다. 지는 해가 만들어 낸 붉은 노을이 아란의 은빛 머리카락을 오렌지색으로 물들였다. 아란은 흐트러진 머리를 뒤로 쓸어 넘기며 카인을 돌아봤다.

"여긴 왜 온 거지? 설마…… 진짜로 데이트라도 하러 온 건 아니겠지?"

그런 질문이 나올 법도 했다. 숲으로 들어가는 길목은 데이트의 명소 중 하나였다. 특히 입구의 천 년 넘은 커다란 나무는 그 아래서 키스를 하면 영원한 사랑이 이루어진다는 소문까지 있었다.

"이히히히히. 뭐야, 내심 기대하고 있었나?"

"농담으로라도 그딴 소리는 하지 마라, 카인. 날 여기까지 데리고 온 이유나 말해."

"네 힘으로 숲을 밀어버려야겠어."

"뭐?"

"숲을 밀어내라고, 아란. 네 바람의 권능으로 말이야."

"흐음."

"어서."

카인이 옆으로 슬쩍 비켜섰다. 아란은 숲을 물끄러미 응시하다가 한 손을 들었다. 그 손에서 시작된 바람이 회오리로 변해 카인을 향해 날아갔다. 카인은 그럴 줄 알았다는 듯, 품에 넣어 뒀던 기계 하나를 꺼내 회오리바람을 반으로 쪼갰다.

"이히히히히히. 이유를 말하지 않으면 들어 주지 않겠다는 거냐?"

"당연한 말을 하고 있군. 멀쩡한 숲을 밀어버릴 땐, 납득이 가는 이유가 필요하지."

"이 숲에 시체가 묻혀 있을 거야."

카인이 주걱 모양의 기계를 도로 품에 집어넣으며 말했다.

"시체야 어느 숲에나 묻혀 있지 않나?"

"그렇지. 하지만 목에 이빨 자국이 있는, 피 빨린 시체일 경우엔 그 의미가 다르겠지."

아란의 표정이 굳었다. 아란은 믿을 수 없다는 듯 카인을 노려봤지만, 카인은 예의 속을 알 수 없는 미소를 짓고 있었다.

"그걸 주제로 농담을 하고 싶지는 않은데, 카인."

"아발란체. 지금 여기 서 있는 게 누구라고 생각하는 거야?"

"……."

"그걸 주제로 농담하지 않을 사람이, 이 대륙에 딱 두 명 있지. 클레어 님, 그리고 나."

"그랬지. 미안하군."

혈귀 때문에 천 년 동안 육체에 갇혀 있던 카인에게 할 소리가 아니었다. 아란은 쉽게 자신의 잘못을 인정하고는 숲을 향해 돌아섰다.

"싹 밀어버리면 되나?"

"네 실력이 여전하다면 흙바닥만 잘 드러낼 수 있겠지. 시체가 묻힐 만큼 깊이 말이야."

"그런 도발하지 않아도……."

숲 중앙에서부터 먼지가 일어났다. 아란이 불러일으킨 바람 때문이었다.

"그 정도는 해 줄 생각이었어."

날카롭고 강한 바람은, 나무를 건드리지 않고 흙만 파헤쳤다. 바람에 가격당한 땅이 높이까지 흙을 토해 냈다. 무성하고 푸른 잎을 자랑하던 나무들이 황토색 먼지에 덮였다. 바람이 잦아들고 먼지가 가라앉은 것은 30분가량이 지난 후였다.

"좋아, 그럼 시체를 찾아볼까?"

카인이 만족스러운 듯 숲을 향해 걸음을 옮겼다. 아란은 검 자루를 꽉 잡고 카인의 뒤를 따랐다.

'혈귀…….'

피 빨린 시체. 목에 난 이빨 자국.

그 일이 다시 반복될지도 모른다는 생각에 심장이 죄여왔다. 안 된다, 그것만큼은 막아야 한다. 두 번 다시 그 비참한 전쟁이 일어나서는 안 된다.

그 전쟁은 승자도, 패자도 없는 악몽이었다.

혼자 있는 라츠를 발견했다. 라츠는 늘 바스나 윈드, 실키와 함께였다. 그래서 라츠 혼자 있는 경우가 드물었다. 이리나는 반색을 하고 라츠를 향해 달려갔다.

깜짝 놀라게 해 줄 생각이었는데, 라츠가 먼저 휙 돌아섰다.

"라츠."

여자보다도 예쁜 라츠의 얼굴에 달콤한 미소가 떠올랐다.

"이리나."

이리나는 라츠의 목소리가 좋았다. 약간 낮고 부드러운 목소리. 웃을 때면 반달 모양으로 접히는 눈매도 좋았다.

아카데미에 입학하는 날, 옆에 서 있는 라츠를 보자마자 첫눈에 반했다. 그래서 라츠와 친해질 기회를 노렸는데, 8년이 지난 지금까지도 라츠와 대화 한 번 제대로 해 보질 못했다. 늘 라츠의 옆에 붙어 있는 실키 때문이었다.

"오늘은…… 혼자 있네?"

"응. 오늘은 혼자야. 왜? 바스나 윈드가 같이 있었으면 했어?"

"어? 아니, 아니. 그런 건 아니고…… 그냥, 신기해서. 늘 친구들이랑 같이 있으니까."

"아아, 그렇지."

라츠가 걷기 시작했다. 함께 걷자는 듯 이리나를 흘끗 돌아봤기에, 이리나는 그의 옆에서 같이 걸었다. 숨이 막히도록 심장이 뛰었다. 라츠와 나란히 서서 걸을 기회가 생기다니.

"어둠의 거리엔 어쩐 일이야? 술이라도 마시러 나온 거야?"

"아, 아니야. 난 술 못 마시는걸."

사실은 잘 마시지만, 사랑하는 남자 앞에서만큼은 순수한 척하고 싶은 것이 여자의 마음이었다.

"오늘 어둠의 거리에 장신구 상인이 온다고 해서 구경 나왔어."

"아, 그렇구나."

"넌?"

"난 그냥 바람을 좀 쐬고 싶어서. 가끔은 친구들이랑 떨어져서 혼자 있고 싶을 때가 있거든."

"아아. 그럼 내가 같이 있는 게 불편하겠다."

"응? 아니야. 너랑 둘이 얘기해볼 기회가 없어서 아쉬웠는걸."

"아쉬웠어……?"

라츠의 말에 심장이 콩닥콩닥 뛰었다. 라츠가 이리나를 돌아보며 부드럽게 웃었다.

"응, 아쉬웠어. 이리나, 넌 우리 아카데미에서 제일 예쁘잖아."

"저, 정말? 정말 그렇게 생각해?"

줄곧 예쁘다는 소리를 들으며 자란 이리나였다. 하지만 아카데미에 입학하면서, '여신' 칭호를 실키에게 빼앗겼다. 실키는 어지간한 소년보다 더 남자답고, 기품이라고는 찾아볼 수도 없지만 얼굴만큼은 화가 날 정도로 예뻤다.

"난 거짓말 안 해."

"하, 하지만 실키가……."

"실키는 동생이잖아. 친동생을 보면서 예쁘다고 생각할 오빠가 있을까?"

"아……."

"장신구 상인이 온다니, 잘 됐다. 같이 구경하러 갈까? 잘 어울리는 머리핀이 있으면, 하나 사 줄게."

"나한테?"

"응, 너한테."

이리나는 침을 꼴깍 삼켰다.

'어떡하지?'

심장이 터질 것 같다. 심장 뛰는 소리가 라츠에게까지 들릴 것 같아서 걱정이었다.

입학식 때, 라츠의 어머니를 본 적이 있다. 라츠와 똑같이 검붉은 머리에 검붉은 눈동자를 가진 아름다운 여자. 두 손을 가지런히 모으고 조용히 서 있는 그녀에게서는, 감히 쳐다보기도 힘들 정도로 기품이 흘렀다.

그런 어머니를 둔 라츠니까, 아마도 기품 있는 여자를 좋아할 것이다. 이리나는 라츠의 어머니만큼 예쁘진 않더라도, 그녀만큼 기품 있게 행동하고 싶었다.

기품 있는 여자라면 좋아하는 남자가 조금 친절하게 해 줬다고 두근두근 심장이 뛰는 소리를 흘려대진 않을 것이다.

이리나는 라츠의 어머니를 떠올리며, 두 손을 앞으로 가지런하게 모았다. 그때, 라츠가 이리나를 돌아보며 한 손을 내밀었다. 뭘 의미하는지 몰라 멍하니 그 손을 쳐다보자, 라츠가 웃었다.

"뭐해? 얼른 가자."

그제야 손을 잡으라는 뜻임을 깨달은 이리나는, 환하게 웃으며 그의 손을 잡았다. 그의 손은 생각보다 조금 차가웠다.

"라츠."

바스가 심각한 표정으로 라츠를 불렀다. 라츠는 아랫입술을 깨물고 고개를 숙였다. 충분히 반성을 하는 듯 보이기에, 바스는 가볍게 한숨을 내쉬며 그의 머리를 쓰다듬었다. 하지만 윈드는 가차 없었다.

"라츠가 잘못한 거야, 이건. 전적으로 라츠의 잘못이야."

움찔.

"물론 실키는 막무가내야. 하지만 실키가 막무가내 바보인 건 누구나 아는 사실이잖아. 그런데도 실키를 봐주는 건, 라츠가 실키를 말려 주기 때문이라고."

"……."

"레드 삼촌이랑 클레어 이모가 실키를 아카데미에 입학시킨 이유는, 실키가 멍청한 짓을 할 때 라츠가 말려줄 거란 믿음이 있기 때문이었어. 그런데 같이 도둑질을 하다니……."

퍼억—

"아프잖아, 실키!"

라츠를 나무라다가 실키에게 뒤통수를 가격당한 윈드가 머리를 거머쥐고 외쳤다.

"입 닥쳐, 윈드. 사람 앞에 두고 멍청하다는 소리를 하는 매너는 대체 어디서 배운 거야?"

"너한테 배웠어."

"아, 그랬나? 하여간 일이 이렇게 됐으니, 어쩔 수 없어."

"이 일을 만든 게 너거든? 실키, 미친 거야? 프레시온 교수님의 스크롤을 훔치다니…… 넌 죽을 거야. 라츠도 죽을 거고. 난 친구 두 명을 동시에 잃게 되는 거라고."

"심지어 라츠는 죄도 없는데 죽는 거야. 통탄할 일이지."

"오빠까지 이러기야?"

실키가 투덜거렸다. 바스가 싱긋 웃으며 실키의 머리를 헤집었다.

"이건 내가 어떻게 감싸 줄 수 있는 일이 아니야, 실키. 도둑질을 하다니. 레드 삼촌이 알면 넌 죽은 목숨이야. 산 채로 구워질걸?"

"오빠랑 윈드만 입을 다물면 아빠한테 알려질 일 없어. 어차피 멀리 있는데, 뭐."

"프레시온 교수님이라면 삼촌이 어디에 있든 네 일에 대해 알릴 수 있을 거야. 그러면 삼촌은 순간이동 스크롤을 사용해서 여기로 올 거고, 넌 두 걸음 가기도 전에 붙잡힐 거고, 엉덩이를 어마어마하게……."

"쉿!"

겁을 주는 바스의 입술을, 실키의 검지가 막았다. 실키의 표정이 변했다. 그녀는 차가운 눈으로 주위를 둘러봤다.

죽음의 숲은 빛 한 점 들어오지 않는 곳이었다. 달과 별조차도 기피하는 듯, 작은 빛 하나 없었다. 죽음의 숲이라는 이름이 딱 어울리는 곳이었다.

한 치 앞도 보이지 않는 곳이지만, 실키는 정면의 무언가를 보고 있었다. 일행은, 실키가 말해 주지 않아도 무엇을 보고 있는지 알 수 있었다.

기억이다. 죽음의 숲에 산재한, 죽은 자의 기억.

강하게 남겨진 기억은 평범한 사람도 볼 수 있지만, 대부분의 기억은 영력이 있는 이들에게만 보였다. 죽음의 숲에 널린 기억들은, 일행의 눈엔 보이지 않았다. 실키만이 그것들을 보고, 느낄 수 있었다.

그래서 바스는 두려웠다. 자신이 볼 수 없는 것을 보는 실키. 그렇다는 것은 위험한 상황이 닥쳤을 때에, 실키를 보호할 수 없다는 것이다.

만약 악의를 가진 기억이 실키를 덮치기라도 하면.

'상상하고 싶지도 않군.'

바스는 검자루를 꽉 쥐었다.

'검으로는 기억을 상대할 수가 없어. 라츠도, 윈드도 영력이 없고.'

이럴 줄 알았으면 카인의 연구실에 자주 들를 걸 그랬다. 카인은 마력으로도 제작이 불가능한, 진귀한 것들을 만드는 재주가 있었다. 그리고 바스의 두뇌를 탐냈다.

"이히히히히. 바스. 넌 검사가 아니라 발명가가 돼야 해."

늘 바스를 꼬드겼지만, 아란을 존경하는 바스는 카인을 더욱
멀리하는 것으로 대답을 대신했다. 그런다고 카인이 바스를 포
기한 것은 아니지만, 발명을 할 기회가 없기는 했다.

카인이라면 죽은 자의 기억을 상대할 수 있는 물건을 만들어
줄 수 있을 것이다. 아니, 어쩌면 이미 그런 물건이 있을지도 모른
다.

'실키, 라츠. 너희들이 털어야 할 곳은 프레시온 교수실이 아
니라 카인 아저씨의 연구실이었어!'

하지만 후회하기에는 이미 늦었다.

음산한 바람이 불어와 바스의 머리카락을 스치고 지나갔다.
죽은 자의 기억이 보이지는 않지만, 그것들이 느껴지기는 했다.
무겁고 어둡고 진득하다.

이런 상황에도 담담한 표정을 유지하는 실키가 신기했다. 대
영술사인 바홀 교수조차도, 죽은 자의 기억을 상대하고 나면 지
친 기색을 보이곤 했다. 하지만 실키의 표정에는 변화가 없었다.

바스의 입술을 누르고 있던 실키의 손가락이 아래로 내려갔
다. 실키는 누군가와 대화를 하는 듯 입술을 달싹거렸다. 윈드
가 그녀를 향해 다가가려 했지만, 라츠가 한 팔을 들어 그의 앞
을 막았다. 기억을 상대하는 영술사를 건드리면, 더 위험해지기

때문이다. 영술사가 기억과의 조우를 끝낼 때까지 기다리는 수밖에 없었다.

'실키……'

실키를 말릴 수가 없어서 죽음의 숲까지 따라온 건데, 이렇게 빨리 죽은 자의 기억과 마주할 줄은 몰랐다. 그러고 보니, 강한 영력이 있는 자들의 주위로 죽은 자의 기억이 모여드는 경우도 있다고 했다.

라츠는 초조한 마음으로 어머니의 말을 떠올렸다.

"만약 실키가 기억에 씌면…… 치거라."

"치라고요?"

"그래, 라츠. 사정없이 뒤통수를 치거라."

평소처럼 고고하고 기품이 드높은 표정으로, 어머니는 말했다. 뒤통수를 후려치라고.

라츠는 주먹을 꼭 쥐고, 언제든 실키의 뒤통수를 때릴 준비를 했다. 그때, 실키의 입술이 움직임을 멈췄다.

'썬 건가? 때려야 하나?'

고민하고 있는데, 실키가 획 돌아섰다.

"얘기 끝났어. 가자. 여긴 위험해."

새파란 눈동자는 흔들림이 없었고, 평소처럼 깊었다. 다행이다. 씌지 않았다.

"난 여기에 두 번 다시 오고 싶지 않아."

윈드가 중얼거렸다. 라츠도 마찬가지였지만, 어째서인지 앞으로 드나들게 될 것 같다는, 불길한 예감이 들었다.

아란과 카인은 조용히 바닥을 노려봤다. 한참을 그러고 있다가 아란이 먼저 입을 열었다.

"이건……."

"생각보다 많은데? 이히히히히."

기다렸다는 듯 카인이 아란의 말을 받았다.

있을지 없을지 모르는 시체를 드러내기 위해 숲의 땅을 헤집었다. 살인자가 시체를 감추기에 가장 좋은 곳이 숲이었기에, 시체가 많이 나오리라는 것은 이미 예상하고 있던 바였다. 그러나……

"이렇게 싱싱한 시체들이라니. 그때가 떠오르는구만."

카인이 바로 앞에 있는 시체를 발로 툭 치며 중얼거렸다.

카인의 말 대로였다. 싱싱한 시체라고 하기에는 군데군데 썩은 곳이 많았지만, 전체적으로 양호한 편이었다. 길어야 2, 3주 정도 된 시체가 40구가 넘었다. 그리고 시체의 목에는 하나같이 이빨 자국이 있었다.

"이건 혈귀의 이빨 자국은 아냐."

"그래, 인간의 잇자국이지. 대여섯 구 정도라면 변태살인범의 소행이라고 넘어갈 수 있겠는데, 40구가 넘는다면 얘기가 달라져."

"레드에게…… 연락을 해야겠군."

"난 타니하르를 불러야겠어. 시체 몇 구를 연구실로 가지고 가야지."

"전염성은 없나?"

"전염? 딱 보면 모르겠어? 피가 빨린 시신이야. 전염성이 있을 리가 없지. 혈귀처럼 발딱 살아난다면 모를까."

"……."

카인이 건성으로 대꾸한 말에, 오히려 안심이 됐다. 그래, 이게 혈귀의 짓이라면 시체가 썩을 리 없다. 죽자마자 다시 살아났을 것이다. 이건 혈귀의 짓이 아니다.

하지만 혈귀와 비슷한 소행이 벌어진다는 것은 문제였다. 카인이 타니하르에게 사람을 보내달라고 연락하는 동안, 아란은 통신용 마력석으로 레드에게 연락을 넣었다.

[자는 중.]

짧은 말과 함께 통신이 끊겼다. 아란은 참을성 있게 다시 마력석을 작동시켰다.

[자는 중이라……!]

"혈귀 같은 게 나타났다."

버럭 성질을 내는 레드에게, 본론부터 말했다. 안 그러면 그냥 끊을 것이 분명하기에, 설명할 시간이 없었다.

[뭐?]

"파미르 인근 숲에서 시체가 40구 넘게 발견이 됐는데, 목에 이빨 자국이 있고 피가 빨린 상태야."

[다시 살아날 기미는?]

역시 레드다. 듣자마자 혈귀의 가장 큰 특성부터 물었다.

"현재로썬 없다. 썩고 있거든."

[하지만 이빨 자국에 피가 빨렸단 말이지?]

"그래."

[난 지금 하이엘른이다. 아무리 서둘러도 일주일은 걸릴 거야.]

"라울은?"

[같이 있어. 델리 부부도.]

"유키는?"

[갠 가게 지키는 중. 일단 유키라도 먼저 불러들여. 내일 날 밝는 대로 배를 구해서 갈 테니까.]

"그래."

[아란.]

"왜?"

[애들 좀 잘 부탁한다. 특히 실키, 그 녀석은 성질머리가 더러워서.]

"그래, 너랑 똑같지."

[그런 심한 소리는 하지 말고. 난 그 정도는 아니었거든? 하여간 섣부른 짓 하지 않게, 잘 좀 부탁해.]

"그래. 아, 레오나드."

[왜?]

"여행 선물로는 하이엘른에서만 잡을 수 있는 큰 수염상어……."

뚝—

통신이 끊겼다. 아란은 인상을 찌푸렸다. 하이엘른의 특산품인 큰 수염상어 지느러미 포를 꼭 먹어보고 싶었는데, 아쉽게됐다.

"레드는 온대냐?"

"그래. 탄은?"

"지금 시체를 옮길 사람들을 데리고 온다더군. 확인해 보고황제에게 바로 보고를 할 거래."

"그럼 우린 여기서 시간을 때워야 하는 건가?"

"그래, 그야말로 네가 원하던 데이트지."

"닥쳐라, 카인."

카인이 킬킬 웃으며 시체 옆에 앉았다. 아란은 그 옆에 꼿꼿하게 서서 정면을 노려봤다.

하늘은 회청빛이었다. 달이, 클레어가 샬롯이었을 때나 정혈귀였을 때와 똑같은 달이 밤하늘을 밝히고 있었다.

"카인. 네 육체는 언제까지 버틸 수 있는 거지?"

"왜? 부러워? 이런 몸으로 만들어 줄까?"

"난 농담을 즐기지만, 네 몸에 관해선 농담을 하고 싶지 않은데."

"농담을 즐긴다고? 아발란체, 네가? 진심으로 하는 소린가?"

아란의 눈빛은 진지했다.

"그 말이 진심이라니 더 무섭군, 아란."

"네 육체에 대해 이야기하면, 넌 늘 말을 돌리지. 이번엔 대답을 들어야겠는데."

아란은 집요했다. 카인은 어쩔 수 없다는 듯 어깨를 으쓱하며 말했다.

"내 육체는 끝난 지 오래야. 사실 클레어 님을 다시 만나기 전에 끝났어야 했어."

"……."

"부득불 육체를 잡고 있는 건, 내 욕심이겠지. 클레어 님의 마지막을 지켜 주고 싶다는 욕심."

"그게 가능한가?"

"가능한 모양이야. 말했잖아, 이상한 약을 먹었고 이상한 몸이 되었다고."

건성으로 말하는 카인을, 아란은 조용히 응시했다. 카인은 속으로 한숨을 삼켰다. 이 속 깊은 사내를 속이는 것은 무척이나 어려운 일이었다. 아마도 아란은 눈치챘을 것이다. 현재 카인이 겪고 있는 고통을.

카인의 육체는 힘을 다한 지 오래됐다. 드래곤이 나눠 준 힘을 사용해 늘리고 늘린 시간은, 오래전에 끝났다. 사실은 루시드가 사라졌을 때, 카인 역시 사라져야 했다.

그럼에도 육체를 붙들고 있었던 이유는, 레드 때문이었다. 클레어가 사랑한 남자가 정신을 차릴 때까지는 곁에 있어 주고 싶었다. 그래야만 죽은 후에 주인들에게 할 말이 생길 것 같았다.

그러나 클레어가 돌아왔다. 그래서 카인은, 조금 더 살아야 했다.

몇 번이고 붙잡은 육체는 속에서부터 썩어 들어갔다. 장기 중 몇 개는 완전히 썩어서, 이제는 음식을 먹어도 소화시키지 못한다. 그래서 카인은 자신이 만든 영양제로 힘을 유지하는 중이었다.

"네가 그렇다면 그런 거겠지."

아란은 모르는 척 넘어갔다. 카인은 주먹을 꽉 쥐었다. 위험하다. 아란의 다정함 때문에 하마터면 정신을 놓아 버릴 뻔했다. 이 육체는, 정신을 놓는 순간 부서질 것이다. 어쩌면 지독한 냄새를 풍기며 썩어버릴 수도 있었다.

'만약 진짜로 죽을 것 같으면, 이 녀석들과는 멀리 떨어진 곳으로 가서 죽어야겠군. 마지막 가는 길, 흉한 꼴을 보일 수는 없지.'

그렇게 다짐할 때, 타니하르와 부하들이 도착했다.

알리바이를 만들어야 했기에, 그들은 어둠의 거리로 향했다. 어둠의 거리 가장 안쪽에 있는 작은 술집. 그곳이 타니하르가 항상 거주하고 있는 술집이었다.

"대장은 일이 있어서 멀리 좀 나갔다."

댄이 4명을 위한 벌꿀주스와 돼지 양념 꼬치를 가져다주며 말했다.

"고마워요, 댄 아저씨."

윈드가 생글생글 웃으며 말하자, 댄이 아쉽다는 듯 고개를 저었다.

"윈드는 왜 남자로 태어난 거지? 여자아이로 태어났으면 잘 키워서 내가 확 잡아먹었을 텐데."

실키는 그렇게 말하며 씩 웃는 댄의 얼굴을 물끄러미 응시했다. 다른 아이들은 눈치채지 못했지만, 실키는 알고 있었다. 댄이 바보 같은 소리를 한 후에 짓는 미소는 무척이나 쓸쓸하다는 것을. 그리고 그 쓸쓸함의 이유도 알고 있다.

수십 년 전, 혈귀와의 싸움에서 댄의 단짝이었던 얀디가 죽었다. 얀디는 댄이 바보 같은 소리를 할 때마다 제재를 가하는 친구였다.

댄은 못 보겠지만, 실키의 눈에는 똑똑히 보였다. 세월의 흔적이 묻어 나오는 댄과 달리, 아직 앳된 얼굴의 얀디가 댄의 뒤통수를 한 대 후려치는 모습이. 이 가게에 남아 있는 얀디의 기억이었다.

언젠가 어머니와 이 일에 대해 대화를 나눈 적이 있었다.

"다른 사람들도 죽은 자의 기억을 볼 수 있으면 좋았을 거예요. 그러면 그들이 자신을 얼마나 걱정하는지, 아꼈었는지 알게 될 텐데."

"기억은 실제가 아니란다, 실키. 남은 기억에 사로잡히면, 인간은 그 기억에 안주하게 되지. 그리고 현실을 보지 못하게 돼."

"하지만…… 현실과 거의 비슷하잖아요. 모습도, 습관도, 말투도. 그렇다면 견딜 수 없는 슬픔을 혼자서 극복하느니, 차라리 기억과 함께 살아가는 게 낫지 않겠어요?"

그렇게 말하자 어머니는 쓸쓸하게 웃으며 하늘을 올려다봤다. 그리고 그때 처음으로 실키에게 혈귀와 관련된 긴 이야기를 해 주었다.

"만약 내가 젠의 기억을 볼 수 있었더라면, 나는 네 아버지를 만났어도 그에게 눈길을 주지 않았을 거야. 그러면 너도 태어나지 않았겠지. 실키, 떠난 자는, 떠난 자일뿐이란다. 그들과의 추억과 그들을 향한 마음은 가슴에 묻고, 살아남은 자는 앞에 펼쳐진 길을 걸어가야 하는 거야. 그러면 그 길을 걷다가 또 다른 인연, 또 다른 행복과 마주치게 되지."

"그런데……."
댄의 목소리에 실키는 상념에서 벗어났다.
"이 시간에 여기는 어쩐 일이지?"
"실키가 벌꿀주스 마시고 싶다고 해서 겸사겸사 나왔어요. 탄 아저씨도 만날 겸."
윈드가 얼른 대답했다. 댄은 눈을 가늘게 뜨고 윈드를 응시하다가 바스에게로 시선을 돌렸다. 벌꿀주스 한 잔을 한 번에 들이킨 바스가 손등으로 입가를 닦으며 말했다.

"역시 아저씨의 벌꿀주스가 최곱니다."

"평소라면 칭찬을 들려줬을 때 춤이라도 춰 줄 텐데 말이야."

평소가 아니라서 다행이다, 라고 일행은 생각했다.

"안타깝게도 오늘은 아니야, 바스. 왜 이 시간에 나온 건지 이실직고해 줘야겠어."

"진짜예요, 아저씨. 꼬치구이도 먹고 싶었고."

실키가 거들었다. 하지만 댄은 미심쩍다는 표정을 거두지 않고 라츠를 돌아봤다.

"정말이야, 라츠?"

벌꿀주스를 홀짝거리던 라츠가 눈을 크게 떴다가, 곧 빙그레 웃으며 고개를 끄덕였다.

"네, 댄 아저씨. 정말이에요."

"그래? 뭐, 그렇다면 그런 거겠지."

댄이 머리를 긁적거리며 쉽게 수긍했다. 실키가 눈썹을 치켜올렸다.

"아저씨, 왜 우리는 안 믿고 라츠 얘기만 믿어요?"

"그거야 라츠는 신뢰가 가는 녀석이니까."

"충격입니다. 전 신뢰가 안 간다는 말씀입니까?"

바스가 볼멘소리를 냈다.

"엉. 넌 아란을 쏙 빼닮았고, 윈드 넌 델리의 아들인데도 이상하게 유키를 닮았어. 그리고 실키 넌…… 하아. 미안하다, 실키.
넌 네 아버지랑 너무 똑같아서 도저히…… 미안하다, 이 아저씨
마음의 크기가 여기까진가 보다."

"……대체 아빠는 뭘 어쩌고 살아오신 거야?"

실키가 투덜거렸다. 댄은 그런 실키를 귀엽다는 듯 지켜보다
가 말했다.

"하여간 너희들 말이야. 이 시간에 아카데미 밖으로 나오는
건 관 뒤."

"왜요? 무슨 흉흉한 일이라도 있어요?"

윈드가 기회를 놓치지 않고 물었다. 댄은 살짝 미간을 모았다
가 어깨를 으쓱했다.

"밤거리는 항상 흉흉한 법이야. 네놈들 부모도 그렇고 대장도
그렇고, 주위에 다들 강한 사람들만 있으니 잘 모르나 본데, 세
상이 얼마나 흉흉한 줄 알아? 한 발자국 떼면 코를 베어 가는 게
요즘 세상이야."

영양가 없는 댄의 잔소리가 시작됐다. 실키는 잔소리가 한동
안 끝나지 않을 것을 예상하고는, 아까 죽음의 숲에서 만난 기억
에 대해 떠올렸다.

"혈…… 목에 이빨을…… 인간의 피를 마시면…… 영
생…… 영원한…… 다움……"

아무래도 혈귀가 나타난 것 같다.

"댄 아저씨는 지독해."

윈드가 혀를 내둘렀다.

"어떻게 그렇게 숨도 안 쉬고 말을 하지? 내가 숨이 다 막히더라."

"어. 죽을 뻔했다."

바스의 얼굴이 하얗게 질려 있었다. 댄은 그들을 아카데미 앞에 데려다 주는 와중에도 계속 잔소리를 했다. 그들은 두 번 다시 그 가게를 찾지 않겠다고 다짐했다. 그 가게에 유독 손님이 없는 것도 이해가 됐다.

라츠조차 댄의 잔소리에 질려 한숨을 쉬고 있을 때, 실키는 그 옆에서 웃고 있던 얀디의 기억을 떠올리고 있었다. 아이들에게 잔소리를 하는 댄을, 얀디는 재미있다는 듯 지켜보다가 한마디 했다.

'네가 애들한테 잔소리할 때냐? 멍청하기는 세계 최고였잖아. 대장한테 허구한 날 혼났으면서.'

아마도 그가 한 말을 댄에게 전달해 주었다면, 댄은 울고 또 웃었을 것이다. 얀디의 기억은 무척이나 또렷했고, 그 상황에 어울리는 말까지 할 수 있었다. 그것은 얀디가 그 가게와 댄에게 강한 애착을 가지고 있었다는 뜻이다. 약하게 남은 기억은 살아 있을 때의 말과 행동을 반복할 뿐, 스스로 말을 하지는 못한다.

'난 모르겠어요, 엄마.'

실키는 생각했다.

'엄마 말이 맞아요. 하지만…… 하지만 댄 아저씨한테 얀디 이야기를 전해 주면, 아저씨는 기뻐할 거예요. 댄 아저씨라면 얀디의 기억에 매달려, 현실을 보지 못하는 일은 없을 거예요.'

그러나 가까운 자의 기억을 전해 주는 일은 섣불리 해서는 안 되는 일이다. 본인이 강하게 희망하면 해 줄 수 있지만, 댄은 실키에게 영력이 있다는 것을 알면서도 그런 것을 요구하지 않았다.

그렇다면 원하지 않는다는 거겠지. 얀디의 기억과 마주하는 것을.

"실키, 슬슬 기숙사감이 기숙사를 돌아볼 시간이야. 오늘은 일단 들어가고, 내일 아침에 식당에서 봐."

라츠가 말했다. 실키는 가볍게 고개를 끄덕이고 여자 기숙사로 달려갔다. 실키의 방은 3층에 있었다. 실키는 주위를 둘러본 후, 마력을 끌어모았다. 바람이 몰려와 실키의 다리를 감싸 위로 밀어 올렸다.

쉽게 창문 앞에 선 실키는 조용히 창문을 열고 안으로 들어갔다.

'응? 이리나는 어디 갔지?'

자고 있을 줄 알았는데, 이리나의 침대엔 아무도 없었다. 이리나는 피부 관리를 위해 일찍 잠이 들곤 했다.

'화장실에 갔나?'

실키는 조용히 옷을 갈아입고 침대로 들어갔다. 이불을 덮고 눈을 감았을 때, 방문이 열리는 소리가 들렸다. 기숙사감인 줄 알았는데 이리나였다.

'냄새가…… 이상해.'

밤바람 냄새, 그리고 묘한 냄새가 났다. 어릴 적부터 초목의 권능을 가진 델리와 함께 자라며, 온갖 약초의 냄새를 맡아온 실키였다. 하지만 이 냄새는 맡아본 기억이 없다. 약간은 비릿하고 약간은 달콤한 향기.

'어딜 다녀온 거지?'

미주알고주알 얘기해야 할 만큼 친한 사이는 아니었지만, 이리나가 풍기는 냄새가 마음에 걸렸다. 어딜 다녀온 건지 물어봐야겠다고 생각하는데, 이리나가 콧노래를 부르기 시작했다. 한 번도 들어 본 적 없는 음산한 음률이, 어두운 방안을 떠돌았다.

오싹—

팔뚝에 소름이 돋았다. 실키는 마른침을 삼키며 눈을 감았다. 안 되겠다. 아무것도 묻지 않는 게 낫겠다. 지금의 이리나는 뭔가 이상하다.

그때, 볼에 숨결이 느껴졌다.

이리나가 아주 가까운 곳에서 실키의 얼굴을 들여다보고 있었다. 진짜로 자고 있는지, 아닌지 확인하려는 것처럼.

한참 동안 눈도 깜빡이지 않고 실키의 얼굴을 주시하던 이리나가 떨어져 나갔다. 그녀가 자신의 침대에 눕는 소리를 듣고 나서야, 실키의 심장박동이 제 속도를 되찾았다.

실키는 태어나서 처음으로 극렬한 감정을 느꼈다. 그 감정의 이름은 '공포'였다.

*   *   *

잠을 설치다가 창문으로 새벽빛이 들어올 무렵에 까무룩 잠에 빠져들었다. 악몽을 꿨다. 이리나의 긴 송곳니가 목을 꿰뚫고, 실키의 몸 안에 흐르는 붉은 액체를 모조리 빨아들이는 꿈이었다. 그리고 죽지도, 살지도 못한 채 떠도는 밤. 변치 않는 달빛 아래를 헤매는 지독한 고독.

잠에서 깨어나 조금 운 이유는, 무서운 꿈 때문이 아니었다. 그런 악몽 같은 시간을 겪었던 엄마가 생각났기 때문이었다. 엄마에게 그 일에 대해 들을 때만 해도,

'와, 참 긴 시간이었구나. 정말 고통스러웠겠다.'

라고만 생각했었다. 혼자서 떠도는 긴긴 밤이 선뜻 와 닿지 않았던 것이다. 하지만 이제는 어렴풋하게나마 알겠다. 그저 꿈인데도 이토록 고통스러운데, 실제로 그 일을 겪은 엄마는 얼마나 괴로웠을까?

"또 늦잠 자니?"

한 톤 높은 목소리에 퍼뜩 정신을 차렸다. 이리나가 침대 옆에 서 있었다. 일찍 일어나는 이리나는 벌써 나갈 준비를 마친 후였

다. 곱게 빗어서 양 갈래로 땋은 머리, 주름 하나 없는 교복. 간밤의 일이 떠올라 심장이 쿵 내려앉았다.

하지만 침대 옆에 서 있는 이리나는 평소와 다를 게 없었다. 지난밤의 일이 거짓말처럼 느껴질 정도로, 이리나는 평범했다. 이상한 냄새가 나지도 않았다.

'어젯밤엔 내가 착각한 거였나?'

아니, 그럴 리는 없다. 그 이상한 냄새와 가까이에서 느껴지던 이리나의 숨결은 착각이 아니었다.

"얼른 일어나. 또 라츠 걱정시키지 말고."

'라츠'의 이름을 담는 이리나의 어투가 묘하게 다정했다.

"네가 안 나오면 라츠도 아침을 안 먹는단 말이야."

"너, 진짜 시끄럽다."

실키는 투덜거리며 침대에서 내려왔다.

"안 시끄럽게 생겼니? 네가 지각할 때마다 룸메이트인 내가 혼난단 말이야."

"알았어, 알았어."

"건성으로 대답하지 좀 말고."

"알았다니까."

아침부터 기운차게 씩씩거리던 이리나가 콧방귀를 뀌더니, 휙 돌아서서 나가 버렸다. 실키는 서둘러 옷을 갈아입었다. 잠에서 깬 지 오래다. 충분한 수면을 취하진 못했지만, 잘 기분이 아니었다.

그녀는 서둘러 기숙사에서 나와 식당으로 향했다. 라츠와 바스, 윈드는 이미 식당 중앙에 있는 커다란 테이블에 자리를 잡고 있었다. 그들의 주위엔 여학생들이 몰려 있었다. 친절하게 대화를 해 주는 라츠, 윈드와 달리, 바스는 무표정하게 식사만 하고 있었다.

'그래, 밥 먹을 때의 바스는 건드리면 안 되지. 정말 아란 삼촌이랑 똑같다니까.'

그렇게 생각하며 테이블로 다가갔는데, 바스가 고개를 번쩍 들었다. 바스의 청록색 눈동자가 정확하게 실키를 향했다. 햇빛을 받은 그의 눈동자는 마치 바다처럼 빛났다. 그래서 실키는, 그 눈동자를 무척이나 사랑했다.

그저 눈이 마주친 것뿐인데 심장이 콩콩 뛰었다. 바스에게 들키고 싶지 않아서 인상을 살짝 찌푸렸다. 하지만 바스는 온화한 미소를 지으며 실키에게 인사를 건넸다.

"잘 잤어, 실키?"

"아니, 오빠?"

"난 잘 잤지. 피부가 탱탱하잖아."

"자기 입으로 잘난 척하는 건 관두지그래?"

"어서 와서 앉아. 내가 밥 받아올게."

"아냐, 내가……."

"어서."

바스가 다가와 실키의 손목을 잡았다. 밥을 먹을 때의 바스는 아무도 건드리면 안 된다. 밥을 먹을 때의 바스는 옆에 화염이 떨어져도 움직이지 않는다. 그러나 실키에게만은 달랐다.

그것을 알기에 심장이 두근거렸다.

"바람둥이."

설레는 마음을 들키지 않기 위해 중얼거렸더니, 바스가 작게 웃었다.

"너한테만 그래."

"거짓말."

"진짜야, 실키."

바스가 실키를 라츠의 옆자리에 앉혔다.

"기다려, 식판 받아올게. 얘기는 내가 돌아오고 나서 시작해. 너희들은 좀 떨어지고. 우리끼리 할 이야기가 있거든."

실키를 향한 다정한 음성이 다른 여학생들을 향하자 순식간에 차갑게 가라앉았다. 여학생들은 뿔뿔이 흩어지며 실키를 노려봤다.

여학생들이 던지는 질투의 시선은 이미 익숙했다. 어릴 적부터 이들과 어울리면 늘 여자들의 적이 되곤 했다. 친하지도 않은 여학생들 따위, 아무래도 상관없다. 라츠와 윈드, 그리고 바스만 있으면 된다.

바스가 식판 가득 음식을 담아서 돌아왔다. 오늘의 아침은 오리 고기 스튜와 신선한 야채를 잔뜩 넣은 샌드위치였다. 그리고 후식은 푸딩.

입맛이 없다고 생각했는데, 맛있는 냄새를 맡자 허기가 느껴졌다. 실키는 정신없이 음식을 먹으며 말했다.

"죽음의 숲에서, 그 여자의 영혼말이야."

"실키, 다 먹고 말하면 안 돼?"

유독 깔끔한 윈드가 오만상을 찌푸리고 애원하듯 말했다. 실키는 무시하고 그때 들었던 단어들을 나열했다. 바스의 표정이 굳었다.

"설마 혈귀가…… 다시 나타난 건 아니겠지?"

"그럴 리 없어. 혈귀는 혈귀의 왕이 존재함으로써 파생된 결과물이야. 혈귀의 왕은 죽었고, 혈귀도 그때 전부 사라졌잖아."

라츠가 하얗게 질린 얼굴로 반박했다.

"하지만…… 클레어 이모는 살아남았잖아. 그런 식으로 살아남은……."

"우리 엄마는 달라!"

실키가 벌떡 일어나 비명처럼 외쳤다. 윈드가 입을 다물었다.

"우리 엄마는, 우리 엄마는 달라! 우리 엄마는 그런 것들과 달랐다고!"

실키의 붉은 머리카락이 타오르는 듯했다. 실키는 분노와 슬픔을 온몸으로 표현하고 있었다. 식당 안에 있는 학생들과 교수들이 실키를 쳐다봤지만, 실키는 그조차 느끼지 못했다.

엄마의 고독을, 아주 조금은 알고 있다. 영원한 밤을 혼자서 배회해야만 했던, 그 길고 긴 시간. 그 고통의 시간. 혈귀가 심장에 새겨진 저주를 이기지 못하고 인간의 피를 마실 때에, 엄마는 고통을 견디는 쪽을 택했다.

사랑하는 윈드라도, 엄마를 다른 혈귀들과 똑같았다는 식으로 말하는 것은 용서할 수 없었다.

"우리 엄마를 그따위 것들과 같은 취급하지 마, 위나얼드. 우리 엄마는 이 세상에 존재하는 그 무엇보다도 고귀한 존재니까!"

식당 안이 쩌렁쩌렁 울릴 정도로 소리를 친 실키가 휙 돌아서서 달려 나갔다. 바스가 윈드의 어깨를 툭 쳤다.

"네가 잘못한 거야, 윈드."

"응, 알아. 내가 실언을 했어. 이모가 어떻게 살아왔는지 알면서."

"아니, 넌 몰라. 나도 모르고, 라츠도 몰라. 아마 레드 삼촌도 모를 거야. 천 년이 넘는 그 고독을 이해할 수 있는 건, 카인 교수님뿐이야."

"······응."

마음 여린 윈드의 눈에 눈물이 고였다.

"미안해, 라츠."

클레어는 라츠의 어머니이기도 했다. 윈드의 사과에 라츠가 빙그레 웃었다.

"아냐. 네가 그런 의미로 한 말이 아니라는 거 알아."

"응."

"실키도 알 거야. 그저 그 애는 죽은 자의 기억과 마주하는 경우가 많아서, 우리보다 좀 더 잘 아는 것뿐이야. 가서 사과하면 받아 줄 거야."

"실키가 날 죽이진 않겠지?"

"죽이진 않겠지. 아버지가 아무리 화나도 사람을 죽이는 건 안 된다고 했거든. 하지만 팔다리가 무사할 거라는 보장은 못 해 주겠다."

라츠가 온화한 미소와 어울리지 않는 무서운 소리를 해 댔다. 윈드는 핏기가 가신 얼굴로 일어나, 식당 문을 향해 주춤주춤 걸어갔다.

"어떻게 생각해, 라츠?"

윈드가 나간 후, 바스가 다시 원래의 주제로 돌아갔다.

"혈귀…… 말이지?"

"응. 그 기억이 남긴 말만 들어보면 그건 혈귀의 소행이야."

"하지만 그 여자는 죽었어."

"아니, 죽은 게 아닐지도 몰라. 그 여자의 시체가 발견된 건 아니잖아."

"육체는 살아 있고, 인간일 때의 기억만 남아 있다는 건가?"

"그럴지도 모르지. 게다가…… 난 이모 얘기를 들을 때마다 이런 의심을 품었어."

라츠가 바스를 쳐다봤다. 바스의 미간에 깊은 주름이 새겨졌다.

"이모가 재생했듯이, 혈귀의 왕도 재생했을지 모른다는 생각."

"하지만!"

"혈귀의 왕은 아모른 님이 아끼던 인간이었어. 이모가 재생한 것은 아마도 아모른 님이 기특하게 여겼기 때문이겠지. 한 마디로 아모른 님은 정말이지, 제멋대로인 신이라는 거야."

"바스……."

"아니, 잘 들어 봐. 그런 제멋대로인 신이, 자기가 사랑하는 인간을 그렇게 고통만 받다가 소멸하게 놔뒀을까?"

"혈귀의 왕은 끔찍한 놈이었어. 우리 엄마의 가족들을 다 죽이고, 우리 엄마가 혼자서 떠돌게 만들었어."

"그래. 하지만 혈귀의 왕 입장에서 생각해 봐봐."

"아니, 난 못 해."

"난 할 수 있어."

"뭐?"

라츠가 믿을 수 없다는 듯 눈을 크게 떴다. 바스가 쓰게 웃으며 라츠의 이마를 톡톡 두드렸다.

"그렇게까지 반응하지 마. 이건 그냥 사랑에 빠진 남자의 입장에서 하는 말이니까."

"아……."

"난 실키를 사랑해. 하지만 실키가 내가 아닌 다른 남자를 사랑하고 있다면, 그래서 나한테 눈길도 안 준다면, 난 슬플 거야. 그리고 두 개의 선택을 두고 고민하겠지."

"……."

"실키의 연인을 죽이고 실키를 내 것으로 만들 것인가, 실키의 행복을 빌어주며 돌아설 것인가."

"형은 돌아설 거야, 바스."

"그래, 난 그럴 거야. 하지만 극단적인 선택을 하는 경우가 있어. 게다가 혈귀의 왕은 사랑만 받고 자란 놈이었잖아. 그런 놈들은 사랑을 주는 방법을 몰라. 어린애처럼 생각했겠지. 거슬리는 것들을 없애버리면, 갖고 싶은 게 내 손에 들어올 거라고."

"그래, 그랬겠지."

침착함을 되찾은 라츠가 가볍게 고개를 끄덕였다.

"상대는 신이라는 걸 명심해 둬, 라츠. 인간이랑 달라. 혈귀의 왕이 인간을 몇 명 죽였든, 얼마나 고통스럽게 했든, 아모른 님에겐 큰 문제가 되지 않아."

"그래. 만약 그렇다면 혈귀의 왕도 우리 엄마처럼 재생시켰을지도 모르겠다. 또 한 번의 삶을 살아가라고."

"그치?"

"하지만 난, 그건 거의 가능성이 없다고 봐."

"그래, 나도 그래. 난 그저 혈귀가 존재할 가능성 중, 이런 이유가 있을지도 모른다고 말하는 거야."

"응. 그리고 어쩌면, 아모른 님이 또 다른 사람에게 밤의 저주를 내렸을지도 모르지."

"그래, 맞아. 가능성은 여러 가지야. 이모에게 내려진 혈귀의 저주는 끝났지만, 또 다른 저주가 시작되고 있는지도 모르는 거야."

"그럼…… 아란 삼촌에게 알려야겠네. 아버지랑 어머니한테도."

"아니. 그분들은 상처가 깊어. 정확하지 않은 사실로 마음을 들쑤시면 안 돼. 만약 이럴 가능성이 있다고 하면, 앞으로 쭉 불안해하실 거야."

"……."

"우리가 좀 더 조사해 보자, 라츠."

바스를 믿지 못하는 것은 아니었다. 바스는 영리하고 강했다. 하지만 라츠는 이 일이 그렇게 쉽게 끝날 일이 아닐 것 같다는, 불안감에 휩싸였다.

다시 실키와 이야기를 해 봐야겠다고 생각하며 식판을 정리하는데, 이리나가 다가왔다. 평소에는 인사만 하는 사이인데, 오늘따라 친근한 미소를 지으며 라츠의 어깨에 손을 얹었다.

"라츠, 그럼 오늘 밤에도 부탁할게."

"어?"

무슨 말이냐고 묻기도 전에, 이리나가 휙 돌아서더니 표표히 걸어갔다. 바스가 라츠의 어깨를 툭 쳤다.

"뭐야, 인마. 너, 이리나랑 그렇고 그런 사이였어?"

"무슨 소리야, 바스. 그럴 리가 없잖아."

"왜? 이리나 정도면 예쁘잖아. 애교도 많고, 마력사로서의 재능도 충분하고. 잘하면 괜찮은 마력사 커플이 될 수도 있겠는데?"

"괜한 소리 하지 마. 난, 아직 그럴 생각 없으니까."

"실키, 미안해."

창문 밖에서, 윈드가 말했다. 윈드는 바람을 이용해서 몸을 둥둥 띄우고 있었다. 모르는 척할 줄 알았는데, 실키가 창문을 벌컥 열어젖혔다. 그리고 윈드를 똑바로 쏘아봤다.

"그래, 미안할 거야."

"그런 뜻이 아니었어."

"응, 그건 알아. 나도 너무 예민하게 반응했어."

"그럼…… 용서해 주는 거야?"

"응. 하지만 두 번 다시는 우리 엄마랑 그것들을 비교하지 마."

"응, 그럴게."

"……들어올래?"

실키가 옆으로 비켜섰다. 윈드는 주위를 둘러본 후, 아무도 없다는 것을 확인하고 방안으로 들어갔다. 바닥에 발을 내딛자마자 윈드가 인상을 찌푸렸다. 윈드의 연갈색 눈동자가 불안한 듯 방안을 훑었다.

"왜 그래?"

실키가 의아해하며 물었다. 윈드는 대답 없이 킁킁거리며 방안을 돌아다녔다.

"윈드?"

"이거…… 무슨 냄새야?"

"어?"

"이상한 냄새가 나."

"이상한 냄새라니?"

"달콤하고 비린 냄새. 썩은 생선이랑 쿠키를 버무린 것 같은 냄새야."

어젯밤 분명 그런 냄새가 났었다. 윈드의 말을 듣고 보니, 딱 그런 냄새였다. 썩은 생선과 달콤한 쿠키를 버무린 냄새. 두 번 다시 맡고 싶지 않은 역한 냄새.

"아, 넌 냄새를 잘 맡았었지."

"응. 향수 뿌렸어?"

윈드가 실키의 어깨에 얼굴을 묻고 킁킁거렸다.

"실례야, 윈드. 내가 그런 이상한 냄새가 나는 향수를 뿌릴 리가 없잖아."

"그럼 이건 어디서 나는 냄새지?"

"어젯밤에······."

실키는 어젯밤 이리나의 상태를 설명했다.

"그건 너무 이상한데?"

"그치? 나 처음으로 공포라는 걸 느껴봤어. 심장이 꽉 조이는 게······ 걔가 내 심장박동 소리를 듣고 있는 것 같다는 생각까지 들더라."

"듣고 있었던 게 아닐까?"

"어?"

"혈귀는 인간의 심장 소리를 들을 수 있잖아."

"아······! 하지만······ 이리나는 혈귀가 아냐. 혈귀가 다시 나타났다는 게 확실한 것도 아니고."

"그거야 그렇지. 하지만 어젯밤 네가 만난 여자의 기억도 그렇고, 여러 가지로 이상한 일들이 벌어지고 있는 건 확실해."

실키는 침대 가장자리에 앉아 허벅지 위에서 두 손을 모아 쥐었다. 윈드는, 저런 자세를 취할 때의 실키가 좋았다. 허리를 꼿꼿이 세우고 조용히 앉아 있는 실키는, 클레어와 몹시 비슷한 분위기를 풍겼다.

하지만 이 얘기는 해 주지 말아야지. 우쭐해할 테니까.

"확실해지기 전엔 부모님께 말씀드리고 싶지 않아."

이윽고 실키가 말했다. 윈드는 그녀의 마음을 이해했다.

인간들에게는 그저 갑자기 나타난 혈귀 때문에 많은 희생이 있었던 전쟁에 불과했다. 하지만 클레어와 레드에게는 그렇게 쉽게 정의를 내릴 전쟁이 아니었다.

괜히 혈귀에 대한 이야기를 꺼내서, 간신히 아문 그들의 상처를 벌어지게 하고 싶지 않았다. 윈드의 어머니인 델리는 그때의 일을 이야기해 주면서, 많이 울었었다. 클레어 님이 너무너무 안쓰러워서, 모든 것이 끝나고 다 행복해진 지금도 그때의 클레어 님이 너무나 안타까워서 가슴이 저민다고.

"일단은 우리끼리 알아보는 게 좋겠어. 무슨 일이 벌어지는 건지 확실히 파악한 다음에, 부모님들께 알리자."

그래서 윈드는 실키의 판단을 따르는 수밖에 없었다. 윈드는 엄마가 우는 것을, 그리고 클레어 이모가 서글픈 미소를 짓는 것을 보고 싶지 않았다.

　　　　*　　　*　　　*

　타니하르 소유의 커다란 창고 바닥에 수십 구의 시체가 놓여 있었다. 밀폐된 창고라서 시체 썩는 냄새가 지독했다. 아란이 바람으로 어떻게든 냄새를 날려 버리려 했지만, 카인이 말렸다. 증거가 사라질지도 모른다는 우려 때문이었다.

　그래서 그들은 역한 냄새를 풍기는 공간에 모여 있을 수밖에 없었다.

　"난 수업이 있어서 가 봐야겠다."

　아란이 창고를 나가려 했지만, 카인이 붙잡았다.

　"이히히히. 여기서 도망치고 싶어 하는 그 속을 누가 모를 줄 알고? 수업 따위는 모히틀에게 맡겨두면 되잖아."

　"난 수업을 남에게 맡기는, 책임감 없는 교수가 아냐."

　"놀고 자빠졌네. 지난번에 파미르에 검은 고래 고기가 들어왔을 때 어땠지? 수업이고 뭐고 다 내팽개치고 먹으러 달려갔었잖아."

　"그건 교수의 덕목 중 하나인 호기심 때문이지. 검은 고래 고기가 어떤 맛인지, 몸소 체험을 해 봐야만 했다. 그래야 학생들에게 알려 줄 것이 생기니까."

　"남들이 들으면 네놈이 요리학 교수인 줄 알겠는데? 이히히히히. 도망칠 생각 말고, 죽으려면 같이 죽어."

"카인, 그렇게 안 봤는데 굉장히 비효율적인 놈이었군. 넌 여기서 시체를 검사하고, 난 돌아가서 수업을 한다. 이보다 나은 방법을 찾을 수 있나?"

"응. 우리 셋 다 여기서 시체를 검사하면, 일이 더 빨리 끝나겠지."

라고 말하며, 카인은 막 도망치려던 타니하르의 발목을 향해 밧줄을 던졌다. 던지기만 해도 저절로 적의 발목을 잡아 옭아매는 밧줄이었다.

"난 시체에 대해 아무것도 몰라!"

타니하르가 부르짖었다.

"내가 해 온 것이라곤 해적질과 술집 운영뿐! 시체의 사인 따위를 알아보는 능력은 없다고!"

"이히히히히. 멍청한 놈들. 내가 네놈들에게 대단한 걸 원한다고 생각하는 거냐? 네놈들은 칼질 하나는 기가 막히게 하잖아. 내가 대충 상태를 보고 넘긴 시체, 가슴을 갈라서 심장 상태를 확인해. 그게 썩는 중인지 멀쩡한지. 눈이 있으면 그 정도는 할 수 있겠지."

"제길."

아란이 가볍게 욕설을 내뱉었다. 카인이 맡긴 일이 너무 간단한 일이라서, 더는 도망칠 이유를 댈 수가 없었기 때문이다.

"서둘러 조사를 해야 돼. 그럴 리는 없겠지만, 이게 정말로 혈귀랑 관련된 일이라면……."

카인의 미간이 좁아졌다.

"클레어 님이 이곳에 도착하시기 전에, 모든 일을 해결하고 싶은데. 니들 생각은 어때?"

굳이 대답할 필요도 없었다. 타니하르와 아란은 서로 시선을 맞춘 후, 옷소매를 걷어 올렸다.

수십 구의 시체를 모두 검사한 후, 카인이 말했다.

"혈귀의 소행이 아니야. 인간의 짓이지."

"그래? 그거 다행이군."

아란의 입가에 서늘한 미소가 맺혔다.

"인간이라면 베어 버리면 그만이니까."

"문제는 이 짓을 한 게 누군지 알아내야 하는데…… 어떤가, 카인? 대충 범인의 정보를 알겠나?"

타니하르의 질문에 카인이 고개를 갸우뚱했다.

"범인, 이 아니야. 범인들, 이지."

"다수란 말인가?"

"그래. 잇자국을 보면 한 사람의 것이 아니야. 적어도 열 명 이상, 이 일에 개입되었어. 그런데 웃기는 게 뭔지 알아?"

"뭔데?"

"이 잇자국 말이야."

카인이 여자의 시체를 가리켰다. 그리고 끝에 있는 남자의 시체에게로 손가락을 옮겼다.

"저놈의 치아 형태랑 딱 들어맞아."

"뭐?"

"대충 조사를 한 거라서 확실하진 않지만, 아마 여기 죽은 놈들 중에 다른 놈 목에 잇자국을 낸 놈들이 더 있을 거야."

"그렇다는 건, 서로 물어뜯으면서 죽였다는 건가?"

"글쎄. 피가 뽑힌 건 목에서 뽑힌 게 아냐. 여기서 뽑힌 거지."

카인이 시체의 명치 부근을 가리켰다.

"몇 번이나 바늘을 찌른 흔적이 있어. 대부분 여기로 피를 뽑아냈고, 마지막에 목을 물어뜯어서 훅 가게 만든 거야."

"혈귀의 짓이 아닌 건 확실하군."

"그래. 혈귀라면 이런 번거로운 짓은 안 할 테니까. 게다가 이렇게 평온한 시체가 생길 리도 없고."

카인의 말에 아란이 쓰게 웃었다. 카인의 말 대로였다. 혈귀의 소행이었다면 지금 이 시체들은 살아서 움직이고 있을 것이다. 길고 강한 손톱과 송곳니를 번쩍이면서.

"내가 할 수 있는 건 여기까지야, 아발란체. 이다음의 일은 네놈들이 할 일이지. 난 가서 좀 자야겠어, 이히히히히."

카인이 연구복을 펄럭거리며 창고에서 나갔다. 백발을 흩날리며 멀어지는 카인의 뒷모습을 지켜보다가, 타니하르가 입을 열었다.

"일단…… 목욕을 좀 해야겠군."

검술 수업이 끝난 후, 1시간 정도 쉬는 시간이 있었다. 그들은 아카데미 가장자리에 있는 커다란 나무 아래에 모였다. 듣는 사람이 없는지 둘러보고, 나무 그림자까지 꼼꼼히 살펴본 이유는 모히틀 때문이었다.

오늘 아란이 진행해야 할 상급 검술 수업에 모히틀이 대신 들어왔는데, 그가 유독 실키 일행을 눈여겨보는 것이 느껴졌었다. 아란에게 실키 일행을 감시하라는 소리를 들었는지도 모른다. 모히틀은 그림자에 숨어드는 것이 특기였기에, 모습이 보이지 않는다고 안심할 수가 없었다.

"삼촌이 왜 수업을 빼먹었을까?"

"오늘 시장에 상인들이 오는 날인가? 저번에도 특이한 음식 들어왔다고 수업을 뺐었잖아."

"그리고 교장 선생님한테 엄청 혼났지. 두 번 다시 그러지 않겠다고 약속했던 것 같은데."

"우리 아버지를 우습게보지 마. 먹을 것 앞에서, 약속 따위는 의미가 없는 사람이야. 우리 아버지는."

"바스, 그건 자랑스러워할 부분이 아닌 것 같은데."

아란의 부재에 대해 의논을 한 결과, '맛있는 걸 먹으러 갔다.'는 결론이 나왔다. 그것은 그리 중요한 문제가 아니었기에, 그들은 '혈귀'일지도 모르는 일에 대해 대화를 나눴다.

큰 의견의 충돌은 없었다. 분명해지기 전까지 부모님들에게 알리지 않는 게 좋겠다는 것은, 다들 한마음이었다. 그래서 그들은 그날 밤에 한 번 더 죽음의 숲에 가보기로 했다.

"그럼 이따 10시에 여기서 만나. 난 영술학 수업이 있어서 먼저 가 볼게."

실키가 약속 시간을 정한 후, 수업 장소를 향해 달려갔다. 멀어지는 실키의 뒷모습을, 라츠는 걱정스레 지켜봤다. 실키는 피곤해 보였고, 피곤한 상태에서 죽은 자의 기억을 마주하는 것이 과연 옳은 일인지 알 수 없었다.

라츠의 걱정을 눈치챈 바스가 그의 어깨에 팔을 둘렀다.

"걱정 마, 라츠. 실키는 내가 보호해."

"형은 기억을 상대하는 능력이 없잖아."

"그래, 하지만 난 카인 교수님의 연구실에 드나들 수 있지."

바스의 말에 윈드가 인상을 찌푸렸다.

"형, 설마…… 카인 교수님의 발명품을 훔쳐 나오려는 거야?"

"분명 쓸모 있는 게 있을 거야. 저번에 사물을 밀어내는 마력석을 본 적이 있어. 그걸 사용하면 뭐든 튕겨 나가."

"그게 기억에게도 통할까?"

"마력사가 만든 마력석이라면 통하지 않겠지만, 카인 교수님이 만든 거라면 통하겠지. 카인 교수님의 힘은 마력과는 좀 다르니까."

일단은 거기에 기대를 걸어보는 수밖에 없었다. 카인의 연구실에는 바스 혼자 가기로 했다. 카인은 머리가 좋은 바스를 유독 아꼈고, 라츠와 윈드는 거짓말에 능숙하지 못했다. 카인의 앞에서 어설프게 행동했다가는 모든 것을 간파당할 게 분명했다.

"그럼 다들 이따 보자."

다음 수업 시간이 다가오고 있었기에, 그들은 각자가 수업을 받는 강의실로 흩어졌다.

그리고 몇 시간 후.

약속 장소인 커다란 나무 아래에서, 그들은 아란에게 붙잡혔다.

실키 일행이 기숙사로 들어가는 것을 확인한 아란은 작게 한숨을 내쉬었다. 17년 전, 운명의 그날. 라츠와 실키, 쌍둥이 남매가 태어날 때의 일이 떠올랐다.

"으하하하. 애 좀 봐, 아란. 나랑 똑같은 빨간 머리야!"

실키를 안아 들고 외쳤던 레드의 표정이 눈에 선하다. 그때 아란은 간절히 기도했다. 닮은 것은 단지 외모 만이기를. 성격은 절대로 닮지 않았기를.

아마 다른 동료들도 마찬가지였을 것이다. 슬쩍 옆을 돌아봤을 때, 아모른을 미워하는 라울조차 두 손을 모으고 기도를 드리고 있었으니까.

하지만 이번에도 아모른은 그들에게 축복을 내리지 않았다. 실키는 외모뿐 아니라 성격까지도 제 아비랑 판박이었다. 통탄스럽다. 무엇이 문제였을까.

물론 사랑스럽기는 하다. 레드와 클레어의 아이이니까 당연히 사랑할 수밖에 없다. 이 심장을 떼어 줄 수 있을 만큼 실키를 사랑한다.

하지만 실키가 사고를 칠 때마다, 레드의 뒤통수를 때리고 싶어지는 마음이 드는 건 어찌할 수가 없었다. 문제는 레드가 옆에 없다는 점이었다. 때리고 싶을 때 마음껏 때릴 수 있다면, 이렇게 속 터지는 기분이 들지는 않을 텐데.

'이번에 돌아오면 자식 교육에 대해 한마디 해 줘야겠어.'

다른 때라면 밤놀이를 위해 아카데미를 빠져나가는 것쯤은 눈감아 주겠지만, 지금은 상황이 녹록치 않았다. 혈귀는 아니지만, 이 주위에서 아란이 모르는 일이 벌어지고 있다. 그런 상황에서 아이들이 제멋대로 구는 걸 모르는 척할 수는 없었다.

'아이들을 위해서라도 한시라도 빨리 이 일을 해결해야겠군.'

방에 들어온 실키는 조용히 옷을 갈아입고 침대에 누웠다. 이리나는 자기 침대에서 자고 있었다.

'오늘 아란 삼촌, 뭔가 이상했어.'

평소와 달리, 아란의 입매가 굳어 있었다.

"당장 기숙사로 돌아가."

아란은 사족을 붙이지 않고 딱 한마디만 했다. 하지만 낮은 음성에 실린 은은한 노기가, 다른 때보다 강렬하게 전해졌다. 아란이 진심으로 화내는 것을 본 적이 없기에, 실키 일행은 당황할 수밖에 없었다.

은빛 매 아발란체. 싸울 땐 바람처럼 움직이는, 대륙 최고의 검사.

그러한 칭송을 받는다는 건 알고 있었지만, 아란이 진짜로 싸우는 것을 한 번도 본 적이 없었다. 혈귀 전쟁으로부터 긴 시간이 지났고, 대륙 전역이 안정기에 들어섰기 때문에 싸울 일이 없었던 것이다.

그래서 실키 일행에게 아란은 '검사 은빛 매'가 아닌, '먹을 걸 좋아하는, 검 좀 쓰는 삼촌'일 뿐이었다. 하지만 오늘 밤, 은빛 매 아란의 진짜 모습을 아주 조금 엿본 기분이 들었다. 낮은 음성에 실린 위압감이 전신을 짓누를 정도였다.

'우리도 이 정돈데, 진짜 적들은 아란 삼촌을 앞에 두면 얼마나 무서웠을까?'

상상하는 것만으로도 오싹했다.

'탄 아저씨 말로는 우리 아빠가 제일 강하다고 했었는데, 그럼 오늘 본 아란 삼촌보다 더 무서웠던 걸까?'

실키가 아는 레드는 팔불출 바보였다. 라츠와 실키만 보면 헤실헤실 웃고, 클레어의 말에 꼼짝도 못 하는 바보 아빠. '멋있음'이나 '강함'과는 거리가 먼 아빠. 불의 권능이라는 특이한 능력을 모닥불 피울 때나 사용하는 이상한 아빠. 하지만 세상에서 가장 다정한, 사랑하는 아빠.

'한번 보고 싶다, 아빠가 싸우는 모습.'

그런 생각을 하고 있을 때였다. 이리나가 침대에서 내려오는 소리가 들린 것은.

갑자기 어젯밤의 기억이 나면서 심장이 쿵 내려앉았다. 실키는 호흡을 고르게 유지하려고 애쓰며, 주먹을 꽉 쥐었다.

이리나가 옷을 갈아입는 소리가 들렸다. 그리고 어젯밤처럼 실키의 침대로 다가오는 소리도.

후욱— 후욱—

이리나의 숨결이 실키의 볼에 닿았다. 어젯밤처럼 심장이 멎을 것 같은 공포가 실키의 전신을 에워쌌다. 실키는 당장이라도 비명을 지르며 이리나를 밀쳐내고 싶었다. 이리나로부터 시작된 검은 기운이 몸속으로 스며드는 것 같았다. 자칫 잘못하면 검은 기운에게 지배당할지도 모른다는 생각에 숨이 막혔다.

더는 견딜 수 없어서 마력을 이끌어내려 할 때, 이리나가 떨어졌다. 이리나는 어젯밤처럼 음산한 음률의 콧노래를 부르며 방을 나갔다. 그녀의 발소리가 멀어지자마자 실키는 벌떡 일어났다.

이리나에게 뭔가 있다. 그것이 죽음의 숲과 관련된 것이든 아니든, 이리나의 행동은 몹시도 수상쩍었다. 그리고 위험했다.

게다가 어젯밤에 이리나의 몸에 묻어 있던 기묘한 냄새. 그 냄새의 정체를 알아내야만 한다는 생각이 들었다. 그 냄새가 무척이나 불길했기 때문이다.

실키는 창문을 슬쩍 열어 이리나의 모습이 보이기를 기다렸다. 잠시 후 이리나가 어둠 속을 총총총 달려가는 모습이 보였다.

정신을 집중했다. 주위에 퍼져 있는 바람을 불러 모아, 창문 아래에 두툼하게 뭉쳤다. 그리고 그 위로 뛰어내렸다.

이리나는 실키가 뛰어내린 것을 눈치채지 못했다. 아카데미를 둘러싼 높은 벽 앞에 멈춘 이리나는 마력을 사용해 몸을 띄웠고, 가볍게 벽을 넘었다. 실키는 잠깐의 시간을 둔 후에, 이리나와 똑같이 담을 넘었다. 저 멀리, 이리나가 달려가는 뒷모습이 보였다.

어둠의 거리로 가는 방향이었다.

실키는 미행 기술이 뛰어나진 않았고, 그 사실을 자신도 알고 있었다. 때문에 이리나가 미행을 눈치챘는데도 모르는 척 걸어가는 건지, 아닌지 알 수 없어서 불안했다. 이리나가 뒤라도 흘끔거리면 몸을 사릴 텐데, 그녀는 절대로 미행이 따라올 리 없다는 듯 앞만 보고 걸어갔다.

'어둠의 거리에 가는 걸까?'

어둠의 거리에 간다면 차라리 다행이었다. 그곳에는 타니하르와 그의 부하들이 있기 때문이다. 어둠의 거리는 위험한 곳으로 알려져 있지만, 사실은 잘 관리되고 있었다. 여차하는 순간 도움을 받을 수 있을 것이다.

하지만 실키의 바람은 이뤄지지 않았다. 어둠의 거리로 들어가기 전에 있는 긴 골목. 그 골목 초입에서, 이리나가 걸음을 멈췄다.

이리나는 누군가를 기다리는 듯 주위를 두리번거렸다. 잠시 후, 어둠 속에서 한 남자가 등장했다. 그 남자의 얼굴을 확인한 실키는 비명을 지를 뻔했다.

"헉……!"

두 손으로 입을 틀어막았다.

'어째서?'

입안이 바싹 마르고 심장이 쿵쾅거렸다.

'어째서, 라츠?'

이 늦은 시간, 수상쩍게 행동하는 이리나와 은밀히 만나고 있는 남자는 라츠였다. 어둠 속에서는 검게 빛나는 머리카락과 눈동자, 짙은 눈썹과 커다란 눈.

어둡고 조금 멀리 떨어져 있기는 하지만, 라츠의 얼굴을 착각할 리 없었다. 엄마의 뱃속에서부터 함께했던 라츠였다.

라츠가 미소를 지으며 이리나의 어깨를 감쌌다. 연인이라도 되는 듯 친근한 태도였다. 이리나는 달콤하게 웃었고 라츠의 품에 머리를 기댔다. 라츠는 이리나의 금빛 머리카락에 가볍게 입을 맞춘 후, 걷기 시작했다. 어둠의 거리로 가는 방향이 아니었다.

'어딜 가는 거지?'

실키는 갈등했다.

아무리 남매라지만 라츠의 연애 문제에 끼어들 수는 없었다. 이리나가 남몰래 만나는 사람이 라츠라면, 라츠가 밤에 몰래 빠져나올 정도로 이리나를 사랑한다면, 그걸 방해할 수는 없었다.

'하지만…… 이건 이상해.'

라고, 실키는 생각했다. 아카데미는 상급생의 이성 교제를 금지하지 않았다. 졸업하자마자 결혼할 거라고 말하는 커플이 여럿 있었고, 아카데미 내에서 가벼운 스킨십 정도는 용납이 됐다. 라츠와 이리나가 아카데미 안에서 남들의 시선을 의식하며 모르는 척할 이유가 전혀 없다는 뜻이다.

'왜 굳이 밖에서 만나는 거지? 게다가…… 이리나가 풍기던 그 이상한 냄새, 그것도 마음에 걸려. 분명 뭔가 있어.'

실키는 주먹을 꽉 쥐었다.

'그래, 일단 따라가 보자. 나중에 아무것도 아니라고 하면 사과하면 되는 거니까.'

결론을 내린 실키는, 멀어지는 두 사람의 뒤를 황급히 쫓기 시작했다.

생각지 못한 라츠의 존재에 당황한 실키는, 자신의 뒤를 따라오는 누군가를 눈치채지 못했다.

이리나와 라츠가 향하는 곳은 죽음의 숲이었다. 죽음의 숲은 수도인 가쿠타 시 서쪽 관문 밖에서 느닷없이 시작되는 숲이었다. 겉으로 보기에는 그리 크지 않지만, 안으로 들어가면 무척

넓게 느껴졌다. 아니, 느낌뿐 아니라 실제로 그런 걸지도 모른다. 죽음의 숲은 상식으로 설명하기 힘든 기이한 공간이었다.

'죽음의 숲은 데이트를 하기에 좋은 장소가 아닌데. 설마 이리나에게 우리가 조사하는 것에 대한 이야기를 하려는 걸까?'

그런 걸지도 모르겠다.

이리나는 마력사가 되기 위해 준비 중이었고, 내년 초에 있는 시험만 통과하면 정식 마력사가 된다. 아카데미 내에서 상당히 강한 축에 속했다.

'그래, 한 명에게라도 더 도움을 받으면 좋은 일이긴 하지만…… 그래도 우리랑 상의도 없이 결정하다니.'

섣불리 동료를 끌어들이려는 라즈에게 화가 났다. 하지만 다음 순간, 실키는 한 가지 사실을 깨닫고 우뚝 걸음을 멈췄다.

'이럴 수가!'

실수였다.

'내가 멍청했어! 저건 라즈가 아니야!'

라즈가 아니었다. 라즈와 똑같은 외모만 보고 놀라서, 다른 부분을 보지 않았다. 걸음걸이도, 보폭도, 자세도, 라즈와 달랐다. 늘 함께했기에 알 수 있는, 아주 사소한 부분들.

'큰일 났다! 어쩌지?'

이리나와 함께 있는 남자는 라즈가 아니다. 그럼에도 실키가 착각할 만큼 라즈와 똑같은 얼굴을 하고 있다. 그것을 깨닫는 순간, 실키는 여러 가지 사실을 파악할 수 있었다.

상대는 장시간 바뀐 외모를 완벽히 유지할 수 있을 정도로 강한 마력사다. 라츠의 존재를 알고 있다. 작정하고 이리나를 노렸다.

'아니, 이리나를 노린 게 아닐 거야. 이리나를 통해서 그 이외의 것들을 얻으려고 하는 거야. 라츠나 삼촌들, 어쩌면 우리 부모님.'

저들이 이리나를 어떻게 할 속셈인지는 모르겠지만, 좋은 일을 하려는 건 아닐 거다. 이리나에게 무슨 일이 생기고, 이리나의 입에서 '라츠'의 이름이 나온다면 삼촌들과 부모님이 개입할 수밖에 없게 된다.

'함정이야, 이건. 내가 혼자서 해결할 수 있는 문제가 아니었어.'

혼자서 이리나를 구해야 한다고 생각할 만큼, 실키는 무모하지 않았다. 게다가 아직은 이리나가 그리 위험한 상태에 빠진 것 같진 않았다. 오늘은 무사하리라. 아마도 어제처럼 이상한 냄새를 풍기며 돌아오겠지.

'내 존재를 들키지만 않는다면.'

실키는 주저하지 않고 도망치려고 했다. 그러나 몇 걸음 떼기도 전에, 두 개의 그림자가 실키를 덮쳤다.

마력은 잘 사용하지 못하지만 검술에는 자신이 있었다. 성인두 명 정도는 쉽게 상대할 수 있으리라, 그렇게 자부심을 갖고 살았다. 하지만 아니었다.

실제 싸움은 검술 수업 시간에 하는 학생들과의 대련과 완전히 달랐다. 빠르게 뽑은 검을 두 번 휘두르기도 전에, 상대에게 제압을 당했다.

남자 중 한 명은 마력을 사용했고, 다른 남자는 철퇴를 사용했다.

퍼억—

철퇴가 실키의 후두부를 강타했다. 전신으로 퍼지는 고통. 눈앞이 흔들거렸다. 정신을 잃을 것 같다. 실키는 어떻게든 정신을 붙들었지만, 검을 든 손에 힘을 줄 수가 없었다. 늘 들고 다니는 검이 몇 십 배는 무겁게 느껴졌다.

툭—

검이 떨어졌다.

퍼억—

그리고 한 번 더, 철퇴가 실키의 등을 후려쳤다.

털썩—

다리에서 힘이 빠져 앞으로 고꾸라졌다.

마력을 쓰는 남자가 실키의 풍성한 머리채를 거머쥐고 들어 올렸다. 거친 행동이었기에, 목이 뒤로 휙 꺾어졌다.

"이 계집애, 실라이크 맞지?"

"네. 이 머리카락과 눈동자 색을 가진 학생은 실라이크 뿐이니까요."

"레오나드의 딸이라고 해서 얼마나 대단한지 궁금했는데……

생각보다 멍청한 계집이군. 혼자서 여길 오다니."

"듣기로는 영력이 있다고 하던데⋯⋯."

"그래 봐야 기억의 단편을 보는 수준이겠지. 어쩔까? 우리 얼굴을 봤는데, 이대로 보내 줄 순 없겠지?"

"네. 생각보다 이르긴 하지만, 일단 데리고 가야 할 것 같습니다. 이대로 놔주면 우리에 대해 떠들어댈 테니까요."

"그래, 그럼 묶어서 들어. 본부로 돌아가자."

남자들은 실키에게 눈가리개를 씌우고, 팔다리를 묶었다. 처음 느껴보는 고통에 반쯤 정신이 나가 있던 실키는, 철퇴의 남자가 그녀를 짊어졌을 때에야 이성을 되찾았다.

'이 냄새⋯⋯.'

아까부터 거슬리는 냄새가 있었다. 이리나가 풍기던 것과 같은 냄새였다.

'대체 이놈들은 뭐지? 왜 이런 냄새를 풍기는 거야? 어디로 가는 거지? 게다가⋯⋯ 생각보다 이르다니. 이놈들이 기다리는 게 뭘까?'

답을 찾을 수 없는 의문이 실키의 머릿속을 맴돌았다. 하지만 그런 의문을 품는 것도 잠시였다. 비명 때문이었다.

남자들의 등에는 죽은 자의 기억이 붙어 있었다. 한 명의 기억이 아니었다. 수십 개의 기억들이 남자들의 어깨에 붙어, 비명을 질러 대고 있었다.

'어떡해⋯⋯.'

강한 고통과 슬픔, 원한을 품은 기억. 그런 기억은 영력을 가진 인간에게 부정적인 영향을 끼쳤다.

'이러다가 씌겠어.'

헛구역질이 나려고 했다. 기억들이 질러 대는 비명이 너무 끔찍해서, 귀가 썩어 들어갈 것만 같았다.

"피를 다오."

그때, 기억 하나가 실키에게 흘러들어왔다.

"내게 신선한 피를 다오."

음산하지만 매혹적인 음성이 읊조렸다.

"네 피를 내게 다오. 그리하면 너는 영생을 얻을 것이다."

실키의 몸이 덜덜 떨리기 시작했다. 실키를 짊어지고 가던 남자가 걸음을 멈췄다.

"이 계집애, 상태가 이상한데요."

"뭐?"

"갑자기 몸을 떨기 시작하는데."

남자들의 목소리가 꿈결처럼 희미하게 들렸다. 실키는 어떻게든 흘러들어온 기억을 밀어내기 위해 노력했다. 정신을 집중하자. 뭐라고 했더라. 엄마가 뭐라고 했었지?

'날카롭게 유지해야 한다, 실키. 네 생각의 끝을 바늘처럼 날카롭게 유지하고, 네 안으로 들어온 기억에 꽂아 넣어야 한다. 그러면 그걸 부술 수 있을 거야.'

날카롭게. 그래, 날카롭게 유지해야 한다. 몇 번이나 연습했다. 그러니까 할 수 있다.

실키는 주먹을 꽉 쥐고 생각을 다듬으려고 노력했다. 이 남자들의 정체라든가, 이상한 냄새의 이유 같은 잡생각은 하지 말아야 했다. 그저 '실라이크'라는 존재를 생각하며 그 끝을 다듬어야 했다.

하지만……

"아름다워진다고요?"

또 다른 기억이 들어왔다.

"영원히? 죽지 않고?"

두 개의 기억이 섞였다.

"그럼 내가 사랑하는 그이를 손에 넣을 수 있겠네요."

"그 남자를 죽일 거야!"

세 개.

"이게 뭐죠? 이걸 마셔야 하나요?"

네 개.

"아파요. 너무 아파!"

다섯 개.

하나가 들어오자, 기다렸다는 듯이 다른 기억들도 실키의 안으로 들어오고 있었다. 실키는 자신의 생각과 영혼이 뒤로 밀려나는 것을 느꼈다. 육체가 다른 것들에게 점령당해, 멀리 떨어져나가는 아득함. 육체를 잃을지도 모른단 생각에, 심장이 멎을 것 같았다.

아니, 그런 기분조차 없었다. 육체는 이미 내 것이 아니니까.

그때였다.

사아악—

바람을 가르는 소리와 함께, 실키의 몸이 떨어져 내린 것은. 몸이 바닥에 떨어지기 직전, 누군가의 팔이 실키의 허리를 가볍게 감아올렸다.

"너, 넌 누⋯⋯!"

사악—

마력사 남자의 외침을 끊고, 또 한 번 바람을 가르는 소리가
났다. 역한 피비린내가 후각을 자극한 것은, 그 후의 일이었다.
그만큼 모든 것이 순식간에 끝났다.

"씌었군."

낯선 목소리였다. 낮지만 부드럽고, 조금은 다정한 음성이었다.

퍼억—

그의 손바닥이 실키의 뒤통수를 때렸다.

퍼억— 퍼억—

처음에는 아픔이 느껴지지 않았다. 육체를 점령당했기 때문
이다. 하지만 맞으면 맞을수록 고통이 느껴지기 시작했다.

"아파⋯⋯."

"다 나간 건가?"

"으으⋯⋯ 윽⋯⋯."

육체를 되찾고 나자, 갑자기 울음이 터져 나왔다. 낯선 사람
앞에서 우는 모습 따위를 보이고 싶지 않았는데. 육체를 잃을지
도 모른다는 강렬한 공포에서 벗어나니, 갑자기 안심이 되며 눈
물이 터져 나왔다.

"이런⋯⋯."

남자는 난감하다는 듯 중얼거리며, 실키의 팔다리를 묶은 밧
줄을 풀어 주고 눈가리개도 벗겨냈다.

눈물범벅이 되어 뿌연 시야에, 한 남자의 영상이 흐릿하게 맺혔다. 만지면 무척이나 부드러울 것 같은 검은 머리카락과 새하얀 얼굴.

실키는 손등으로 눈물을 닦아냈다. 그러자 또렷해진 시야로, 남자의 걱정스러운 표정이 훅 밀려들어 왔다.

'어째서 이런 표정을 짓고 있지?'

낯선 남자였다. 한 번도 본 적이 없고, 이런 남자에 대해 들어본 적도 없다. 처음 만나는 게 분명하다. 그런데도 남자는 아버지나 지을 법한, 걱정스럽고도 안타깝다는 눈빛을 하고 있었다.

"누구……?"

입술을 달싹거렸다. 아직 몸이 자신의 것처럼 느껴지지 않았다.

남자는 대답이 없었다. 그저 실키를 물끄러미 응시하고만 있었다. 그의 검은 눈동자에는 기묘한 광채가 서려 있었다. 그것은 몹시도 그리운 것을 향한 눈빛이었다. 그래서 마주한 것만으로도 심장 부근에 알싸한 통증이 느껴졌다.

자세히 보니, 놀랍도록 아름다운 남자였다. 흰 피부, 짙은 눈썹과 매서운 눈매, 오뚝한 코와 새빨간 입술. 세상에서 가장 잘생긴 남자는 라울 삼촌이라고 생각했는데, 이 남자가 더 잘생긴 것 같다.

"누구세요?"

다시 한 번 분명하게 물었다. 남자의 얼굴에 희미한 미소가 떠올랐다.

지끈—

왜일까. 또 가슴이 아프다.

"웬델."

그가 짧게 대답했다.

"웬델."

실키는 의미 없이 그 이름을 따라 했다. 웬델이란 이름의 아름다운 남자는, 실키에게서 눈을 떼지 못했다. 다른 때라면,

'이 남자가 나한테 반했나?'

라고 생각할 만한 상황이었다. 하지만 웬델에게만큼은 그런 생각을 할 수가 없었다. 검은 눈동자 가득한, 이름을 붙일 수 없는 묘한 감정의 빛 때문이었다.

"영력이 있나 보군."

웬델이 말했다. 실키는 고개를 끄덕였다.

"영력이 있는 사람에게 이 숲은 그리 좋은 곳이 아닐 텐데."

꾸중하는 듯한 말투였다. 실키는 입술을 비쭉거리며 고개를 숙였다. 웬델에게는 반항하면 안 될 것 같은 기백이 있었다. 아빠나 아란에게도 고개를 빳빳이 들고 반항을 할 수 있는데, 이 남자에게는 왜 한마디도 할 수 없는 걸까?

"네 이름은 뭐지?"

웬델이 물었다. 실키는 다시 고개를 들고 그의 얼굴을 마주 봤다.

"정말…… 몰라요?"

왜 이런 질문이 튀어나온 걸까?

그는 예의를 갖췄다. 자기 이름을 먼저 말했고, 그 이후에 실키의 이름을 물었다. 그러니까 실키도 예의를 갖춰서 자신의 이름을 말해 주면 되는 일이었다. 심지어 그는 실키의 생명의 은인이기까지 했다.

그런데 되묻고 말았다.

"진짜로 내 이름을 몰라요?"

본인이 생각해도 당돌하게 느껴지는 질문이었다. 그가 기분이 상했을까 봐 걱정이 됐다. 하지만 그는 눈을 가늘게 떴다가 곧 빙그레 웃었다.

"실라이크. 그만 아카데미로 돌아가는 것이 좋겠다."

웬델은 실키의 이름을 정확하게 알고 있었다. 그것이 이상하게 여겨지지 않았다.

'웬델이 내 이름을 알고 있는 건 당연해.'

밑도 끝도 없는 확신이었다.

'왜 이렇게 생각되는 걸까? 아까 썬 기억들의 영향일까? 웬델도 아까 그 남자들과 관련이 있는 걸까?'

그러고 보니, 웬델에게 정신이 팔려 실키를 납치한 남자들을 잊고 있었다. 주위를 둘러보자, 반으로 갈라진 시체들이 보였다. 정수리에서부터 세로로 갈라진 시체.

끔찍했지만 토악질이 나오진 않았다. 저 남자들에게 붙어 있던 기억들이 더 역겨웠다.

"웬델, 당신이 저렇게 한 건가요?"

"그래."

"강하군요. 검사예요?"

"글쎄."

"저건 검으로 벤 것 같은데."

"그렇다면 검사라고 하는 것도 좋겠지."

웬델은 자기 이름을 빼고는, 자신에 대해서 정확하게 알려 주려 하지 않았다. 실키는 웬델의 옷차림을 살펴봤다. 어디서나 볼 수 있는 평범한 복장이었다. 그리고 검을 차고 있었다.

"아카데미로 돌아가라, 실라이크."

"혈귀라는 걸 알아요, 웬델?"

그와 헤어지고 싶지 않았다. 조금 더 이야기하고 싶었다. 그래서 부모님에게도 섣불리 말할 수 없는 주제를 끄집어냈다. 웬델의 표정은 변하지 않았다.

"그래, 알고 있지."

"저 사람들은 혈귀가 아니죠?"

"그래."

"하지만…… 이 숲에서 어떤 기억을 만났어요. 그 기억은 피와 영원한 삶에 대해서 이야기했고요. 그리고 저 남자들에게 붙어 있던 기억들은……."

"쉿, 실라이크."

그가 검지로 실키의 입술을 눌렀다. 그의 손가락 끝에서 실키의 입술로, 따스함이 전해졌다.

"저들은 혈귀가 아니다. 그리고 혈귀가 나타난 것도 아니야. 이곳에서 벌어지는 모든 일들은 혈귀의 소행이 아니니, 안심해도 된다."

"……."

"허나 너희가 끼어들 만한 일은 아니다, 실라이크. 너도 지금 당해서 알겠지. 너희는 아직 미숙해. 돌아가서 네 부모와 그 친구들에게 이 일에 대해 알려라. 그들이라면 고기를 써는 것보다 쉽게 이 문제들을 해결할 수 있을 테니까."

그의 느릿한 말투가 듣기 좋았다. 언제까지라도 듣고 있을 수 있는 기분이었다. 하지만 그는 말을 끝내고 미련 없이 돌아섰다.

"웬델."

걸어가던 그는, 실키가 부르자 걸음을 멈췄다. 하지만 돌아보진 않았다.

"구해 줘서 고마워요."

"……그래."

"우리…… 또 볼 수 있어요?"

이번엔 대답이 돌아오지 않았다. 그는 걸어갔다. 숲의 어둠이 그를 에워쌌다. 마치 그가 어둠을 불러들이는 것만 같았다.

그의 모습이 사라진 후, 실키는 떨리는 손을 가슴 위에 얹었다.

아프다. 심장이 지끈지끈 요동친다.

어째서일까?

강하고 아름다운 저 남자가 이토록 안쓰럽게 느껴지는 이유는.

침대에 누웠지만, 온몸이 쑤셔서 잠을 잘 수가 없었다. 아카데미로 돌아오는 내내 긴장이 풀리지 않아서 고통을 느끼지 못했는데, 눕자마자 잊고 있던 통증이 몰아쳤다. 뼈 마디마디가 부서지는 듯했다.

끙끙거리다가 문이 열리는 소리에 신음을 삼켰다. 이리나가 돌아왔다. 눈을 감고도 그녀라는 것을 알 수 있었다. 예의 기묘한 냄새 때문이었다.

이리나가 풍기는 냄새는 어제보다 더 독했다. 그것에 질식당할 것만 같았다.

이리나는 어제처럼 실키의 얼굴 가까이에서 그녀의 얼굴을 들여다보다가 자신의 침대로 돌아갔다. 곧 이리나의 숨소리가 고르게 변했지만, 실키는 잠들 수 없었다.

그 냄새의 영향일까?

아까 썬 기억의 잔재가 실키의 안에서 소용돌이치기 시작했다. 수십 개의 영상이 실키의 내부에서 폭발하듯 나타났다가 사라지기를 반복했다.

구역질이 났다. 식도를 타고 올라오는 신물을 삼키며, 실키는 이불을 움켜쥐었다. 정신을 유지해야 한다. 죽은 자의 기억에 먹혀서는 안 된다.

"정신을 날카롭게 만드는 건 힘들 거야, 내 사랑하는 실키."

아버지의 목소리가 떠올랐다.

"기억에 먹힌 상황에서 정신을 똑바로 유지하는 건, 네 엄
마만 가능해. 그러니까 더 쉬운 방법을 알려 줄게."

그런 방법을 알려 주는 아빠는 바보라고 생각했다. 엄마는 할
수 있는데, 아빠는 못 하다니. 하지만 아니었다. 현기증이 날 정
도로 혼란스러운 타인의 기억들 사이에서 정신을 유지하는 것은
쉬운 일이 아니었다. 아빠의 말대로, 그것은 엄마이기에 가능한
일이었다.

"가장 즐거운 기억을 떠올리는 거야, 실키."

황당할 정도로 쉬운 방법이었다.

"네 가장 소중한 사람들과 가장 행복한 기억. 그런 것들을
끊임없이 생각하는 거야."

그런 걸로 괜찮을까. 의문이 들었지만 그래도 해 보기로 했
다. 정신을 유지할 수 없으니, 다른 무엇이든 생각해야만 했다.

그래서 소중한 사람들을 떠올렸다. 아빠, 엄마, 라츠, 아란, 라울, 유키, 카인, 댄, 타니하르, 바스, 윈드…… 그들과 함께한 추억들. 그러자 조금은 울렁거리는 속이 가라앉았다.

그리고……

'어째서……?'

오늘 만난 웬델이 떠올랐다.

그는 소중한 사람이 아니었다. 생명의 은인이기는 하지만, 오늘 잠깐 만난 낯선 사람이었다. 무엇을 하는 사람인지, 몇 살인지, 어디에서 왔는지, 아무것도 알지 못했다. 그런데도 그의 미소와 애잔한 눈빛과 따스한 체온이 떠올랐다.

죽은 자의 기억이 가라앉았다.

실키는 베개에 얼굴을 묻었다. 부모님이 보고 싶었다.

*   *   *

아침 햇살에 눈을 뜬 이리나는 손등으로 뻑뻑한 눈을 비볐다. 요새 늦게 잤더니 아침에 일어나는 게 쉽지 않았다.

"으…… 으아아…… 으, 싫어……."

실키가 신음을 흘리고 있었다. 악몽이라도 꾸는 모양이다. 이리나는 침대에서 내려와 실키의 침대 옆에 섰다.

새빨간 머리카락, 그래서 유독 돋보이는 흰 얼굴, 매끈한 눈썹과 긴 눈매. 실키는 얄미울 정도로 예뻤다. 게다가 아카데미에서 가장 눈에 띄는 세 명의 소년에게 사랑을 받고 있었다.

실키가 얄밉기는 해도 증오하는 건 아니었다. 이리나가 아무리 못된 말을 해도, 실키는 웃어넘기고 곧 잊어버렸다. 그런 실키가 싫지만은 않았다.

하지만 오늘 아침은 뭔가 다르다.

저 붉은 머리가, 새하얀 얼굴이, 빨간 입술이, 미워서 견딜 수가 없다. 이 세상에서 사라졌으면 좋겠다.

울컥ㅡ

솟아오르는 증오를 억누르기 힘들었다. 이리나는 언젠가 호신용으로 사두었던 단검이 떠올랐다. 옷장을 뒤져, 안에 숨겨놓았던 단검을 꺼내 왔다. 실키는 여전히 악몽에서 벗어나지 못하고 있었다.

하얀 이마에 땀방울이 송골송골 맺혀 있었다.

'네가 싫어, 실라이크.'

단검을 꽉 쥐었다. 잘 벼린 단검은 실키의 가느다란 목을 한 번에 벨 수 있을 듯 예리했다.

'네가 사라졌으면 좋겠어. 그러면…… 라츠는 나만 봐줄 거야.'

이리나는 단검을 위로 들어 올렸다.

반짝ㅡ

창문에서 들어오는 햇빛이 검날에 반사되었다. 날카로운 빛이 각막을 때리자, 퍼뜩 정신이 들었다.

쨍그랑ㅡ

손에서 힘이 빠져 단검을 놓쳤다. 반사적으로 실키의 얼굴을 확인했다. 실키는 여전히 잠에서 헤어 나오지 못했다.

'내가 무슨 짓을……?'

손이 덜덜 떨렸다.

'내가 사람을 죽이려고 하다니.'

이리나는 아랫입술을 잘근 깨물었다. 내부에서 뭔가 변해가고 있었다. 하지만 그것이 무엇인지, 이리나는 알 수 없었다.

*　　*　　*

타니하르는 창고로 댄을 불러들였다. 댄은 즐비한 시체를 보고 인상을 찌푸렸다.

"이렇게 많았습니까?"

"그래. 카인 말로는 인간의 소행이라고 하더군."

"확실한 겁니까?"

"카인이 미친놈이기는 해도 머리는 좋으니까 확실하겠지. 게다가 혈귀에 대해서라면, 그놈처럼 빠삭한 놈도 없잖아."

"그야 그렇지만……."

댄의 손가락이 가늘게 떨리는 것을, 타니하르는 목격했다. 타니하르는 못 본 척 말을 이었다.

"이런 시체들이 더 있을 거다. 파미르 쪽은 아란이랑 살펴봤으니, 다른 쪽을 더 뒤져봐. 그리고 시체의 인적사항도 조사해 보고."

"알겠습니다, 대장."

나가려던 댄이 걸음을 멈췄다. 그는 문손잡이를 잡은 채, 돌아보지 않고 물었다.

"혈귀의 소행이 아닌 건, 확실하겠죠?"

"만약 이게 혈귀의 짓이라면, 이 시체들이 가만히 누워 있을 리가 없지."

"그건 그렇군요. 하지만 만약에라도……."

철썩—

타니하르는 댄의 등짝을 후려쳤다.

"아, 갑자기 왜 때려요, 대장!"

"후딱 나가서 해야 할 일이나 해! 쓸데없는 생각하지 말고!"

"에이씨!"

댄이 투덜거리며 창고를 떠났다. 시체들과 남겨진 타니하르는 깊은 한숨을 쉬며, 시체들 한가운데에 앉았다. 샤워를 하고 왔는데, 또 냄새가 배게 생겼다. 하지만 그런 것은 아무래도 좋았다.

"대장, 이 멍청이를 어떻게 처리하면 좋겠습니까?"

댄이 바보 같은 짓을 할 때마다, 그의 목덜미를 붙잡고 진지하게 묻던 얀디가 떠올랐다. 씩 웃는 얼굴이 근사했던 부하가, 타니하르는 몹시도 그리웠다.

*　　　*　　　*

개미굴 같은, 거대하고도 복잡한 동굴. 여러 개의 공간으로 나뉜 그곳은 마치 근사한 성처럼 꾸며져 있었다. 거칠했을 벽은 잘 다듬어 매끄러웠고, 각 공간의 입구마다 튼튼한 문이 자리 잡고 있었다.

동굴의 가장 안쪽, 은밀하고도 안전한 공간에 한 남자가 있었다. 암흑처럼 새까만 머리카락 군데군데 흰머리가 있고, 새까만 눈동자를 가진 남자였다. 그의 눈동자는 깊고 암울했다. 그는 화려한 금빛 의자에 비스듬히 앉아, 막 방 안으로 들어온 남자를 응시했다.

"교주님."

남자가 고개를 숙였다. 남자는 타니하르의 부하 중 한 명으로 지트라는 이름이었다.

"지트, 고개를 들고 말해 보아라."

교주라고 불린 남자가 은은하게 울리는 매혹적인 음성으로 명령했다.

"타니하르가 움직이기 시작했습니다."

지트의 말에 교주가 살짝 인상을 찌푸렸다.

"벌써?"

"네. 부하 중에 댄이란 놈이 있는데, 그놈이 백작 딸의 시체를 우연히 발견했습니다. 범상치 않은 일이라고 판단했는지 바로 수색에 들어갔고, 우리가 묻어둔 시체를 찾아냈습니다."

"흐음. 생각보다 빨리 눈치챘군."

"위험한 상황이라면 제가 타니하르를 처리하도록 하겠습니다."

"아니, 괜히 건드릴 것 없다. 타니하르를 건드리면 움직일 사람들이 많지. 섣불리 건드려서 좋을 게 없어."

"네, 교주님. 그럼…… 어떻게 할까요?"

교주는 손가락으로 의자의 팔걸이를 톡톡 두드렸다. 그러다가 문득 떠오른 듯 물었다.

"레오나드와 클레어의 자식들은 어떻게 됐지?"

"아아. 조만간 이리로 데리고 올 수 있을 것 같습니다. 로빈이 딸 쪽의 룸메이트를 신자로 만드는 중입니다. 내일쯤엔 완전히 우리 쪽 사람이 될 것 같습니다."

"그 계집애를 이용해서 자식들을 데리고 오려는 것이냐?"

"네. 산채로 데리고 오려면 그 방법밖에 없을 것 같습니다. 아무래도 교수 중에 아발란체와 모히틀이 있어서요. 게다가 타니하르와 카인도 곁을 지키고 있고. 납치하긴 힘들 겁니다."

"그래."

잠시 대화가 끊어졌다. 지트는 충성스러운 하인처럼 고개를 숙이고, 타니하르를 생각했다.

지트도 처음부터 타니하르를 배신할 생각이었던 것은 아니다. 어릴 때부터 타니하르의 배를 탔었고, 함께 바다를 누비며 해적 생활을 했다. 타니하르는 최고의 동료이자 대장이었다. 타니하르를 배신하는 일 따위는 상상조차 해 보지 못했다.

하지만 그 마음이 교주를 만나면서 바뀌었다.

혈귀 전쟁이 끝나고 몇 년 후. 지금은 이름도 기억나지 않는 여자의 손에 이끌려, 교주를 만나게 되었다. 교주는 사람을 매혹시키는 아름다운 음성과 깊은 눈동자를 가지고 있었다.

은은하게 울리는 그의 음성엔 거부할 수 없는 매력이 있어서, 지트는 얼마 지나지 않아 그에게 푹 빠지게 되었다. 그의 칭찬을 듣기 위해서라면 무슨 짓이든 할 수 있을 것 같았다. 최고의 사내라 인정한 타니하르에게도 느껴 본 적 없는 감정이었다.

"실라이크에게 붙여뒀던 부하 두 명이 죽음의 숲에서 시체로 발견되었다는 것을 아느냐?"

교주가 입을 열었다. 지트는 고개를 번쩍 들어 교주의 얼굴을 쳐다봤다. 교주의 무표정한 얼굴에서는, 그 어떤 감정도 읽어 낼 수 없었다. 부하를 잃은 슬픔도, 안타까움도 없었다.

그것이 당연하게 여겨졌다. 교주는 인간, 그 이상의 존재다. 부하들은 교주의 뜻을 이루기 위한 일개미일 뿐이다. 몇이 죽든 신경을 쓰지 않는 저 대담한 마음 씀씀이야말로, 그가 진정한 왕의 자질을 지니고 있다는 것을 뜻했다.

"지미랑 호르헤가 죽었단 말입니까?"

"그래."

"그들은 강한데, 대체 누가 그들을……?"

"검으로 정수리에서부터 세로로 몸을 갈랐더군. 망설임 없는 솜씨였다. 두개골과 척추를 깨끗하게 베어냈지."

"그게…… 가능하단 말입니까? 그것도 두 명을 동시에?"

"아발란체나 모히틀이라면 가능할지도."

"하지만 그는 어젯밤에 아카데미에 돌아가서 나오지 않았습니다. 모히틀은 교수들과 술자리를 가졌고요."

"그렇지. 나도 그런 보고를 받았다. 그렇다는 건, 그만한 솜씨를 가진 다른 검사가 있다는 건데…… 거슬리는구나."

"찾아내서 죽이겠습니다."

지트가 단호하게 말했다. 교주는 건성으로 나가라는 손짓을 했다. 지트는 고개를 숙여 인사를 하고는 밖으로 나왔다.

동굴을 파서 만든 곳이지만, 습기는 없었다. 교단에 속해 있는 수많은 마력사들이 마력으로 유지시켜 준 덕분이었다.

'세로로 베어 냈다니. 대체 누가 그런 짓을 한 거지?'

지미와 호르헤는 교단에서 강한 축에 속했다. 지미는 정식으로 배운 적 없는데도 마력을 자유자재로 다뤘고, 호르헤의 메이스는 보이지 않는 속도로 적의 머리를 깨부수었다. 그런 두 사람을 동시에 상대했다니.

정체를 알 수 없는 적에게 두려움이 느껴졌다. 하지만 지트는 곧 마음을 다잡고 주먹을 꽉 쥐었다. 두려울 것 없다. 교단에 몸을 담고 있으면서 충분히 강해졌다. 매일 아침 신선한 인간의 피를 제공받았다. 교주에게 신뢰를 얻고 있기에 가능한 일이었다.

'교주님은 날 믿어 주셔. 내가 강하기 때문이지.'

자신감이 차올랐다.

'누구든 교주님의 뜻을 방해하는 자는, 내 손으로 죽여주겠어.'

교주의 아름다운 미소를 보고 싶었다.

*　　　*　　　*

황실 복도를 빠르게 걷던 잔느는 문득 걸음을 멈췄다. 창문을 통해 들려오는 시녀들의 대화 때문이었다. 시녀들이 일을 하다가 구석에 모여 수다를 떠는 일은 늘 있는 일이었다. 하지만 지금은 그 내용이 무척이나 이상했다.

"신자가 되면 메달을 받게 돼."

잔느는 귀를 기울이며 생각했다.

'메달이라니…… 성기사를 말하는 건가? 그저 아모른의 신자가 된다고 해서 받을 수 있는 건 아닐 텐데.'

"메달을 가지고 있으면 언제든 신전에 들어갈 수가 있어. 선택받은 자들만 가능한 일이지."

"메달이 없는 사람은 어떻게 해?"

"메달을 가진 신자가 초대해 주기를 기다려야 돼."

"그런데 정말이야? 신자가 되면 영원한 젊음을 유지할 수 있다는 거."

"젊음뿐이 아니야. 아름다움도 얻게 돼."

"하긴. 너 요새 정말 예뻐지긴 했어. 피부도 고와지고."

"응. 처음엔 나도 너처럼 의심을 했었는데, 이젠 교주님께 죄송스러울 따름이야. 그때 잠깐이라도 의심했던 게."

"교주님은…… 어떤 분이셔?"

"나도 실제로 뵌 적은 없어. 하지만 사제님들의 이야기로는, 굉장히 아름다운 분이시래. 한 번 뵙게 되면 그분을 위해 심장이라도 꺼낼 수 있는 충심을 갖게 된대. 그래서 교주님이 신자들을 섣불리 만나지 않으신다더라. 괜히 신자들에게 부담이 될까 봐. 정말 좋은 분이시지 않니?"

"그건 그런 것 같은데……."

"오늘 밤에 같이 가보자. 사제님께 네 얘기를 해 뒀어."

"정말 괜찮은 거야? 그런 교단이 있다는 건 처음 들어서…… 게다가 죽음의 숲은 위험한 곳이기도 하고."

"그러니까 더 대단한 거야. 위험한 곳에 위치했는데도, 교주님의 힘으로 보호를 하고 있거든. 교주님의 능력이 그만큼 대단하다는 거지."

"……."

"일단 오늘 밤에 한 번 같이 가자. 억지로 신자가 되라고는 하지 않아. 어차피 신자가 되려면 그만한 자질이 있어야 하고. 네가 되고 싶어도 안 될 수도 있는 거거든."

"아아, 그래."

"부담 갖지 마, 앤. 네가 돌아가고 싶을 땐 언제든……."

"다들 여기서 뭘 하고 있는 거죠?"

때마침 끼어든 시녀장의 목소리에 대화가 끊겼다. 갈수록 심상치 않은 내용에 귀를 기울이고 있던 잔느는, 창문을 벌컥 열었다. 대화를 한 시녀들의 얼굴을 확인하기 위해서였다.

성난 시녀장에게 혼나는 두 명의 시녀가 보였다. 잔느는 그들의 얼굴을 잘 기억해 둔 후, 다시 복도를 걸어가기 시작했다.

'대체 무슨 소리들을 하는 거지? 아모른교에 대한 이야기는 아닌 것 같은데…… 죽음의 숲에 위치해 있다고? 죽음의 숲에 신전이 있었던가?'

죽음의 숲은 여러 번 가봤지만, 신전 같은 것을 본 적은 한 번도 없었다. 불과 한 달 전에도 죽음의 숲에 다녀온 터였다.

'만약 죽음의 숲에 뭔가 있다면, 실키가 위험하겠군. 그 아이는 죽음의 숲에 자주 드나드니까.'

예전엔 신경 쓰지 않았던 죽음의 숲을 자주 점검하러 다니는 이유는, 실키 때문이었다. 실키는 죽은 자들의 기억을 상대하는 걸 좋아했고, 죽은 자들의 기억이 몰려드는 죽음의 숲을 자주 방문했다. 혹시라도 숨어 있을지 모르는 흉악범들을 처리하기 위해, 잔느는 일부러 시간을 내서 죽음의 숲을 관리하러 오가곤 했다.

'아발란체에게 언질을 해 둬야겠군.'

혹시라도 그곳에서 무슨 일이 벌어지고 있다면, 실키를 단속시켜야 했다. 아직 할 일이 남았지만, 잔느는 아란을 만나는 일이 우선이라고 판단했다. 레드와 클레어는, 고르돈 국의 은인이었다. 그들의 소중한 딸이 위험에 말려들게 할 수는 없었다.

아란을 만나 시녀들의 대화에 대해 이야기를 하고, 타니하르를 만나 수상쩍은 소문이 돌고 있는지 확인을 해야겠다. 새로운 종교를 막을 생각은 없지만, 시녀들의 대화가 마음에 걸렸다.

'젊음과 아름다움을 얻게 된다.'

그것은 오래전 정혈귀들이 여흥 삼아 인간을 꾈 때 자주 사용하던 말이었다.

오랜만에 떠오른 '혈귀'란 단어에 소름이 돋았다. 잊으려고 노력했는데 이런 식으로 기억나다니.

'나도 참 나약하군.'

잔느는 쓴웃음을 지으며 황실을 벗어났다. 아카데미에 가려면 어둠의 거리 부근을 지나가야 했다. 타니하르를 먼저 만나 볼까 하다가 관뒀다. 일단 실키를 보호하는 것이 우선이다. 게다가 타니하르는 잔느를 쉽게 보내 주지 않을 것이다. 좋은 술이 들어왔다며, 마시지 않으면 안 보내겠다고 억지를 부리겠지.

지난번 타니하르가 권한 독한 술을 마시고, 완전히 정신을 잃었던 기억이 떠올랐다. 댄의 말로는, 잔뜩 취한 잔느가 갑자기 노래를 하며 춤을 추기 시작했다고 했다. 믿지 않는 잔느에게, 아란이 말없이 기억 스크롤을 꺼내 보여 주었다. 잔느가 춤추는 장면이 담긴 그 스크롤은, 지금도 아란이 가지고 있을 것이다.

'간 김에, 그 스크롤도 훔쳐내야겠어.'

다짐을 하며 걷던 잔느의 옆을, 한 남자가 스쳐 지나갔다. 별다를 것 없는 사내였다. 평범한 옷차림에, 평범한 걸음걸이. 이상하게 여길 것이 하나도 없는 사내였지만, 잔느는 휙 돌아서 그의 뒤를 쫓기 시작했다. 어째서 그의 뒤를 쫓고 있는 건지, 그녀 자신도 알지 못했다. 그저 그를 붙잡아, 얼굴을 확인해야 한다는 생각뿐이었다.

하지만 그를 붙잡을 수 없었다. 어느 순간, 그의 모습이 시야 밖으로 사라졌기 때문이었다.

'평범한 놈이 아니었어.'

거리를 걷는 사람들이 많다지만, 단번에 사라질 수는 없다. 게다가 그는 잔느의 추적을 눈치채고 피했다. 범상치 않은 인물이라는 뜻이다.

잔느는 아랫입술을 잘근 깨물고, 그를 마지막으로 목격한 거리를 노려봤다. 왜 그가 신경 쓰이는 건지, 잔느는 알 수 없었다.

* * *

수업을 쉴 수밖에 없었다. 기억에서 완전히 벗어나지 못했기 때문이었다. 죽은 자의 기억들을 집요하게 실키를 괴롭혔다. 위험한 상태는 아니었지만 몇 조각 남아 있는 기억의 파편이 실키의 뇌를 찔러 댔다. 실키는 침대에 누워 억지로 잠을 청했다. 피곤함이 가시면 조금 나아질 것이다.

악몽에 시달리느라 자다가 깨기를 반복했다. 얼마나 시간이 흘렀을까. 따스한 손길이 느껴졌다. 커다랗고 따뜻한 손이 실키의 머리를 섬세하게 쓰다듬고 있었다.

"바스."

눈을 뜨지 않고도 바스라는 것을 알 수 있었다. 실키만이 알 수 있는 바스의 향기가 있었다.

"실키, 좀 괜찮아?"

"응. 이제 많이 나아졌어."

"어디가 아픈 거야?"

침대에 걸터앉아 있는 바스가, 실키의 머리를 쓰다듬으며 물었다. 그의 손길을 조금 더 느끼기 위해, 실키는 눈을 감고 어젯밤의 일에 대해 이야기했다.

"그런 일이 있었군. 웬델이란 남자는 뭘 하는 사람이지?"

"모르겠어. 나쁜 사람은 아닌 것 같아. 오히려…… 뭐라고 표현해야 하지?"

실키는 그에게 느끼는 감정을 표현할 단어를 골랐다.

"아빠 같은 느낌이 들어."

"레드 삼촌 같다면…… 좋은 사람은 아닌 것 같은데."

"아니, 아니. 내 말뜻은 그런 게 아니라……."

바스가 작게 웃었다.

"응, 알아. 편안하고 다정하다는 거지?"

"응, 그런 거랑 비슷해. 그리고……."

다음에 표현할 단어는 고를 수가 없었다. 그런 강한 사람을 향해 느끼는 안타까움과 애잔함, 그리움과 슬픔. 그런 것들을 한 단어로 정리할 수가 없었다.

"모르겠어. 하지만 또 만날 것 같은 기분이 들어. 어디선가 우리를 지켜보고 있을 것 같아."

"그건 좀 무서운데?"

"아냐, 바스. 너도 만나보면 알 거야. 굉장히…… 따뜻한 사람이야."

"네가 나 말고 다른 남자를 칭찬하는 게 싫어."

"……바보."

바스가 실키의 이마에 가볍게 입을 맞췄다.

"실키. 누군가 널 납치하려고 했고, 두 남자가 죽었어. 게다가 이리나의 상태도 이상하고. 이건 우리들 힘으로 어찌할 수 없다는 뜻이야."

바스의 말에 반박할 수가 없었다. 그의 말이 옳았다. 어젯밤에는 정말로 끔찍했다. 그런 경험은 두 번 다시 하고 싶지 않았다. 게다가 악몽을 꾸는 동안, 몇 가지 사실을 알아냈다. 혈귀의 소행 같은 그것들은, 혈귀의 소행이 아니었다.

바스가 말했다.

"아버지에게 이야기하는 것이 좋겠어. 우린 더 이상 이 일에 개입해서는 안 돼."

＊　　　＊　　　＊

예정시간보다 빠르게 펠타 항에 도착할 수 있었던 이유는, 라볼르에 와 있던 니완스 덕분이었다. 니완스는 짐승과 소통하는 특이한 능력을 가지고 있었고, 그 힘으로 레드 일행을 도와주었다. 펠타 항에 도착하자마자 말을 타고 달렸고, 가는 도중이었던 유키와 합류했다.

그들은 클레어를 걱정했다. 수도에서 벌어지는 수상쩍은 일은, 아무리 봐도 혈귀와 관련이 있을 것 같았기 때문이다. 하지만 정작 클레어는 무척이나 느긋한 눈치였다.

수도 인근에 도착해 잠시 쉴 때, 유키가 걱정스럽게 물었다.

"클레어, 괜찮아?"

"아이들은 좀 걱정이 되지만, 큰일은 아닐 거야."

라고 클레어가 대답했다.

"큰일이 아니라니. 혈귀가 관련되어 있을지도 모릅니다, 클레어."

라울의 말에 클레어가 빙그레 웃었다.

"혈귀는 사라졌어, 라울."

"하지만 클레어 님. 아모른 님께서 또 어떤 자에게 저주를 내렸다면…… 또다시 발생할 수 있는 일 아닌가요?"

"아니야, 델리. 이건 그런 것과 달라. 내가 봤을 때 이건 인간의 욕심과 어리석음이 불러일으킨, 아주 사소한 사건인 것 같아."

"사소한 사건?"

"응. 우리가 굳이 가지 않아도, 아란 혼자서 충분히 해결할 수 있을 정도의 사건. 다만 아이들이 걱정되니까, 가보는 게 좋긴 하겠지."

클레어가 그렇다면 그런 거다, 라고 일행은 생각했다. 혈귀에 대해 클레어만큼 잘 아는 이는 없었다.

"과거에 끝난 사건은 어떤 이들에겐 너무 미화가 되고, 또 어떤 이들에게는 너무 저평가가 되기도 해. 이 일은 아마 혈귀를 미화시킨, 어리석은 인간이 벌인 짓일 거야."

클레어의 시선은 수도 관문을 향해 있었다. 그녀의 검붉은 눈동자에는 두려움이나 고통 따위가 묻어 있지 않았다. 누구보다도 혈귀를 증오하는 클레어가, 이 사건을 담담히 받아들이고 있다는 증거였다.

"아마도 인간의 피를 마시면 영생을 얻고 평생 젊음을 유지하며 아름답게 살아갈 수 있다고 생각하는 자의 짓이겠지. 그리고 아란과 타니하르가 있는 수도에서 그 일을 시작한 이유는……."

"우릴 불러들이기 위해서군."

고기를 굽던 레드가 중얼거렸다.

"그래, 레드. 에녹이 혈귀에 대해 알리고, 아무도 모를 그 싸움에 대해서도 알렸어. 우린 그 싸움의 중심이고, 그 싸움의 끝이었어."

"이 일을 벌인 놈은, 우리가 있어야 '혈귀'가 완성된다고 생각하는 모양이군."

"그래."

"멍청한 놈이네. 혈귀가 아닌 평범한 인간은, 우릴 상대할 수 없을 텐데."

"아란이 이 사실을 빨리 눈치채면, 우리가 도착하기 전에 모든 게 끝나 있을 거야. 다만…… 이 일을 벌이는 자가, 우리 아이들을 건드릴까 걱정이 돼."

"안심하세요, 클레어 님. 아란 님이 함께 계시니까 아이들은 무사할 거예요."

클레어의 손을 꼭 잡으며, 델리가 말했다. 유키는 어이없다는 듯 델리를 보며 중얼거렸다.

"델리, 20년이 지난 지금도 아란을 제대로 모르는 거야? 아란은 지키기보다는 방치하는 타입이라고."

"게다가 수도에는 진귀한 음식들이 널려 있습니다, 델리. 아란의 시선을 잡아끄는 게 너무 많아서, 아란이 아이들에게 집중이나 하고 있을지 모르겠네요."

동료들이 자신을 욕하는지도 모르는 채, 아란은 황실에서 에녹과 접견 중이었다. 카인과 타니하르도 그 자리에 있었다. 모두의 이야기를 들은 후, 잠시 눈을 감고 생각을 정리한 에녹이 말했다.

"큰일은 아니군. 하지만 죽어 가는 사람이 많으니까 빨리 처리해야겠어."

"큰일이 아니라니…… 혈귀와 관련된 일이 아닌 겁니까?"

잔느의 질문에 에녹이 고개를 끄덕였다.

"한 시대를 들썩이게 만든 사건이 일어나면, 그것을 추앙하고 영웅시하고 신격화하는 이들이 생겨나지. 그것이 악이든, 선이든 그들에게는 중요하지 않아. 그들은 그저 자신이 그렇게 되고 싶다는 생각에 빠져 있을 뿐이니까."

"그렇다면 이건 혈귀가 되고 싶은 자가 벌인 일이겠군."

아란의 말에 에녹이 고개를 끄덕였다.

"그럴 거야. 매력적이라고 생각했겠지. 인간의 피를 마시고, 늙지도 죽지도 않고 살아가는 강한 존재가."

"죽음의 숲 이야기가 나왔다면, 그 근처에 놈들의 본거지가 있다는 말이겠군."

"없애도 되나?"

카인이 물었다.

죽음의 숲이 위험한 곳인데도 그냥 놔둔 이유는, 그곳에 몰려드는 죽은 자의 기억 때문이었다. 죽음의 숲에 모인 죽은 자의 기억은 더 오랫동안 흩어지지 않고 머무를 수가 있었다. 숲 전체를 감싼 기묘한 힘 덕분이었다.

나라마다 이러한 곳이 한, 두 군데씩 있었다. 이러한 장소는 교국의 이름으로 보호를 받았다. 때때로 죽은 자의 기억을 통해 유용한 지식을 얻거나, 살인범을 잡아낼 수 있었기 때문이다.

"너무 많은 사람이 죽었어. 발견된 시신만 40구가 넘는다면,

그 몇 배는 더 되는 사람들이 죽었다는 뜻이겠지. 일단은 본거지를 찾아봐 줘. 하지만 죽음의 숲 때문에 거슬린다면, 숲을 없애 버려도 좋아."

에녹이 결단을 내렸다.

"이히히히. 한 번 교국을 배신했으니 두 번째는 쉽다는 건가?"

"그래, 카인. 아모른 님도 중요하지만 살아 있는 사람들도 중요하잖아. 게다가 아모른 님도, 이런 일이 벌어지는 건 원치 않으실 거야."

"글쎄. 과연 어떨까나?"

카인이 아모른에 대해 비아냥거리는 이유를 모두 알고 있었기에, 아무도 카인을 나무라지 않았다. 잔느조차도.

타니하르가 무거워진 분위기를 정리하려는 듯 일어났다.

"그럼 폐하. 내일부터 죽음의 숲을 뒤져보도록 하지. 최대한 숲을 보존하는 방향으로."

*　　*　　*

아란을 만나지 못했다. 카인도 아카데미에 없었다. 모히틀에게 의논해 볼까 싶었지만, 모히틀은 어쩐지 상대하기가 어려웠다. 무섭다고 해야 할까. 그래서 그들은 아란이 돌아올 때까지 각자의 방에서 기다리기로 했다. 아란의 교수실 앞은, 윈드가 지키고 있겠다고 했다.

밤이 깊어질수록 실키는 불안했다.

'오늘 밤에도 이리나가 나갈까?'

이리나는 무척이나 위태로워 보였다. 수업 중에 이리나를 관찰한 라츠의 얘기로는, 이리나의 눈빛이 묘하게 변하는 순간이 몇 번이나 있었다고 했다. 게다가 가끔 실없이 웃기도 하고, 이상한 말을 중얼거리기도 했단다.

"약에 취한 거야."

윈드가 그렇게 말했다.

"아마 이리나가 풍기는 그 냄새, 여러 식물을 섞어서 만든 미약일 거야."

그래서 걱정이 됐다. 오늘 밤에도 이리나가 나가서 라츠를 위장한 그 남자를 만나면, 무언가 끔찍한 일이 생길 것만 같았다. 사사건건 시비를 거는 이리나가 얄밉기는 하지만, 그녀가 위험에 빠지기를 바라진 않았다.

아니나 다를까.

침대에 누워 있던 이리나가 몸을 일으켰다. 이번에도 실키의 침대 옆으로 다가오기에, 실키는 눈을 번쩍 떴다. 실키가 잠들어 있다고 생각했는지, 이리나가 작게 비명을 지르며 움직임을 멈쳤다.

어째서 무서워했던 걸까? 예기치 못한 상황에 비명을 지르는, 평범한 소녀에 불과한데.

실키는 어젯밤까지 이리나를 두려워한 자신을 향해 조소를 날리며, 상체를 일으켰다.

"가지 마, 이리나. 오늘은 안 돼."

"뭐, 뭘 간다는 거야?"

"너 밖에서 라츠를 만나고 있지?"

이리나의 얼굴이 붉어졌다.

"네, 네가 아무리 라츠 동생이라도 우리 일에……."

"그게 진짜 라츠라면, 나도 상관하지 않아. 하지만 네가 밤마다 만나는 그 남자는 라츠가 아니야."

"그게 무슨 소리야? 그럴 리가 없잖아. 너 설마 질투하는 거니?"

"질투라니…… 그런 게 아니야, 이리나. 그 남자는……."

파앗—

이리나가 거세게 실키의 양어깨를 밀었다. 실키가 기우뚱하는 순간, 이리나는 창문을 열고 뛰어내렸다. 실키는 서둘러 그녀의 뒤를 따라갔다.

이리나가 먼저 담을 넘었다. 실키도 담을 넘어 뛰어내렸는데, 누군가 실키의 허리에 팔을 감았다.

"안 돼, 실키."

댄이었다.

"아란이 널 지켜보라고 했어. 아무 데도 가면 안 돼."

"아저씨, 이러고 있을 틈 없어요. 방금 여자애 하나가 달려갔죠?"

"아아, 곱게 차려입은 아가씨 말이야? 저쪽으로 달려가던데?"

"그 애를 붙잡아야 돼요."

"왜?"

"그건…… 그 애가 위험해요."

"그럼 들어가. 내가 찾아올 테니까."

"안 돼요, 아저씨 혼자서는 안 돼요."

어젯밤 실키를 납치하려면 두 남자를 떠올렸다. 그들은 강했다. 댄 혼자서 상대하기에는 역부족일 것이다.

"실키. 내가 어린 여자애 한 명도 상대하지 못할 거라고 생각하는 거야?"

"여자애 한 명이 아니에요. 분명 더 있을 거예요. 어마어마하게 강한 자들이."

"그래, 그럼 그 강한 자들을 다 해치우고 그 여자애를 데리고 오면 되는 거잖아."

댄의 무성의한 태도에 답답했다. 이렇게 여유를 부릴 때가 아니었다.

"안 된다니까요, 아저씨. 분명 한두 명이 아닐 거예요."

"실키, 얼른 네 방으로 돌아가. 네가 빠져나온 걸 알면 아란이 성질을 낼 거야. 아란이 진지하게 쳐다볼 때, 얼마나 무서운지 알아?"

"아저씨, 제발……."

댄은 작게 한숨을 내쉬었다.

실키가 두려워하는 대상이 누군지는 모르지만, 적 열댓 명 상대하는 것은 댄에게 아무것도 아니었다. 하지만 지킬 사람이 생기면 적과 싸우는 게 더 어려워진다.

그걸 이 소녀에게 어떻게 이해시켜야 할까?

"실키. 네가 있으면 싸우기 더 힘들어져."

"아저씨, 저도 잘 싸워요. 아시잖아요."

"아이고야."

실키의 고집은 알고 있었다. 제 아비를 닮았으니, 절대로 물러서지 않을 것이다.

댄은 레드를 설득하는 자신을 떠올려보았고, 그것이 두 번 죽었다가 깨어나도 무리임을 깨달았다. 레드와 똑같은 실키도, 댄의 설득에 넘어가지 않을 것이다.

실키의 다급한 행동으로 봐서, 금발의 소녀가 위험에 빠진 것은 분명해 보였다. 게다가 최근 수도에서는 기이한 일들이 벌어지고 있었고, 소녀 혼자 어둠을 헤매고 다니게 둘 순 없다고 판단했다.

댄은 한숨을 내쉬며 실키를 놔주었다.

"그래, 실키. 가보자."

죽음의 숲에 들어서는 순간, 댄이 검을 손에 쥐었다.

"조심해라, 실키. 상대는 22명. 마력사가 섞여 있어."

이리나의 옷자락을 간신히 발견했다고 생각했는데, 매복해 있던 적들이 튀어나왔다. 공격당할 줄은 전혀 몰랐기에, 실키는 당황했다.

'댄 아저씨는 대체 어떻게 안 거지?'

실키에게 댄은 그저 웃기고 재미있는, 그리고 친구를 잃은 슬픔에서 벗어나지 못한 아저씨일 뿐이었다. 그런데 실키의 앞을 막아선 댄은, 지금껏 알아 온 댄처럼 보이지 않았다. 그는 심지어 적들 중에 마력사가 있다는 것도 단번에 파악했다.

댄의 검이 빠르게 움직였다. 다가오던 두 명의 남자가 비명을 지르며 쓰러졌다. 그들의 발목이 깔끔하게 베어져 나간 것이다.

"이리나!"

실키가 발작적으로 외쳤다. 라츠의 얼굴을 한 남자가 이리나의 팔을 잡아 이끌고 있었다.

"이리나, 안 돼!"

이리나가 고개를 돌렸다. 아주 잠깐, 이리나와 눈이 마주쳤다. 그녀의 푸른 눈동자에는 생기가 없었다.

놓치면 안 된다.

그런 확신이 들었다.

여기서 이리나를 놓치면, 두 번 다시 그녀를 볼 수 없을 것 같았다. 이 숲을 떠도는 죽은 자의 기억들. 이리나의 기억도 그 기억들과 섞여 숲을 헤매게 될 것이다.

"이리나, 제발! 제발 정신 차려!"

이리나의 눈동자가 흔들렸다. 실키의 날카로운 목소리가 잠깐이나마 그녀의 정신을 일깨운 것이다. 하지만 그것은 말 그대로 잠깐일 뿐이었다. 파란 눈동자가 다시 흐릿해졌고, 이리나는 돌아서서 라츠의 얼굴인 남자를 따라 걷기 시작했다.

"안 돼, 이리나!"

이리나에게 정신이 팔려, 공격하는 적들이 있다는 것을 잊고 있었다. 댄의 뒤를 벗어나 한 걸음 내딛는 순간, 마력사가 만들어 낸 화마가 실키를 덮쳤다.

사아악—

댄의 검이 불덩어리를 반으로 갈랐다. 그때, 검을 든 세 명의 남자가 동시에 댄을 덮쳤다. 댄은 곧바로 뒤를 돌아 한 명을 베었지만, 남은 두 명은 상대하기 역부족이었다.

썩뚝—

한 남자가 휘두른 검이, 검을 들고 있는 댄의 팔을 베어 냈다.

"안 돼애애애애!"

실키는 비명을 질렀지만, 정작 팔이 잘린 댄은 인상만 살짝 찌푸렸을 뿐 신음조차 흘리지 않았다. 댄이 검을 놓친 지금이 기회라는 듯, 적들이 동시에 그들을 향해 덤벼들었다.

"대체 어딜 간 거지?"

아란은 아카데미에 돌아오자마자, 교수실 문 앞에서 기다리고 있는 윈드에게 이끌려 바스와 라츠를 만났다. 제각각 아는 사실을 떠들어 대는 아이들을 진정시키고, 실키를 만나러 기숙사로 향했다. 실키의 방은 비어 있었다. 이리나도 없었다.

"아아, 실키……."

라츠가 처참한 신음을 내뱉었다.

"이리나 상태가 이상했어요, 아버지. 아마 이리나를 뒤쫓아 갔을 거예요."

동생이 걱정돼서 안절부절못하는 라츠 대신, 바스가 설명했다. 아란은 침대에 손을 올렸다. 온기가 전혀 없는 걸로 봐선, 나간 지 꽤 지난 것 같다. 급히 나간 듯 창문은 열려 있었다.

'댄에게 아이들을 지켜봐 달라고 했는데, 댄으로부터의 전언조차 없다는 건 무슨 일이 생겼다는 거군.'

아란은 휙 돌아서서 방을 빠져나왔다.

"너희들은 각자 방으로 돌아가도록 해라."

"안 돼요, 삼촌. 안 돼요."

라츠가 말했다.

"너희들이 있으면 방해만 될 뿐이야."

댄과 같은 친절함이 없는 아란은, 돌려서 말하지 않았다.

"우리도 도울 수 있어요. 사람 찾을 땐, 찾는 사람이 많을수록 좋은 거잖아요."

"돕는다고?"

아란의 입가에 서늘한 미소가 떠올랐다.

"너희들 정도의 힘으로 뭘 돕는다는 거지? 위험한 상황이니, 괜히 방해하지 말고 각자 방으로 돌아가."

"싫어요."

라고 대답한 것은 바스였다. 아란은 걸음을 멈추고 뒤를 돌아 봤다. 바스가 은은한 미소를 지으며 아란을 똑바로 응시했다.

"안 돼요, 아버지. 실키는 내 여자예요."

"……."

"아버지가 절 버린다고 해도 어쩔 수 없어요. 지금 실키를 찾으러 가지 않으면, 전 평생 후회할 거예요."

바스가 입양되었다는 사실을 늘 신경 쓰고 있다는 것을, 아란은 알고 있었다. 바스는 제멋대로 행동하는 듯했지만, 진짜로 아란의 뜻을 거역한 적은 한 번도 없었다. 이번이 처음이다.

사람들은 바스가 입양아임에도 불구하고 아란을 닮았다고 말했다. 하지만 지금 바스는, 아란이 아주 좋아하는 다른 누군가를 닮아 있었다.

오래전, 한결같은 눈으로 클레어를 바라보던 레드.

아란은 피식 웃으며 바스의 머리를 가볍게 때렸다.

"버리긴 누가 누굴 버린다는 거지? 따라와라. 방해하면 너희를 먼저 베어 버릴 거다."

눈이 가려진 채 끌려왔다. 라츠의 얼굴인 남자가 눈가리개를 풀어 주었다.

"당신은 대체 누구야?"

남자는 말없이 그곳에서 나갔다. 기숙사 방 두 개를 합친 넓이
의 공간이었다. 창문은 없고, 벽은 거칠었다. 마치 동굴 안에 있
는 듯한 느낌이었다.

"실키, 안 다쳤어?"

댄이 물었다. 댄은 바로 옆에 누워 있었다. 기력을 다해 쓰러
졌다기보다는, 그 자세가 편해서 누워 있는 듯한 모습이었다. 마
치 이곳이 자신의 집이라도 된다는 듯이.

이런 상황에서도 여유로운 댄의 행동을 이해할 수가 없었다.
심지어 댄은 팔까지 잘리지 않았는가!

"아저씨, 팔은…… 괜찮으세요?"

"응, 뭐. 피가 쭉쭉 빠져나가고 있긴 하지만 이 정도로 죽진 않
겠지."

"그런데 그 팔은……."

질문을 꿀꺽 삼켰다.

'왜 들고 오신 거예요?'

라고 묻고 싶었다.

적들에게 에워싸여 사로잡힐 수밖에 없었던 그 순간. 댄은 굳
이 바닥에 떨어져 굴러다니는 잘린 팔을 집어 들었다. 처음에는
그 손에 쥐어져 있는 검 때문인가 했는데, 그게 아니었다. 댄은
검을 버리고 팔만 챙겼다.

겉으로는 여유롭게 보여도, 팔이 잘린 충격과 고통이 클 것이다. 그래서 저렇게 소중하게 꼭 끌어안고 있는 거겠지.

"죄송해요, 아저씨."

"응? 뭐가?"

"저 때문에…… 제가 이리나를 따라가자고 해서 이렇게 된 거잖아요. 적어도 제가 기숙사에만 있었어도, 절 지키느라 이렇게 다치지는 않았을 텐데."

"우와, 신기하다."

"네?"

"레드랑 똑같은 얼굴이 나한테 사과를 하니까, 엄청 신기하네. 봐봐, 실키. 나 팔뚝에 소름이 돋았어."

"……농담하는 거 아니에요, 아저씨."

"그래, 나도 농담하는 거 아냐. 네 아버지 성격 알잖아. 고맙다는 말은 물론이거니와 잘못했다는 말도 절대 하지 않는, 그 오만하고도 더러운 성격!"

"……."

"만약 네 아버지가 너와 같은 상황에 빠졌다면, 오히려 나한테 화를 냈을걸. 제대로 지키지 않고 뭘 한 거냐고, 그러니까 평생 말단에서 벗어나지 못하는 거라고."

"……우리 아빠, 그 정도였나요?"

"더 심했지."

"……."

"하지만 네 아빠가 이곳에 있었다면, 놈들에게 지는 일은 절대로 없었을 거야. 놈들의 정체가 뭔지는 모르겠지만, 지금쯤 이 본거지가 다 부서졌을걸."

또다. 아빠의 강함에 대해 듣는 거.

듣기만 했을 뿐, 본 적이 없어서 믿기 어려웠다. 더군다나 수십 명을 상대하면서도 밀리지 않았던 댄이 하는 말이라, 더 믿어지지 않았다.

"아빠가 아저씨보다 강했어요?"

"엥? 야, 야. 실키. 너 그런 말, 네 아빠 앞에선 절대 하지 마라. 네 아빠가 날 죽이려고 할 거다."

"그 정도예요?"

"그래. 나 같은 놈 열 명이 있어도, 네 아빠를 이기지 못해."

"설마요."

"정말이야. 아니, 열 명이 뭐냐. 백 명이 있어도 못 이길걸. 네 아빠가 작정하고 싸우면, 난 네 아빠의 모습조차 볼 수 없으니까."

"볼 수가 없다고요?"

"그래. 혈귀에 대해선 알지? 어마어마하게 빨라서 인간의 눈으로는 그 속도를 따라잡을 수 없다고 했었잖아. 네 아빠와 삼촌들은, 그 혈귀와 싸울 수 있는 유일한 인간들이었어."

"아……."

"나도 네 아빠 같은 기술이 있었더라면……."

거기까지 말하고 댄이 입을 다물었다. 실키는 듣지 않고도, 그가 무슨 말을 하고 싶은지 알 수 있었다.

나도 네 아빠와 같은 기술이 있었더라면, 동료들을 지킬 수 있었을 텐데.

그런 말을 하고 싶었겠지.

실키는 아랫입술을 꽉 깨물고 고개를 돌렸다. 빈둥거리듯 누워 있는 댄의 옆에서, 가만히 미소 짓고 있는 얀디의 기억을 똑바로 보기가 어려웠기 때문이다.

웬델이 떠올랐다. 어디선가 본 적 있다는 느낌을 받은 이유를, 이제야 알 것 같았다. 웬델의 미소는, 댄을 향한 얀디의 미소와 비슷했다. 서글프면서도 그리운, 그러면서도 애틋한 미소.

'정말로 안 되는 거예요, 엄마?'

클레어가 옆에 있다면 묻고 싶었다.

'댄 아저씨는 극복하지 못해요. 아마 평생 얀디를 구하지 못한 걸 극복하지 못할 거예요. 그런 사람한테도 말해 주면 안 되는 거예요? 얀디의 기억이 얼마나 슬픈 눈으로 댄 아저씨를 지켜보고 있는지, 말해 주면 안 되는 거예요?'

실키의 침묵을, 잡힌 것에 대한 공포로 오해한 댄이 몸을 일으켰다.

"아무튼 말이야, 실키. 너무 걱정할 거 없어. 대장이 그러는데, 이 일이 터지자마자 네 아버지에게 전언을 넣었대. 아마……."

"후회하지 않는 대요."

실키는 충동적으로 입을 열었다. 댄이 의아하다는 듯 실키를

새로운 이야기 377

처다봤다. 실키는 주먹을 꽉 쥐고 말했다.

"죽음의 순간, 무슨 생각을 했냐 하면…… 우와, 이 여자 되게 예쁘네! 라고 생각했대요."

"실키?"

"그 전쟁이 있던 날, 생각했대요. 이왕 죽을 거라면 예쁜 혈귀에게 물려서 죽고 싶다고. 어마어마하게 예뻐서, 고통도 잊게 해 줄 혈귀였으면 좋겠다고. 그 소원이 이루어졌대요. 정말 예쁘고 아름다운 정혈귀에게 물렸대요. 그다음의 기억은 없대요."

"……실키. 설마…… 너…….."

"그런 생각을 했었대요. 댄, 이 멍청이도 언젠가 연애하는 날이 올까? 이 멍청이를 사랑하게 될 바보 같은 여자가 있을까? 그렇다면 그 여자에게 잘해 줘야지. 세상에서 가장 불행한 여자일 테니까."

댄의 눈가가 벌겋게 달아올랐다. 실키는 이미 울고 있었다. 커다란 눈에서 눈물을 뚝뚝 흘리며, 실키는 계속해서 말했다.

"아마 이 멍청이는 연애도 바보처럼 할 거야. 여자 마음 못 헤아리고 커다란 가슴만 집착하다가, 호되게 혼나겠지. 그러니까 말해 줘야지. 여자는 가슴이 다가 아니라고. 여자에게 있어서 가장 중요한 건……."

"……예쁜 얼굴이라고."

댄이 말을 이어받았다. 실키는 웃어 주려고 했다. 하지만 웃음이 나오지 않았다.

늘 싱글싱글 웃는 댄이 울고 있었기 때문이다. 그의 눈에서 뚝 뚝 흐르는 눈물이 비수가 되어 실키의 심장에 꽂혔다. 강인한 성인 남자가 우는 모습은 안타깝고 안쓰러워서, 꼭 끌어안아 주고 싶었다. 묶여 있지만 않았다면, 댄을 꽉 안아줬을 것이다.

"그놈도 나랑 다를 바가 없는데 말이야. 그렇지, 실키?"

"응, 정말요. 가슴 따지는 거나, 얼굴 따지는 거나 그게 그건데."

댄이 흐느꼈다. 댄의 넓은 어깨가 가늘게 떨리는 것을, 실키는 조용히 바라봤다. 그 떨림이 잦아들었을 때, 실키가 다시 입을 열었다.

"엄마가 그랬어요. 죽은 자의 기억이 오랫동안 머무르는 이유는, 강렬한 소망이 있기 때문이라고. 엄마의 오빠들의 기억도 오래오래 남아 있다가, 엄마를 지켜 줄 사람들이 나타나자 떠나갔다고."

"……."

"얀디의 기억은 매일매일 아저씨 옆에 붙어 있었어요. 그리고요, 매일 말했어요. 예쁜 여자 손에 죽는 게 소원이었고, 그 소원 이루어졌다고. 그러니까 댄 아저씨도 소원성취하면서 살았으면 좋겠다고."

"아…… 얀디……."

"지금도 그렇게 말하고 있어요. 조금…… 웃고 있고요."

그때, 실키는 얀디의 기억이 흐릿해지는 것을 보았다. 얀디의 기억이 원하는 것이 무엇이었는지, 실키는 이제야 깨달았다.

"아저씨한테 알려주고 싶었나 봐요. 이렇게 걱정하고 있다는 걸."

그거였다.

댄의 행복한 모습을 지켜보는 것이 얀디의 기억이 가진 소망이 아니었다. 얀디의 기억은 단 한 가지를 바랐던 것이다. 얀디가 죽어갈 때에, 댄을 걱정하고 있었다는 것을, 누군가가 댄에게 전해 주기를.

그래서 실키가 그 사실을 댄에게 알려주는 순간, 그 기억이 소망을 이루고 흩어지는 것이었다.

이 일이 후에 '대영술사 실라이크'를 만들어 내지만, 지금 그런 것은 아무 상관없었다. 댄은 많이 울었고, 울음을 그친 후에는 웃었다. 실키가 본 댄의 미소 중, 가장 근사한 미소였다.

아카데미 앞에서, 막 안으로 들어오려던 레드 일행을 마주쳤다.

"빨리도 왔군."

아란이 중얼거리며 그들을 스쳐 지나갔다. 감격의 재회 따위는 없었다.

"실키는?"

레드가 물었다.

"아무래도 사건에 휘말린 것 같다."

"뭐야? 이 자식아! 내가 우리 애들 잘 부탁한다고 했잖아! 대체 뭘 하고 돌아다닌 거냐?"

"문제는 실키가 널 닮았다는 거겠지. 나 혼자서는 무리다."

"미안해, 아란."

클레어가 담백하게 사과하는 바람에, 레드의 얼굴이 붉어졌다.

"별말씀을."

"어디에 있는지는 알고?"

유키가 물었다.

"아마도 죽음의 숲. 안 그래도 내일 죽음의 숲을 뒤질 생각이었는데, 실키가 먼저 휘말릴 줄이야."

"죽음의 숲은 넓은데, 곤란하게 됐네. 거기 보호구역이지?"

"황제가 문제가 될 시엔 없애도 된다고 했지. 지금 그 문제가 터졌고."

"그럼 죽음의 숲을 없애버리면 되는 건가?"

레드의 말에 바스와 윈드는 서로를 쳐다봤다. 죽음의 숲은 기이한 공간이었다. 그 숲을 대체 어떻게 없앤단 말인가.

'이 삼촌이 또 잘난 척해대네.'

라고, 그들은 결론을 내렸다.

"실키가 죽은 자의 기억들을 본 결과, '혈교'라는 신생종교가 관련된 일이라는 걸 알아냈다."

실키는 라츠와 바스, 윈드에게 죽은 자의 기억에 씌어 악몽을 꾸는 동안 알게 된 사실을 이야기했었다. 그리고 그것을 바스와 윈드가, 아란에게 전한 터였다.

"실키에게 씐 기억 중에 '사제'였던 자의 기억도 있었던 것 같다."

"꼴에 사제도 있다는 건가?"

"그래. 꽤나 오래된 것 같더군. 아마 혈귀 전쟁이 끝난 직후 생긴 것 같아."

"그렇게 오래됐는데, 왜 몰랐던 거지?"

"교주라는 놈이 몸을 사리고 있었겠지. 충분한 신도들을 얻을 때까지. 그리고 지금 충분하다고 생각한 걸 테고."

"호오. 충분하다고요?"

라울이 차갑게 웃었다.

"우리가 싸우는 모습을 본 인간들은 얼마 안 돼. 혈귀가 싸우는 모습을 본 인간들 중에 살아남은 자는 거의 없지. 과소평가를 할 만도 해."

"그럼 어떻게 할까요? 실키를 구해 낸 후에 죽인다, 다 죽인 후에 실키를 찾아낸다. 어느 쪽이 좋겠습니까?"

"다 죽인 다음에 느긋하게 찾는 편이 낫지 않아?"

유키가 말했다.

바스와 윈드는, 그들의 대화를 이해할 수가 없었다. 실키의 말로는 그 종교에 실력자가 많다고 했다. 심지어 변신 마력을 사용하는 마력사까지 있었다. 그런데 느긋하게 여행이나 다니며, 서점을 운영하는 삼촌들은 그들이 마치 동네에 몰려다는 개떼라도 된다는 듯 말하고 있었다.

"도착하자마자 죽음의 숲을 싹 밀어버리면, 여기저기 매복하고 있는 놈들이 드러나겠지. 그놈들 좀 협박해서 실키랑 교주가 있는 장소를 알아내면 돼."

레드가 정리했다.

"그게 가장 간편하긴 하겠네요."

델리가 말했고, 바스와 윈드는 더 이상 참을 수가 없어졌다.

"그렇게 쉽게 생각할 일이 아니에요."

윈드의 말에 레드가 씩 웃으며 윈드의 머리를 쓰다듬었다.

"그래? 넌 좀 더 어려운 쪽으로 행동하는 게 좋은가 보지? 남자구나, 너."

"아뇨, 삼촌. 그런 말이 아니라……."

"알겠어. 그럼 좀 더 어렵게 하려면…… 흠. 어딜 어떻게 해도 너무 쉬울 것 같은데. 아란, 어렵게 할 방법 없을까?"

"숲을 밀지 않고, 여기저기 헤매면서 적당히 시간을 때우다가 놈들의 본거지를 찾아내면 되겠지. 무기랑 권능을 사용하지 않으면, 좀 어려워질지도."

"우리한테 무기가 없으면 좀 어려워지겠지만, 델리가 있잖아. 쟤는 맨손이 더 세."

"아, 그럼 델리는 이번 일에서 빠지는 걸로 할까? 라울이랑 유키도 빠지고. 너랑 나, 단둘이서 무기 없이 가면 일이 어려워질 것 같긴 한데."

"그래. 죽음의 숲에 있는 나무에 맛있는 과일이라도 열려 있으면 네가 이탈할 테니, 나 혼자 싸우는 일이 생길 수도 있겠네. 어때, 윈드. 이 정도면 어렵지?"

"삼촌!"

멀찌감치 죽음의 숲이 보이기 시작했다.

"제발 진지하게 좀 생각하세요! 이거 위험한 일이라고요!"

"이랬다가 저랬다가. 정말 기분 맞춰 주기 힘들구먼. 델리, 네 아들 교육 좀 다시 시켜야겠다."

"죄송해요, 레드 님. 이게 다 제가 부족한 탓이죠."

"엄마까지 왜 이래? 이렇게 장난치는 동안, 실키가 죽을 수도 있단 말이야."

"알겠어, 알겠어, 윈드. 그러니까…… 진지하게 하라는 거지?"

"네, 삼촌! 최대한 빨리 실키를 구해야 돼요."

"그래, 그렇다면 숲을 없애는 수밖에 없겠군."

그 말과 동시에 레드의 모습이 사라졌다. '어디로 간 거지?'라고 생각할 틈도 없이, 눈앞이 밝아졌다. 아니, 죽음의 숲 전체가 불타고 있었다.

거대한 화마였다. 넓은 죽음의 숲 전체를 뒤덮고, 하늘까지 먹어치울 것 같은 불길.

'대체 이게 무슨……?'

생각지도 못한 사태에 당황한 바스와 윈드, 그리고 라츠의 귀에 아란의 중얼거림이 들려왔다.

"레드가 간만에 힘 좀 쓰는군."

남자가 들어왔다. 화려한 금빛 옷을 두른 남자였다. 암흑과도 같은 머리카락과 눈동자, 대조적으로 하얀 얼굴이 묘하게 섹시했다. 중년의 남자인데도 젊은 여성을 사로잡기에 충분한 매력을 가진 남자였다.

실키는 남자를 본 적이 있었다. 죽은 자의 기억을 통해. 이 남자가 바로 혈교의 교주다.

실키와 댄을 보고 교주는 미소를 지었다. 근사한 미소였다.

"네가 레오나드의 딸이로군. 길을 가다가 마주쳐도 그의 딸이라는 걸 알아보겠어. 정말 닮았는데?"

실키는 대답하지 않았다. 그의 시선이 댄에게로 향했다.

"대해적의 오른팔까지 딸려올 줄이야. 오호, 오른팔을 잃었나 보군."

실키는 지금이 무척이나 위험한 순간이라는 것을 자각했다. 실키와 댄은 꽁꽁 묶인 상태였고, 어딘지 모를 곳에 갇혀 있었다. 운 좋게 이 방을 벗어난다고 해도, 저 밖에는 혈교 신도들이 지키고 있을 것이다. 어떻게 해도 이곳을 벗어날 수가 없었다.

'여기서 죽을 거야, 우리는.'

실키는 생각했다.

'나랑 댄 아저씨만으로 이리나를 구할 수 있을 거라고 생각했다니. 어리석었어. 아란 삼촌이나 카인이 같이 왔어도 이기기 힘들었을 텐데.'

절망스러웠다. 아직 죽고 싶지 않았다. 하고 싶은 일이 많았고, 바스가 보고 싶었다.

언젠가 테드가 몸을 사리지 않고 죽은 자의 기억과 소통하는 실키에게 이런 말을 한 적이 있었다.

"삶은 소중한 거란다, 실키. 이렇게 함부로 위험에 발을 담그면, 언젠가 후회하게 될 거야."

그때 자신은 뭐라고 했던가.

"언제 죽어도 후회 없는 삶을 살고 있어요!"

멍청한 소리였다. 언제 죽어도 후회 없는 삶이라고 생각할 만큼 길게 살지도 못했다. 하고 싶은 일은 잔뜩 있는데, 그걸 다 경험하기에는 짧은 인생이었다.

"이봐, 교주. 왜 이런 종교 따위를 만든 거지? 혈교라고 했던가, 실키?"

댄은 후회도, 미련도 없어 보였다. 아니, 죽을 거라는 생각 자체를 하지 않고 있는 것 같았다.

"혈귀를 신으로 떠받드는 종교를 만들다니. 그런 멍청이가 어떤 놈인지 궁금했는데, 별거 없는 놈이었군. 아, 실키. 이놈이 교주 맞지?"

댄의 목소리에는 장난기마저 담겨 있었다. 믿는 구석이라도 있는 걸까?

아니, 그렇지 않을 거다. 혈교 본부는 아무도 모르고 있었다. 어쩌면 지금쯤 아란이 실키가 사라진 걸 눈치챘겠지만, 그렇다고 이곳을 찾아낼 수 있는 건 아닌 상황이었다.

"그래, 내가 교주다."

실키 대신 교주가 대답했다.

"그래, 교주. 너 말이다, 왜 이런 종교를 만든 거냐? 혈귀를 믿어? 혈귀가 신이라고? 네 자신이 혈귀라도 되고 싶은 거였냐?"

댄이 거침없이 질문을 쏟아 냈다. 그의 행동이 교주를 당황시킨 듯했다. 교주는 미간을 좁히고 댄을 노려보다가, 곧 여유로운 척하며 말했다.

"나는 혈귀를 본 적이 있지. 그 긴 손톱과 강인한 송곳니, 빠른 움직임. 정말 아름다웠어."

"그래서 그렇게 되고 싶었다고?"

"그렇게 되어 가는 중이지."

"놀고 자빠졌네."

실키는 비명을 지르고 싶었다. 댄 아저씨, 제발!

"인간의 피에는 놀라운 효능이 있어. 매일 그것을 마신 혈귀들이 강하고 아름답고 영원히 죽지 않는 삶을 살게 되는 건 당연한 일이었던 거야. 내 신도들은 매일 내게 피를 바치고, 나 역시 그들에게 가끔씩 내 피를 하사해 주곤 하지. 그리고⋯⋯."

"늙어가고 있잖아, 너. 흰머리가 보이는데? 눈가에 주름살도 있고."

댄이 교주의 말을 끊었다. 교주의 짙은 눈썹이 꿈틀거렸다. 교주는 간신히 분노를 가라앉히고 계속해서 말했다.

"혈귀를 상대했던 레오나드 일행. 그들만 죽이면 나는 진정한 혈귀의 후손으로 살아가게 되는 거야. 그 시대의 혈귀들은 레오나드를 이기지 못했지만, 나는 이길 수 있어. 왜인지 궁금한가?"

교주는 자신의 말에 취한 듯 떠벌렸다. 앞뒤가 맞지 않는 그의 말을 들으며, 실키는 그에 대한 두려움이 가시는 것을 느꼈다. 댄이 그에게 '별거 없는 놈'이라고 말한 이유를 알 것 같았다.

그는 분명 굉장한 매력을 지니고 있었다. 깊은 울림이 있는 음성과 매혹적인 미소, 강한 눈빛.

하지만 그것이 전부였다. 그에게는 마력도, 영력도 느껴지지 않았다.

그 증거가 그의 어깨에 붙어 있는 수많은 죽은 자의 기억들이었다. 그에게 강한 힘이 있었다면, 죽은 자의 기억들 정도는 스스로 떨쳐 낼 수 있었을 것이다. 하지만 교주는 자신의 주위에 죽은 자의 기억들이 있는지도 모르는 것 같았다.

그는 그저 자신에게 취해 있는 위험한 바보일 뿐이었다.

죽은 자의 기억과 소통을 해 온 실키는, 예로부터 '매력 있는 위험한 바보'가 세상을 얼마나 혼란스럽게 만들 수 있는지에 대해 잘 알고 있었다. 세상을 혼란에 빠뜨리는 것은, 늘 '매력 있는 위험한 바보' 혹은 '자신에게 너무 취해 있는 똑똑한 바보'였다.

'이 남자도 결국 그뿐이었어. 그래서 댄 아저씨도 무서워하지 않는 거고. 하지만…… 지금 칼자루를 쥔 건 이 남자야. 우린 이 남자를 상대할 방법이 없어. 어떻게 해야 여길 빠져나갈 수 있을까?'

그때였다.

쾅─

거칠게 문이 열리며 라츠의 얼굴인 남자가 뛰어들어 왔다.

"로빈, 무슨 일이냐?"

"교주님. 죽음의 숲에……."

거기까지 말했을 때, 라츠의 얼굴이 변하기 시작했다. 처음엔 얼굴색이 변했다. 흰 피부에서 그은 피부로. 그다음엔 눈썹이, 눈이…… 그리고……

전부 변하기 전에.

툭─

로빈의 머리가 바닥으로 떨어졌다. 무슨 일이 벌어진 건지 알 수 없었다. 실키는 반사적으로 댄을 돌아봤다. 죽음의 숲에서 수십 명을 상대했던 댄이 이번에도 기술을 펼친 거라고 생각했기 때문이었다.

하지만 댄 역시 놀란 표정이었다.

"이게 대체……."

교주의 입에서 꾸미지 않은 목소리가 터져 나왔다. 그의 실제 목소리는 가늘고 높았다.

"가만히 지켜볼 생각이었는데."

진짜로 사람의 마음을 뒤흔드는 음성은, 교주의 뒤에서 들려왔다. 교주가 돌아보기도 전에, 목소리의 주인공이 교주의 목덜미를 잡아들어 올렸다.

"웬델!"

웬델이었다.

어떻게 여길 알고 찾아온 건지 생각할 여유가 없었다. 누군가 도와주러 왔다는 것이, 그리고 그 누군가가 웬델이라는 것이 기뻤다.

버둥거리는 교주의 목을 잡아들어 올렸으면서도, 웬델은 힘든 기색이 없었다. 그는 실키를 돌아보지도 않고 물었다.

"괜찮으냐?"

"네, 웬델. 여긴 어떻게……?"

"다친 곳은?"

"없어요. 전 아무 데도 안 다쳤어요."

"그래."

대답하는 것과 동시에,

우둑―

뼈 부러지는 소리가 들려왔다. 웬델이 손에 힘을 줬고, 교주의 목을 부러뜨린 것이었다. 끔찍한 광경이었다.

실키는 이 모든 일을 벌인 교주가 이토록 쉽게 죽었다는 사실을 믿을 수가 없었다. 하지만 웬델의 손에 들린 그의 육체는 생을 잃고 축 늘어져 있었다. 교주는 기억조차 남기지 못하고 사라졌다.

웬델은 교주의 시체를 아무렇게나 던져 버리고 실키에게 다가왔다.

사악—

검을 뽑아든 웬델이, 실키와 댄의 몸을 옭아매고 있는 밧줄을 풀어 주었다. 이런 상황에서 웬델에게 한마디쯤 할 법한 댄은, 입을 꾹 다물고 있었다. 댄의 눈동자는 혼란으로 가득 차 있었고, 입술은 새파랗게 질려 있었다. 하지만 실키는 웬델을 바라보느라, 댄의 안색을 살피지 못했다.

"가자, 실키. 네 부모가 위에 와 있다."

"아빠랑 엄마가요?"

"그래."

"위라니…… 여긴 지하인가요?"

"아니. 여기는 물속이다."

"물속?"

"죽음의 숲에 있는 호수 아래, 여기로 들어오는 입구가 있지."

"아……."

"수많은 마력사들의 힘으로, 물에 젖지 않는 이 공간을 만들어 낸 것이다."

웬델이 걸었고, 실키가 그 뒤를 따랐다. 댄은 남은 손으로 머리를 거머쥐었다가 고개를 절레절레 흔들고는 실키의 뒤를 따라갔다.

구불구불한 동굴을 걸어가는 동안, 수많은 신도와 사제들을 마주쳤다. 하지만 그들은 보이지 않을 정도로 빠른 웬델의 검에 잘려나갔다. 웬델은 그야말로 파리 쫓는 것보다 쉽게 적들을 죽여 나갔다.

"웬델, 이렇게까지 죽일 필요는……."

"혈귀가 있었고, 그에 매혹당한 자가 있었지. 가진 거라고는 사람의 마음을 잡아끄는 미소뿐인 자가 이러한 종교를 만들고, 수많은 사람을 해친 것이다. 아마 신도들과 사제들 중엔, 그 교주에게 매혹당한 이가 있을 것이야. 그런 자들이 또다시 이런 종교를 만들 것이 분명하다. 늘 그래 왔으니까. 그렇다면 그러기 전에 모조리 죽이는 것이 낫지."

그가 느릿하게 말했다. 실키는 망설이다가 그의 팔을 잡았다. 그가 놀란 듯 실키를 내려다봤다.

"하지만…… 이 손에 피를 묻히는 거잖아요."

"아니, 이것은 죗값을 치르는 거란다."

"죗값……이요?"

그는 예의 애틋한 미소를 지으며 실키의 머리를 쓰다듬었다.

"네 친구인 아이는 이미 구해서 호숫가로 옮겨놓았다. 네 부모들은 아마도……."

쿠아아아아아아아―

그때, 뒤에서 굉음이 들려왔다. 부서지는 듯한 소리였다. 아니, 거대한 폭포가 떨어져 내리는 듯한 소리라고 해야 할까?

뒤를 돌아본 웬델의 눈에 그리움이 서렸다. 웬델은 다시 걷기 시작했고, 실키는 서둘러 그의 뒤를 따라갔다.

쿠아아아아아아—

호수의 물이 솟구쳐 올라갔다. 아란이 불러일으킨 회오리바람이 호수 전체의 물을 빨아들인 것이다. 호수 밑바닥이 드러나자, 유키가 회오리바람에 섞인 물을 얼렸다. 회오리 모양의 얼음은 하늘을 찌를 정도로 높이 솟아 있었다.

아이들은 굳어 있었다. 레드의 힘에 놀라자마자 아란과 유키가 믿을 수 없는 광경을 보여줬기 때문이었다. 아란이 가끔 작은 바람을 불러내 아이들을 둥둥 띄울 때가 있었다. 유키는 때때로 얼음 토끼 같은 것을 만들어 주었다. 그들이 가진 '권능'이라는 능력에 대해 딱 그 정도로만 알고 있었다.

하지만 아니었다. 그들이 가진 힘은, 바람의 마력사라 불리는 프레시온조차 이기지 못할 정도로 강대했다. 이 대륙 어느 누구도 그들을 이기지 못할 것이다.

"저 동굴인가?"

동굴 입구가 보였다.

"내가 들어가 보겠습니다. 어쩌면 다친 사람이 있을지도 모르니까요."

라울이 나섰다.

"나도 같이 갈게. 동굴 수색은 혼자서 하기 힘들잖아."

유키가 라울의 뒤를 따랐다.

라울과 유키는 가벼운 마음이었다. 동굴 안에 이상한 종교에 심취한 사람들이 있을 거고, 그 사람들을 적당히 상대하며 실키를 찾아내면 되는 거라고. 그렇게 가볍게 생각하며 동굴에 발을 디뎠다.

하지만 그곳에서 발견한 것은, 처참한 살육의 현장이었다.

여기저기 쓰러져 있는 시체들, 바닥을 적신 피.

"아직 따뜻해. 죽은 지 얼마 안 된 것 같아."

"교주란 놈이 폭주한 걸까요?"

"그럴지도 몰라. 실키가 위험하겠어. 얼른……."

"어이!"

그때, 맞은편에서 누군가 달려왔다. 벌떡 일어나 공격 자세를 취하던 둘은, 상대가 잘린 팔을 안고 있는 댄이라는 것을 깨닫고는 무기를 내렸다. 댄이 잘린 팔을 내밀었다.

"팔 좀 붙여 줘."

"어쩌다 이렇게 된 겁니까? 실키는요?"

"실키는 안전해. 아마도…… 안전할 거야."

"어디에 있는데? 이 방들 중 어디에 들어가 있는 거야?"

"아니, 실키는…… 다른 입구로 향하고 있어. 아마 지금쯤 위로 나갔을 거야."

"이건 당신이 한 짓입니까?"

댄의 팔을 치료하며, 라울이 물었다. 댄은 말없이 흩어진 시체들을 둘러보다가 쓰게 웃으며 고개를 저었다.

"아니, 이건…… 어떤 남자가 한 짓이야. 그리고 그 남자는…… 아, 빌어먹을! 이런 생각을 하는 내가 진짜 멍청한 걸지도 모르겠는데…… 그 남자는 위험한 것 같지 않아."

라울과 유키는, 댄이 무슨 소리를 하는지 알 수 없었다. 혹시나 미약에 당한 것이 아닌가 싶어 꼼꼼히 댄의 얼굴을 살펴봤지만, 눈빛은 맑고 또렷했다.

"미친 게 아냐, 유키. 미친 소리처럼 들릴 거 아는데, 미친 건 아냐. 다만 그 남자는…… 아무래도……."

동굴의 또 다른 입구는 원래부터 존재하던 것이 아니었다.

"내가 팠지. 물에 젖는 게 싫었거든."

웬델이 조금 장난스러운 미소를 지으며 말했다.

"그런데 웬델. 댄 아저씨를 왜 반대편으로 보낸 거예요?"

"그쪽으로 가야 팔을 치료해 줄 사람을 만날 수 있으니까."

"팔을?"

"그래. 댄은 두 팔을 가지고 얀디가 살지 못한 삶을 대신 살아가게 될 거다."

"……얀디도 알아요? 혹시 웬델, 당신도 영력이 있는 건가요?"

웬델은 대답하지 않았다.

동굴 밖은 호수 바로 옆이었다. 그곳에 이리나가 쓰러져 있었다. 그리고 저 멀리, 그리운 면면들이 보였다.

"엄마, 아빠!"

큰소리로 외치자, 그들의 얼굴이 이쪽을 향했다.

"웬델. 고마워요. 엄마랑 아빠를 소개시켜드릴게요."

"실라이크, 사랑스러운 아이야. 난 이제 가야겠구나."

"왜요, 웬델. 우리 부모님을……."

"나는 그저 보고 싶었을 뿐이란다. 그러니까 이제 됐다."

웬델이 무슨 소리를 하는지 알 수 없었다. 하지만 돌아서는 웬델을 붙잡을 수가 없었다. 어째서인지 잡아서는 안 된다는 생각이 들었다.

천천히 걸어가는 그의 뒷모습이 무척이나 서글펐다. 그는 매력적이고 아름다운 남자였다. 심지어 다정하고 강하기까지 했다. 그러니까 분명 혼자가 아닐 텐데, 그런데 실키의 눈에는 그가 혼자인 듯 보였다. 수많은 사람들 사이에서, 그 어디에도 속하지 못하고 존재하는, 이질적인 한 사람.

"웬델. 고마워요."

그는 대답하지 않았다.

"당신에 대해 아는 게 없지만, 그래도 나…… 나 당신이 좋아요."

기분 탓일까? 그의 어깨가 움찔한 듯한 느낌이 들었다.

"정말 많이 좋아해요."

"실키. 누구야?"

어느새 다가온 레드가 실키의 어깨를 감싸고 물었다. 실키는 저도 모르는 새에 흐른 눈물을 손등으로 쓱 닦으며 말했다.

"생명의 은인."

웬델의 뒷모습을 보느라, 옆에 클레어가 서 있다는 것도 의식하지 못했다.

클레어는 두 손을 앞으로 가지런히 모으고, 허리를 꼿꼿하게 펴고 있었다. 그리고 멀어지는 사내의 뒷모습을 지켜봤다. 그녀의 검붉은 눈동자가 일렁, 흔들렸다.

"저기……."

아주 작은 목소리였다. 그러나 웬델은 걸음을 멈췄다.

"고마워."

웬델이 다시 걷기 시작했다. 실키가 올려다봤을 때, 클레어는 웬델과 아주 비슷한 미소를 짓고 있었다. 그리움과 슬픔, 그리고 애틋함이 담긴 미소.

엄마의 손을 잡았다. 따뜻했다.

"엄마, 아는 사람이야?"

실키의 질문에 클레어가 울 것 같은 미소를 지으며 대답했다.

"예전에. 조금."

*   *   *

카인은 가만히 누워 있었다. 모르는 사람이 봤다면, 그가 시체라고 생각했을 것이다. 호흡을 하는 것조차, 이제는 힘들었다.

억지로 붙들고 있던 육체가 지금이야말로 힘을 다한 모양이다.

'클레어 님. 아아, 샬롯 님.'

한 번 더 그녀를 보고 싶었다. 마지막 한 번 더.

죽음이 두렵지는 않았다. 하지만 클레어를 한 번 더 볼 수 없다는 사실이 안타까웠다. 한 번만, 딱 한 번만 더.

"두 개의 약이 있다."

꿈에도 잊을 수 없는 낮은 음성이 들려왔다. 카인은 힘겹게 눈꺼풀을 밀어 올리고 시선을 돌렸다. 침대 옆에 한 남자가 서 있었다.

"내 이럴 줄 알았지."

간신히 뱉어낸 빈정거림에도, 그의 표정은 변하지 않았다.

"하나는 지금 이 자리에서 고통 없이 끝나는 약. 또 하나는 앞으로 20년 정도 고통 없이 살다가 죽을 수 있는 약. 뭘 선택하겠는가?"

"그야 당연히 두 번째지."

"그 충심은 정말이지 변하질 않는군."

"네놈과는 달리."

그는 웃으며 약병을 내밀었다.

"네놈에게 도움을 받게 될 줄은 몰랐군."

카인은 약병의 약을 망설임 없이 마셨다.

"네가 내 말을 이렇게 쉽게 믿을지도 몰랐는데?"

"둘 다, 싫은 선택은 아니니까."

"그래, 넌 참으로 오래 살았지."

"표정이 좋아졌군. 기분 나쁜 미소를 짓고 있는데?"

"그래. 좋아한다는 말을 들었거든."

"……."

"그리고 고맙다는 말도 들었지."

그가 천천히 창가로 걸어갔다. 해가 뜨고 있었다. 진청빛 하늘이 서서히 오렌지 빛으로 변해 가는 중이었다. 그 하늘을 바라보며, 그가 말했다.

"그거 아나, 카인? 사랑하는 여인과 그녀의 딸에게 고맙다거나 좋아한다는 말을 들으면, 세상을 다 가진 기분이 든다는 거."

카인은 피식 웃으며 침대에서 내려왔다. 몸이 한결 가벼워졌다. 고통도 사라졌다. 심장은 평범한 인간과 같은 속도로 뛰고 있었다. 오래전, 진짜 인간의 몸을 가졌을 때처럼.

카인은 그의 옆에 서서, 떠오르는 해를 바라보며 중얼거렸다.

"알고말고."

〈새로운 이야기 끝〉